RACHID
BOUDJEDRA

SONNENSTICH

W0183292

RACHID
BOUDJEDRA

SONNENSTICH

Roman

aus dem
Französischen
von
Eva Moldenhauer

VERLAG DONATA KINZELBACH

ISBN 3-927069-20-5

originaltext
l'insolation
© éditions denoël
paris 1972

© für die deutschsprachige ausgabe
donata kinzelbach
mainz 1994

titelbild
paul klee, *Grenzen des Verstandes*
(1927)

Die Anspielung auf den Strand machte sie verrückt, und deshalb kam ich absichtlich immer wieder darauf zurück, um ihr tagelang zuzusetzen, so daß sie sich um die anderen Kranken nicht mehr kümmerte. Die Erbitterung machte sie nicht wirklich böse, verlieh ihr jedoch das Aussehen einer Irren in weißem Kittel. Dann fragte ich mich - ohne zu wagen, es ihr ins Gesicht zu schleudern -, warum noch niemand auf den Gedanken gekommen war, sie hinterrücks zu packen und in die Zwangsjacke zu stecken, damit sie uns in Ruhe ließe, uns und unsere Gedanken, die gewohnt waren, vollkommen frei in unseren Körpern herumzuspazieren. Sie war wirklich verrückt, und ich war mir dessen absolut sicher, obwohl ich das natürlich am wenigsten beurteilen konnte. Bei der Anspielung auf den verfluchten Strand geriet sie außer sich, und statt in andere Säle oder in den Garten zu gehen, blieb sie auf meiner Bettkante hocken und betrachtete mich mit verbissenem Haß während der ganzen Zeit, in der ich in Gedanken meine Reden aufspulte. Wenn sie es zu weit trieb, wurde ich plötzlich gereizt und sagte ihr, sie sei bedauernswert. Dann fand sie zu einer Art Heiterkeit zurück und zeigte sich ein wenig liebevoll. Das verletzte meinen Scharfsinn eines kranken Menschen nur noch mehr. Ich bekam endlose Hustenanfälle; versuchte, mich für einen Schwindsüchtigen auszugeben, um in einen anderen Pavillon zu kommen. Dem schauderhaften Weib zu entrinnen, wäre mir ein großer Trost gewesen, aber sie bewachte mich und bestand darauf, mich unter ihren schrecklichen Fittichen zu halten.

Unterdessen vermieste ich ihr die heißen Siesten und behandelte sie jedesmal von oben herab, wenn sie mir befahl, den Mund zu halten. Übrigens machte nicht nur diese Strandgeschichte sie rasend. Sie glaubte mir auch nicht, wenn ich ihr haarklein erzählte, wie ich im Alter von sechs Jahren beschnitten worden war, zwischen Musikern und Negerinnen, auch zwischen den Schülern der Koranschule und ihrem Lehrer Si Lakhdar. Da sie nie glaubte, was ich sagte, begann ich ihr sterbenslangweilige Geschichten zu erzählen, oder falsche Geschichten, oder auch wahre Geschichten, die ich jedoch völlig verfälschte. Sie glaubte mir noch immer nicht. Sie mißtraute mir. Manchmal unterbrach uns die Klingel, und wir verharrten zwei Minuten unentschlossen, dann hatte sie einen fast gläubigen Gesichtsausdruck, und ich spürte, daß sie nahe daran war, jede Zurückhaltung mir gegenüber aufzugeben. Aber erneut ertönte die Klingel, und die rote Kontrollampe blinkte wie in Panik; dann rannte sie hinaus. Das leidvolle Warten begann von neuem, und es kam vor, daß ich sie ein oder zwei Tage nicht mehr sah. Was machte sie in diesen langen Abwesenheiten? Sie sagte es mir nie und setzte ihre schlechtgelaunte Miene auf, um mich zusammenzustauchen (vor Demütigung biß ich in mein Kopfkissen; wie war es bloß soweit mit mir gekommen? Sklave dieser Krankenschwester geworden, die zwanzig Jahre älter war als ich, wußte ich nicht mehr, was ich tun sollte, um mich ihren Klauen zu entwinden. Sie aber freute sich diebisch, wenn sie mich weinen sah, und ihr üppiger Busen blähte sich unter ihrem gestärkten weißen Kittel. Sie hätte meine Mutter sein können, wirkte aber jünger und war noch immer schrecklich begehrenswert).

Dabei kannte ich diese Strandgeschichte sehr gut; und da sie nicht wollte, daß ich sie ihr erzählte (ganz zu schweigen von dem Arzt, der die Dinge nicht tragisch nahm und Metzgerhände hatte und eine Nuttenbrille trug), versuchte ich sie mir selber zu erzählen - ganz ruhig -, wobei ich mir Zeit nahm und es mir bequem machte. Oft geschah es, daß ich ganz für mich allein lachte, in Gedanken, ohne irgend jemandes Argwohn zu erregen, wenn ich an diese Strandgeschichte dachte. Immerhin hatte ich sie nicht erfunden! Ich bewahrte - ebenfalls in meinem Gedächtnis - tausend und abertausend Einzelheiten, und ich könnte sie auf tausend Seiten beschreiben. Doch an manchen Tagen kam es vor, daß ich zu diesem Thema nichts mehr sagen konnte. Ich verhaspelte mich, war mir jedoch der Gewalt, die mir angetan worden war, vollkommen bewußt: mit welchem Recht verwahrte man mich in diesem schäbigen Saal, der mürrischen Flamme dieser herrschsüchtigen Frau und den Sarkasmen der anderen Kranken ausgeliefert, lauter Parasiten und Simulanten! Was warf man mir eigentlich vor? Nadia wußte nie, was sie darauf antworten sollte. Jedesmal, wenn ich ihr eine solche Frage stellte, provozierte sie mich, öffnete diskret die oberen Knöpfe ihres Kittels und nahm lüsterne Posen ein. Mir blieb nichts anderes übrig: ich vergaß meine Forderungen und beeilte mich, ihr in eine nach Desinfektionsmitteln stinkende und mit Besen vollgestopfte Abstellkammer zu folgen. Es war dort sehr eng, aber sie hatte gelernt - und die Gewohnheit trug das ihre dazu bei -, lediglich die Beine zu spreizen, direkt auf dem Boden liegend, ohne an die Wände des gräßlichen Kabuffs zu stoßen. Dort frohlockte sie, zerriß meine Kleider, und noch bevor sie penetriert wurde, klebte auf ihren Schenkeln schon die infame Flüssigkeit, die alles verschmierte und jede Leidenschaft in mir abtötete. Sie, auf irgendeinen Besenstiel gestemmt, fluchte aus Leibeskräften über meine Passivität und warf mir, weiterhin sabbernd, alle möglichen Schimpfwörter an den Kopf. Um mich an dieser schrulligen Megäre zu rächen, die mit den Zähnen knirschte und ihre halb hochgezogenen Schenkel wiegte, dachte ich an andere Frauen, an Pin up-Fotos, an aufreizende Stellungen und drang schließlich tief in sie ein.

Der beißende Geruch des Samens verschaffte ihr das Gefühl einer irrsinnigen Lust (in Wirklichkeit blieb sie frigide!). Dann wollte sie es von hinten und von vorn, von vorn und von hinten. Sie brabbelte leise vor sich hin und hörte nicht auf, ganz in ihr Geschäft vertieft, sich im Dunkeln zu bewegen. Etwas in meinem Kopf sagte mir, daß sie begehrenswert war, trotz meiner Angst vor der dicken Flüssigkeit, die unablässig aus der Wunde floß, aber auf keinen Fall durfte ich an ihren Busen denken! Solange er unter ihren Kleidern verborgen war, störte er mich nicht; im Gegenteil, er kam mir üppig vor, und ich hatte oft Lust, ihn durch den Stoff des Nylonkittels zu betasten, aber sobald sie ihn entblößte, war es ein Alptraum! Eine ihrer Brüste war sehr viel größer als die andere, und wenn ich sie so sah, war ich hin und her gerissen zwischen Furcht, Delirium und Gelächter. Beim Anblick dieser Mißbildung hatte ich immer den Eindruck, daß sie betrunken war und durch die Straßen einer Stadt torkelte, die nicht nur mit Autos, Häusern, Schaufenstern und Passanten vollgestopft war, sondern auch mit Besen, Lappen und Putzmitteln. Welche Fabel erfinden angesichts dieses Unheils und meiner Angst, sie könnte nach der Seite der größeren Brust umkippen, trotz meinen Anstrengungen, sie auf der anderen Seite festzuhalten, indem ich kräftig die andere Brust schüttelte, die schlaff war und bläulich rings um die voluminöse Zitze? Sie lachte über meine Angst und sagte, ich übertriebe diese Mißbildung ihres Busens. Dazu war nichts mehr zu sagen. Ich war am Rande der Ohnmacht und der Übelkeit angesichts dieses viszeralen Optimismus. Im schwachen Licht, das durch das Klappfenster des Verschlags sickerte, in dem sie sich weiterhin auf dem Boden wälzte, sah ich ein erbärmliches Schauspiel. (Erzähle mir bloß nichts von dieser Beschneidung, man hätte dir alles abschneiden sollen, einschließlich der Hoden! Wozu nützt dir dieses Ding, höchstens, daß es dich schwerer macht und dich stört, wenn du rennst?) Sie träumte davon, meine sexuelle Erziehung in die Hand zu nehmen, und ich betrachtete mit leerem Blick den Gegensatz, den ihr Busen in dem verschwommenen Raum bildete.

Um die Wahrheit zu sagen, ich machte mir über die Sarkasmen nicht allzu große Sorgen. Mit den anderen nahm sie an dem Komplott teil und tat so, als verstünde sie den Zustand meiner Zeugungskraft nicht. Sobald sie ihre Kleider und ihre Oberschwesternhaube wieder angelegt hatte, wurde sie taub für mein Flehen. Sie rächte sich auf ihre Weise für das irre Gelächter, in das ich jedesmal ausbrach, wenn ich aus ihrem Mieder die eine oder andere ihrer Brüste herausspringen sah, die sie manchmal abwechselnd hervorholte, um jene Mißbildung besser zu tarnen, mit der der liebe Gott sie fürs ganze Leben bedacht hatte. Wenn ich zu sehr lachte, verlor sie nicht die Fassung, sondern zeigte mir beide Titten gleichzeitig; dann blieb mir mein höhnisches Gelächter im Halse stecken, und ich geriet plötzlich in Panik und wußte nicht mehr, in welches Delirium ich mich flüchten sollte. Um meine Qual zu verbergen, warf ich sie hin und wieder zu Boden und drohte, sie zu erwürgen oder, noch besser, ihr eine Brust abzuschneiden, die weniger dicke, die mein Leben und meine Träume heimsuchte. Aber nie fand ich die Kraft, meine Gelüste auszutoben, denn mein Körper erschlaffte wieder radikal.

Das Hospital liegt unterhalb der Stadt, die tagsüber blendet und nachts funkelt mit ihren tausend Lichtern und Scheinwerfern, die den dunklen Raum unseres Saals durchlöchern. Nachts brennt immer eine Notlampe und beleuchtet mit blauem Licht das Gesicht der Liegenden, die sich in fötaler Haltung um ihre

Träume rollen. Nadia paßt höllisch auf und ist übereifrig. Sie täte besser daran, sich auszuruhen und nicht ständig auf leisen Sohlen herumzuschleichen. Immer diese Art, zu torkeln! Wenn alle schlafen oder den Schlaf vortäuschen, taucht in meinem Kopf mit unerhörter Heftigkeit der Strand auf. Niemals würde Nadia mir bis zum Ende zuhören können, ebensowenig der Arzt mit seiner blauen Brille und seinen Gläsern, die die Sonnenstrahlen auf sich ziehen wie durch irgendeinen Zauber, den zu erklären über mein Kräfte ginge. Da ich schreiben mußte, verwandelte ich mich abends in einen zänkischen Schreiber. Man sollte mich meiden! Bei jenem kärglichen Licht und mit jenem Bleistiftstummel, den der Autodidakt mir vermacht hatte, schrieb ich nachts, zwischen den Rundgängen der Krankenschwestern; denn ich hatte das Mißtrauen zu einem unantastbaren Lebensprinzip erhoben.

Sommers wie winters war der Strand menschenleer. In seiner Mitte stand das weiße Mausoleum eines Heiligen, der zwar schon lange tot war, jedoch weiterhin in ihm herumspukte. Er lag an einem riesigen Wald aus Korkeichen und Eukalyptusbäumen. Niemand wagte sich dorthin wegen eines hinkenden Greises, der hier auf und ab ging, gegen einen Kater murrend, der ebenso alt war wie er, ein unverbesserlicher Griesgram und Liebhaber von schwarzen Seeigeln, die er mit einem Taschenmesser öffnete und den lieben langen Tag ausschlürfte. Hin und wieder überließ er einen davon seinem Kater, der einen enormen, bis zum Boden reichenden weißen Schnurrbart hatte und ein rotes Band um den Hals trug. Der Kater war weiß. Der hinkende Alte war schwarz. Zu zweit bevölkerten sie den Strand, wo ein im Sommer ausgetrocknetes, im Winter anschwellendes Wadi mündete. Ich wußte zwar, daß dies kein Ort war, zu dem man ein junges Mädchen aus guter Familie bringen konnte, das ein renommiertes Gymnasium besuchte, aber Samia hatte darauf bestanden, hierher zu kommen, und ich hatte nachgegeben in der Hoffnung, sie würde die Landschaft schauerlich und den Neger mit seinem Kater beängstigend finden. Ich kannte ihn gut, diesen Strand mit seinen Seeigeln auf der Oberfläche des Wassers und seinen scharfen Felsen, seinem unermeßlichen Wald, und hinter dem Wald das Gebirge, das immer so aussah, als schwebte es zwischen Wasser und Nebel. Ich hatte Samia vor allen nur möglichen und denkbaren Hexereien gewarnt, die einem an diesem verfluchten Strand widerfahren konnten, an den niemand zum Baden kam und der zu einem Schlupfwinkel mehr oder weniger zwielichtiger Bartträger geworden war, die hier haltmachten, um heimlich zu trinken, sowie mehr oder weniger weißer Katzen, die auf der Lauer lagen, um Seeigel zu fressen, vorausgesetzt, man brachte die Geduld auf, sie ihnen zu öffnen; sonst hatten sie das Nachsehen, diese garstigen Kater mit ihrem verdreckten roten Satinband um den Hals.

Du hattest erwidert, du seist im Haus deines Vaters in vier Wände eingesperrt, und dann in die vier Wände des Gymnasiums, wo du mich kennengelernt hattest, da ich dein Lehrer war und dir in einer Sprache, die weder die meine noch die deine war, schrullige Philosophen nahebrachte, darunter den Mann mit dem Schierling, den ich ganz besonders verabscheute; du hattest erwidert, du habest es satt, zwischen dem Tagesgefängnis und dem Nachtgefängnis von einer verschleierten dicken Frau eskortiert zu werden, die mit ihrer Häßlichkeit, ihrer Häme und ihrer Arglist jeden Annäherungsversuch Hunderter von Freiern erstickte, die dir scharenweise über den Weg liefen und vor Begehren brannten. "Aber", wiederholtest du, "was war ihr Begehren verglichen mit dem meinen?" Sie spielten sich als Machos auf. Mit deinem geschmeidigen schwarzen Haar, das deine Mundwinkel zerschrammte und das du mühsam und geduldig entwirrtest und dabei an meinen Lippen hingst, während ich, aufgebracht über soviel Koketterie und soviel Glanz in deinen außergewöhnlich grünen Augen, mit großer Mühe meinen Unterricht fortsetzte. Und du, mit deinem pechschwarzen Haar, an dem du weiterhin fummeltest, mit deinen kholgeschwärzten Augen (hinter dem Rücken deiner Familie tilgtest du, bevor du aus dem Gymnasium gingst, die Spuren deines Verbrechens an dem kleinen Brunnen im Hof, wo du dir das Gesicht wuschst, in der Sonne jenes Monats Ramadan, in dem du nach der Unterrichtsstunde über Gott und dank meinen stets anzüglichen Ratschlägen aufgehört hattest zu fasten), mit jenem Busen, den du, dich reckend, gern zur Schau stelltest, ohne jeden Skrupel, direkt vor meinen armen Augen eines kleinen Philosophielehrers, beargwöhnt vom Mißmut der reichen Kaufleute der Stadt, die mir nur ungern die Erziehung ihrer Töchtern anvertrauten.

Du hattest erwidert, daß du zwischen dem Tagesgefängnis und dem Nachtgefängnis unbedingt Hexerei brauchtest. Und mit dir an diesen Strand zu gehen, wo ich mich schließlich bei dem Kater hatte einschmeicheln können in der Hoffnung, später, sehr viel später, mich auch bei dem immer stärker hinkenden Greis einzuschmeicheln, denn ich wußte, wie nachhaltig und schwer zu brechen sein Schweigen war, war nicht leicht; vielleicht sogar wollte ich dich im Grunde nur deshalb diesen Strand entdecken lassen, weil ich insgeheim oder vielmehr vage beabsichtigte, dich zu benutzen, um den Seeigelfänger von seiner wundersamen Stummheit abzubringen. Wären da nicht diese Haare, die aus deinen Augen und deinem Mund zu streichen du dich abmühtest; wäre da nicht die Farbe deiner Augen (grau? grün?) und wäre da nicht dieser wogende Busen, den ich mir in einem Wachtraum schlaff vorgestellt hatte; dann hätte ich geschworen, im übrigen nicht sehr überzeugt, daß ich dich nur zu dem Zweck an den Strand führte, um mich von dem alten Mann mit der weißen Katze bewundern zu lassen, der, von deiner Gegenwart geblendet, endlich mit mir sprechen würde, statt seinem verdammten Kater kluge und unhörbare Reden zu halten, der vor lauter Taumel und Stille am Ende genauso hinkte wie sein Herr, falls er nicht mit dem Scharfsinn eines verwöhnten alten Katers versuchte, den Neger zu verspotten und fuchsteufelswild zu machen. Wäre da nicht dieses starke Verlangen nach dir, das ich auch dann in mir trug, als ich die monströse Stadt unter der orangefarbenen harten Sonne hinter mir gelassen hatte und an dem Strand angelangt war, hinter mir der Korkeichenwald und das Gebirge, das immer der Nebel verhüllt - ob es nun heiß ist oder kalt -, und davor das grün-gelb-blaue Meer, die Seeigel, der alte Neger und die Katze mit ihrer verwirrten Miene und ihrem ewigen roten Halsband, an den Rändern etwas dreckig, in der Mitte einen herzförmigen Metallverschluß, das wahrscheinlich der Frau des Greises gehört hatte, einer Verrückten, die zu ihren Lebzeiten niemals das Mausoleum verließ, in dem ihr Mann nur in den Nächten schwerer Unwetter schlief, nicht weil er den Sturm fürchtete, sondern weil er den fetten Kater nicht allein im Dunkeln lassen wollte, wenn er im Donner seine starken Krallen der schlimmen Winternächte zeigte; dann hätte ich ohne weiteres gedacht, daß ich dich niederträchtigerweise zu Zwecken mißbrauchte, die nicht einmal schändlich waren, sondern ganz einfach kindisch.

Der Strand barg in seiner Mitte das weiße Mausoleum eines Heiligen, den niemand mehr aufsuchte, weil es einfacher war, die anderen Heiligen aufzusuchen - Hunderte -, die sich dafür entschieden hatten, in der Stadt selbst zu sterben, die jetzt dem Getöse und den neusten Autos der Technokraten ausgeliefert war. Sommers wie winters machte der schwarze alte Mann Jagd auf die zahllosen Seeigel, die das Meeresufer über Hunderte von Metern heimsuchten. Sein Gesicht war immer tropfnaß: Schweiß im Sommer und Regen im Winter. Nie sagte er ein Wort; und sogar als ich zum erstenmal mit Samia gekommen war, hatte er verstockt geschwiegen. Beide - der Mann und sein Kater - ließen sich nicht einmal dazu herab, ihrer Überraschung oder ihrem Ärger Ausdruck zu geben. Ich war wirklich empört. Mein kleiner Hintergedanke (Samia als Köder zu benutzen) hatte nichts genützt. Man mußte auf die Trugbilder hoffen und es der Spiegelung der Sonne und des Wassers überlassen, meine junge Gefährtin zu bezwingen, die ich am Tag des großen Regens erobert hatte, der an die Scheiben des Klassenzimmers trommelte, während einer Unterrichtsstunde über das Thema des Selbstmords, in einem Land, in dem die Bauern nicht genug zu essen haben! "Aber", sagte sie, "wenn man es so macht wie ich und sich damit abfindet, ins Gefängnis des Vaters und in das des Ehemanns zu gehen, dann ist das so, als lutschte man Kieselsteine, um seinen Hunger zu überlisten; das löst überhaupt nichts, und die Konfrontation ist immer notwendiger geworden. Wie lange soll ich diese Situation noch hinnehmen, die mir aufgezwungen wird, weil ich eine Frau bin...?" Jedenfalls fühlte sie sich verachtet und solidarisierte sich mit den landlosen Bauern, die ihr Vater ausbeutete und von früh bis spät Orangen pflücken ließ. Aber sie schloß den exemplarischen Selbstmord nicht aus. Ich hatte sie verführt, als ich ihr lebhaft von dem Landstrich erzählte, eines Abends, als es in Strömen goß, aber sie versteifte sich darauf, Selbstmord nicht auszuschließen. Schon mißtraute ich diesem Hang zu sterben, sie, die so schön war, so jung. Mich dagegen hatten die Ideen alt gemacht, erstarren lassen, mir endgültig ihren Stempel aufgedrückt, und der Beweis dafür war, daß ich nicht mehr zu handeln vermochte. Ich hatte Angst vor dem Clan ihres Vaters, und sie lachte über meine Feigheit. "Genau", sagte sie, "wie hältst du es denn mit dem Selbstmord?" Um die Wahrheit zu sagen, ich war bestürzt. Ich mußte zugeben, daß ich ihr jenes Gift eingeimpft hatte, das man auch mir am Tag einer Wein- und Haschischorgie gepriesen hatte. Ich hatte Angst, sie zu dem

Strand zu bringen, sie zu entblößen und ihre Brust und ihren Unterleib mit Seeigeln zu bedecken. Du bist verrückt, würde sie sagen. Ich war mir dessen nicht einmal sicher. Wer weiß? Aber ich müßte mit scheelem Blick nach dem Flaum zwischen ihren Schenkeln spähen; und dann käme die Entjungferung, in dem verlassenen Mausoleum, beim Schein einer Kerze in der blauen Nacht der Küste, mit dem an der einzigen Fensterscheibe klebenden Gesicht des Negers, der um seinen Hals geschmiegten weißen Katze, die mir beide zusähen, ehrerbietig, was die Katze anginge, höchst gelangweilt, was den schwarzen alten Mann anginge, beide verschmolzen mit dem Blau des Raums unter dem Himmelgewölbe, das von tausend Sternen durchsiebt wäre und begrenzt von der Luke, durch die der Neger und seine Katze jener Parodie beiwohnen würden, die sie, in aller Ruhe, die Tötung nannte.

Aber du hattest darauf bestanden! Diese Strandgeschichte wurde zu einer wahren Obsession. Im Grunde hatte ich sogar gedacht, du seist nicht etwa tollkühn, sondern eifersüchtig. Du trautest mir zu, daß ich in meinem Wagen irgendeine Ausländerin herumkutschierte, die schon seit langem entjungfert war und nichts mehr zu fürchten brauchte, da sie Mann und Kinder hatte und sogar einen schüchternen Priester, dem sie ihre Sünden beichtete, begangen mit dem Gottlosen, der ich - immerhin - in ihren Augen war. Du trautest mir eine solche Liebschaft zu, weil diese Ausländerin, die du im Sinn hattest, schön war und vor allem bewandert in der hohen Philosophie, die sie demagogisch zu dem einzigen Zweck unterrichtete, sich für ihren Lebensabend in der Nähe von Nizza ein einträgliches Mietshaus zu kaufen. Du warst also eifersüchtig, denn der Ehemann dieser Frau hatte ihr keinen einheimischen Detektiv auf den Hals geschickt (der sprechen lernte wie ein echter Detektiv, indem er vor einem kleinen Spiegel, den er ständig bei sich trug, Kaugummi kaute), während du, so sagtest du, nur in Begleitung dieser schrecklichen alten Frau ausgehen konntest, die ein wenig deine Mutter war, weil sie dich während einer kurzen Krankheit der deinen eine Zeitlang gestillt hatte. Ich fand, daß du es übertriebst, mir alle diese komplizierten Geschichten zu erzählen, und um dich meinerseits in Verlegenheit zu bringen, erzählte ich, daß der verdammte Strand nie existiert habe, ebensowenig wie der Greis und die weiße Katze, ebensowenig wie die Seeigel, ebensowenig wie der Koran und das Kapital, die ich vorgab gelesen zu haben, beide gleichzeitig, auf einem flachen Felsen sitzend und mich seelenruhig bräunend, in Erwartung, daß die Revolution ausbräche!

Auch ihr hatte ich die Vorfälle der Beschneidung berichtet, und wenn sie mir Briefe schrieb, die sie in ihren Schulheften versteckte, verwechselte sie alles, den Barbier auf dem violetten Sofa, den Greis mit der weißen Katze und Si Lakhdar mit seinem Schwarm undisziplinierter und sehr schlecht erzogener Kinder, die während der heiligen Beschneidungsfeier Obszönitäten von sich gaben. Ich hatte ihr die Beschneidung aufgetischt, aber im Gegensatz zu der verfluchten Oberschwester hatte sie mir sofort geglaubt. Und sie sagte: "Zum Glück gibt es die Exzision der jungen Mädchen in diesem Landstrich nicht, der gerade den siebenjährigen Krieg hinter sich hat. Zum Glück!" Ich wollte ihr keine Angst machen und verschwieg die Exzision der jungen Mädchen in einem bestimmten Nomadenstamm am Rande der Wüste. Was hätte sie auch dort zu suchen, so weit von ihrer Geburtsstadt entfernt? Die Entjungferung genüge ihr voll und ganz, sagte sie. Warum hatte sie an meinem Schicksal Anteil genommen, als ich ihr - mit Unterbrechungen - im Augenblick, da der Schlaf auf meinem Nacken lastete, während meine Augen weit offen blieben, diese Geschichte aus meiner Kindheit erzählte? Sie hatte mir geglaubt. Nadia dagegen, die Oberschwester, wollte mir nicht glauben. Das Schönste war, daß sie auch die Existenz von Samia leugnete, jener Schülerin, die ich trotz meiner Angst vor dem Clan der Orangenbäume verführt hatte. Leugnete sie etwa auch den Greis mit der fetten weißen Katze? Sie leugnete alles! In Bausch und Bogen! Ohne Mitleid mit meinem Gedächtnis, das manchmal das Weite suchte und das ich nach furchtbaren Anstrengungen wiederfand. Da sie mir nicht glauben wollte, mir nicht einmal zuhören wollte, blieb mir nichts anderes übrig, als mir meine Geschichte selber zu erzählen. Ich brauchte mir nur mein Kopfkissen zurechtzulegen, so zu tun, als betrachtete ich die gegenüberliegende Wand, um die Spule der Erinnerungen abrollen zu lassen. Neigte ich dazu, die Dinge zu beschönigen, den Rahm abzuschöpfen, alles zu kultivieren, was irgendwie paradox wirken kann? Ja, gewiß! Aber was tun vor solcher Pracht? Die Bilder saugten den Wahnsinn in mir auf, und in meinem radikalen Delirium bebte der ganze Saal. Ich setzte mich in Szene. Aber die Geschichte mit Samia hatte ich wirklich erlebt.

Ich hatte sie zu dem Strand gebracht, und ich hatte sie dem Seeigelfänger vorgestellt. Er schien zu feixen. Bedächtig. Seine Katze ging am Ende der kleinen Bucht auf und ab und lauerte irgendeinem Tierchen auf, das das Wasser auf den Sand spülen würde. Ich hatte sie mit Hilfe von tausend Listen und tausend Vorsichtsmaßnahmen herbringen können. Die Amme wußte von nichts. Es war ihr gelungen, sie so sehr von sich zu überzeugen, daß die Alte schließlich die Aufsicht gelockert hatte. Ich hatte sie entblößt, und ihre Augen glänzten nicht mehr wie während des langen Wegs zwischen der großen Stadt und dem abgelegenen kleinen Strand. Himmlisch verliebt, durch die vielen Luftspiegelungen, die das Hirn des alten schwarzen Mannes zerrüttet hatten; ich hatte einen Seeigel auf das Geschlecht des jungen Mädchens gelegt und fand, daß der Vergleich im Grunde nicht albern war, sondern idiotisch, idiotisch! Sie, fröstelnd, schämte sich ihrer lächerlichen Lage, aber sie wußte, daß ich Zeit gewinnen wollte vor der Entjungferung - der Tötung oder der Erweckung? (Was genau murmelte sie? Im Nebel meines armen Gedächtnisses waren die Wörter am schwersten zu behalten.) Dann mußte ich ein Ende finden, denn das Spiel mit dem Seeigel war langweilig geworden. Außerdem fror Samia, und die Gänsehaut auf ihrem unbehaarten Fleisch hatte mich bewogen, sie ins Mausoleum zu bringen. Dort kam das Blut! Ganz banal. Zwischen dem Geruch der Kerze und dem Geruch der Katzenpisse hatte ich sie abgeschnitten von dem Clan, an den sie seit jeher gefesselt war. Ich hatte den Faden der Ehre durchtrennt. Sie war bleich. Der Neger mit seinem idiotischen dicklippigen Gesicht, überragt von dem sarkastischen Lärvchen des Katers, klebte noch immer an der Fensterscheibe des kleinen Mausoleums, in dem sie jubelte, weit geöffnet, während die beiden Brüste von ihrem Körper abdrifteten, die eine nach rechts, die andere nach links. Und er blieb erstarrt, unerschütterlich über mir an der Luke, im Geräusch der Meeresbrandung, dazu der Geruch nach Blut, lebenden Aalen und Pisse einer mit Seeigeln gefütterten fetten weißen Katze. Und sie, in alle Ewigkeit entjungfert, jubelte mehr als nötig, und ich über ihr, elend, in meinem seelischen Gleichgewicht getroffen, demjenigen, das der Barbier zum Wanken gebracht hatte... Ich war leichenblaß und hatte den Eindruck, eine schändliche Tat begangen zu haben, indes Samia ihre Dankbarkeit bezeugte!

Bleich, mit kaltem und heißem Körper, gebadet in Schweiß, den der eisige Wind nicht von meiner Haut zu vertreiben vermochte. Und sie, nachdem sie gekeucht, mit allen Zähnen geknirscht hatte, schlang ihr schwarzes Haar um meinen Hals und scherte sich nicht um das Blut, denn sie war glücklich, die Taue gekappt, mit ihrem feudalen Vater gebrochen zu haben, den nun endgültig Schande und Ehrlosigkeit traf. Sie lachte um so mehr, als sie lange an meinen Fähigkeiten gezweifelt hatte, zur Tat zu schreiten, da sie wußte, wie sehr ich in meinen Ideen versank und an meinen Paradoxen klebte (Wie läßt sich - sagte sie - der Selbstmord mit der politischen Revolution vereinbaren? Wörter! Ich hatte nicht einmal Lust, ihr zu antworten. Sie war lächerlich. Welcher Zusammenhang bestand zwischen dem Bruch mit dem Vater und dieser rosa Öffnung, aus der langsam dunkelrotes Blut floß?). Draußen schien der Greis wie festgenagelt zu sein, aber sein Gesicht drückte nichts aus! Ich hatte ihn nicht für so indiskret gehalten. Er ist verrückt, sagte Samia (Mahbul! Mahbul!).

Und jetzt bin ich Schreiber geworden! Wenn ich nächtelang Papier bekritzelte, überkam mich erneut das Schuldgefühl, das ich in jenem außen weißen, innen schmutzigen kleinen Mausoleum empfunden hatte, wo es mir so vorkam, als hätte ich einen Hahn geschlachtet. Und jetzt bin ich wieder ein gehässiger Schreiber geworden, der den Schraubstock der Zeit zerbrechen will. Beim Schreiben zittere ich vor Ekstase, aber statt daß die Halluzination nachläßt, nimmt sie immer weiter zu. Mit dem Ende der Nacht kommt das milchige Morgengrauen. Dann vernehme ich das Röcheln der Patienten und die letzten Seufzer der Toten, die seit langem eingraviert sind in mein Gedächtnis eines abgemagerten bärtigen Kranken, der von der Höhe seines Betts herab flucht, aber nicht zu laut (die Zwangsjacke!). Ich habe es also aufgegeben, Nadia überzeugen zu wollen. Das Schreiben könnte unseren Ausfällen vielleicht ein Ende machen. Aber ich vermute in ihr eine ungestüme Bosheit, die niemals schläft. Unnötig also, ihre hündische Lüsternheit zu wekken. Ich muß mich mit Willen wappen, um ihren Avancen zu widerstehen, sonst würden mich die Süße ihres Körpers, ihr strahlender Schoß und ihr scheinbar harmonischer Busen zur Raserei bringen. Von neuem käme die Sintflut des prallen weißen Fleischs, und dann von neuem die Angst angesichts der beiden lächerlichen Brüste. Es ist besser, unterdessen zu schreiben. Wenn ich damit fertig sein werde, meine Qualen und meine lebhaften Erinnerungen abzuspulen, die niemand ernst nimmt, werde ich mehr als tausend Bücher gefüllt haben (auch schreiben, was am Tag nach der Entjungferung geschehen war).

Der Greis war verschwunden und hatte nur ein paar Fußspuren in Richtung der Dünen hinterlassen, zwischen Strand und Wald; aber seine unselige Katze lauerte noch immer irgendwelchen kleinen Fischen auf, die das Meer wie einen täglichen Glücksfraß anspülen würde. Der Strand, nun uns überlassen durch die Scham (oder die Bestürzung) des Negers, der in sein Selbstgespräch vertieft blieb, dem einzig die Katze etwas abgewann, blendete uns mit tausenderlei Gefunkel! Und der Tag versprach schön und warm zu werden; die Weiße des Salzkrauts, der Sand, die Bitterkeit, die Angst vor dem Blut und der Jubel der Geliebten, ihrem reichen und mächtigen Clan abspenstig gemacht, dessen Verzweigungen bis in die Markthallen der Hauptstadt und in die Armee reichten, verursachten mir entsetzliche Kopfschmerzen. Angewidert hatte ich noch immer das Gefühl, eine abscheuliche Tat begangen zu haben. Mittags rührte ich mich noch immer nicht. Ich lauschte nur Samia, die von der Flucht in ein benachbartes Land sprach, um der Rache des Clans zu entrinnen, der um diese Zeit wohl schon aufgebrochen war, sie zu suchen, sie, die unwiderstehliche Frau, die mit ihrem jungfräulichen Blut die feste, pralle Erde des Landes tränkte, dessen Wachsamkeit nach dem Sieg etwas nachgelassen hatte, während ein mürrischer Neger mit schütterem weißen Haar rings um das Gesicht und zwei toten, wie tausendjährige Lawa erloschenen Augen uns heimlich Gastfreundschaft gewährte. (Stundenlang hörte Nadia meinem Palaver zu. "Hör doch endlich auf, Flausen zu erzählen!" sagte sie. "Das hast du alles erfunden. Du hattest gar keine Angst vor dem Blut, weil es ganz einfach keines gegeben hat, ebensowenig wie es Seeigel oder Krabben zwischen den Beinen dieser angeblichen Philosophieschülerin gegeben hat. Nein, es hat nichts gegeben! Hör auf zu schreiben.")

Konnte sie behaupten, daß es nie einen alten Neger und nie eine weiße Katze gegeben hat? Hier zögerte sie, und ich erwischte sie. Schnell! Ich mußte sie zu freundlicheren Gefühlen bewegen, bevor der Tag ins Zimmer hereinbrach und meine Gefährten und Brüder störte, die zusammengekrümmt dalagen, eingeklemmt zwischen Blindheit und Alptraum, von der Angst eingeklemmt zwischen Blindheit und Alptraum, von der Angst zerfressen und abgeschliffen von der wunderbaren Ekstase des Wahnsinns; die nicht wußten, ob man beten sollte, um den Morgen zu begrüßen, oder ob man sich kratzen sollte, um das schreckliche Jucken in Höhe des Schädels zu lindern. Schnell, ich mußte die Gelegenheit ausnutzen, da sie nicht zu behaupten wagte, es habe nie einen Greis mit schwarzer Haut und nie eine weiße Katze gegeben. Ich fügte also hinzu (oder schrieb, um es denen, die im Augenblick schliefen, später vorzulesen), daß der alte Seeigelfänger unvermutet zurückgekommen war, genau in dem Augenblick, da ich fürchtete, mein Kopf würde zerspringen, so sehr vibrierte er in tausend Zuckungen. Ich hatte das Gefühl, nicht mehr klar zu sehen, und totenblaß, wie ein fröstelnder Schlafwandler, streckte ich die Hand aus, um Samias Gesicht zu berühren, die nicht aufgehört hatte, schnellzüngig zu sprechen oder sich vielmehr Wörter in Mund und Kehle zu stopfen, wie von Panik ergriffen, als wäre sie sich plötzlich ihrer wahren Situation bewußt. Aber da sie den bösen Zauber bannen wollte, sagte sie - abergläubisch - das Gegenteil von dem, was sie sagen wollte, und noch in meiner Schläfrigkeit und meiner Unredlichkeit meinte ich ihren Jubel zu vernehmen, ihre Freude darüber, mit denen gebrochen zu haben, die ihr zwei Gefängnisse beschert hatten, das des Tages und das der Nacht, dazu eine taube Frau, die sie eskortierte zwischen... Der schwarze Greis war unvermutet gekommen, eine sehr magere schwarze Ziege auf den Schultern, die er bestimmt im Gebirge gestohlen hatte, dort oben hinter dem Strand, der Düne, dem Wald und sogar hinter den Schienen der Eisenbahn, die seit einigen Jahren nicht mehr hier vorbeifährt, seit - woher wußte ich es? - die Kiesgrube geschlossen worden war, erschöpft und sich selbst überlassen wie die ihres Bluts und ihrer Milch entleerte Brust einer alten Frau.

Er war ganz nahe an uns herangekommen, ausgiebig schwitzend, die Ziege fest um seinen Hals geschlungen wie eine beschworene Schlange, mit stinkendem Atem (hatte er getrunken? Aber wo konnte man in dieser Wüste Wein trinken?), und umsichtig hatte er begonnen, das Tier zu schlachten, nachdem er ihm Vorder- und Hinterbeine zusammengebunden hatte. Samia schwieg. Ich dachte, ich hätte mir irgendeinen verdammten Sonnenstich geholt. Das Blöken wirkte schreckenerregend in der Stille, und die auf ihrem Hintern hockende Katze sah fasziniert zu, wie ihr Herr seinen nackten schwarzen Fuß auf die gebrechliche Flanke des auf der Erde liegenden Tiers setzte, darauf wartend, daß das Messer in seine flaumige Kehle drang. Sobald die Klinge hineingestoßen war, spritzte das Blut, aber der Neger hatte keinen großen Einschnitt gemacht, er fing lediglich das Blut der schwarzen Ziege auf, das aus einer Öffnung floß, die sich zusehends blau färbte, und erst als das Tier sich aufbäumte, dem Tod zu entfliehen suchte, war das Blut heftig herausgesprudelt, zum Himmel hinauf, wie ein kleiner Geysir, orangerot, vielleicht wegen der Sonne. Der Alte achtete nicht auf das Tier, das im Sand zuckte, sein Blut verlor, es überallhin schleuderte: er fing die Flüssigkeit in einem alten Benzinkanister auf, dessen Email das Meer zerfressen hatte. Jetzt, da die Ziege nicht mehr zuckte, nicht mehr mit ihren schmächtigen Beinen auf den Boden schlug, nicht mehr die Dinge um sich herum bespritzte (Steine, Eichenrinden, Muschelschalen, im Wasser verfaulte Holzstücke, weiße und braune und blaue Kiesel...), war die Katze nähergekommen und leckte das Blut auf, das aus dem bläulichen Einschnitt in der Kehle sickerte. Die Nasenlöcher des Tiers waren voller Rotz und Blut, die Augen starr und grüngrau und verdreht und blau mit einem braunen Ring um die Pupille. Der einsame alte Mann war mit seinem Kanister beschäftigt, als er plötzlich auf Samia zuging, die die ganze Szene mitangesehen hatte, und sie mit dem noch warmen, aber schon ziemlich dick gewordenen Blut des Tieres besprengte. Zum erstenmal hörte ich ihn Wörter sagen, deren Bedeutung ich jedoch nicht verstand. Selbstgespräch. Es war also ein Sonnenstich. Niemand zwang mich zuzuschauen. Tausendmal drangen tausend Sonnen durch meinen Kopf mit wunderbarer Langsamkeit und Pracht. Die Ellipse vor meinem fieberglühenden Gesicht und Samia, die zum Meer rannte. "Geh dich jetzt waschen", hatte der Neger gesagt. "Du hast nichts verloren. Das Blut hat das Blut ersetzt." Hatte er seine Katze davon abgehalten, das Blut aufzulecken, bevor sie anfinge, rosa Galle zu erbrechen? War Samia ertrunken? Was soll ich heute dazu sagen? Als phänomenaler Schreiber schrieb ich, keuchend, in der Nacht, während sich zwei Schlafwandler auf den Mund küßten. Ich erinnerte mich nicht mehr, denn irgendwann wurde mein Kopf eine längliche rote Orange voll schriller Pfeiftöne. Die Krankenschwester fing wieder von vorn an und quälte mich stundenlang. Sie glaubte weiterhin nichts von alledem, was ich erzählte. (Und außerdem - sagte sie - du nervst uns mit all diesen Geschichten, die weder Hand noch Fuß haben! Gib zu, daß du sie erfindest, deine lausigen Geschichten! Dieses junge Mädchen aus guter Familie, das sich dir hingibt, das mag ja noch angehen; aber diese Kinder, die - am Tag deiner Beschneidung - Obszönitäten von sich geben, statt die Psalmen des Propheten aufzusagen, und alle die Kürzungen und Auslassungen, die sie sich mit dem Buch Gottes erlauben... Was für eine Brut! Also wirklich! Deine Geschichte von dem Beschneider, der ins Bordell geht und schwach im Kopf ist, die kann nicht stimmen! Das ist Zirkus! Galimathias...)

Was soll ich über die Beschneidungszeremonie sagen? Wenn nicht dies, daß in einer Fülle von Farben und Tönen das näselnde Gegröl der Bengel der Koranschule metallisch klirrend emporschoß, so scharf, daß es den Meister der Operationen erbitterte, der in seine Würde ebenso gehüllt war wie in seinen braunen Wollburnus, dessen Schöße er - mit ausdrucksloser Miene - zu schlenkern verstand, so daß sie, ein Niesen lang, um seinen armseligen Körper wehten und er aussah wie ein Erzengel mit widerlichem verschlagenen Gesicht. Mit seinen langen weißen Händen, die in der Luft wirbelten und sie kräftig durchlöcherten, seinem Gebaren eines Asketen, vom Flug einer Fliege fasziniert, deren unvermutete Mäander er melancholisch verfolgte, wirkte er ganz harmlos. Er sah nicht aus wie ein Totengräber. Nicht einmal wie eine alte Leichenwäscherin! Trotz seinen formolgetränkten Fingern und seinen makellosen Fingernägeln, von denen nur einer nicht geschnitten war und auch nicht das rötliche und abgerundete wunde Fleisch sehen ließ wie die neun anderen Finger. Er zog nicht die Aufmerksamkeit auf sich, trotz seinem riesigen Körper, mit dem er abstoßend behutsam umging, wenn er sich setzen oder aufstehen mußte; trotz seinem kleinen Kopf, seinen geschwollenen Lidern, seinem Schnurrbart, der auf der einen Seite stets länger war als auf der anderen und ihm das Aussehen eines ruhigen Gleichgewichtsakrobaten verlieh; trotz seiner rechten Wange, die unbehaarter war als die rauhere und bläulichere linke Wange. Vor allem aber rührte er sich im Augenblick nicht. Zusammengekrümmt saß er da, blaß, den Hintern zögerlich auf ein violettes Sofa plaziert, das die Weiße seines mehligen Gesichts hervorhob, in dem die Nase aus der Mitte der gewölbten Stirn heraussprang und den beiden zusammengekniffenen Lippen, schmal wie zwei Blatt Zigarettenpapier, zustrebte; er saß da, als wäre er am Ersticken. In Wirklichkeit war er kälteempfindlich und hatte trübe Augen. Aber das war nur ein Eindruck, denn im Dorf stand er im Ruf eines hellsichtigen Mannes, imstande, die Silhouetten und die Dinge schon von weitem zu sehen. Aber da er wußte, daß er der Meister der Operationen war, genoß er in aller Ruhe das lächerliche Treiben, das sich vor seinen Augen abspielte. Die Bengel der Koranschule übertrieben. Sie brüllten absichtlich, da sie wußten, daß er einen empfindlichen Kopf hatte, dessen Schwindelanfälle in der ganzen Gegend berühmt waren. Er kannte jeden einzelnen von ihnen und hatte sie allesamt operiert. Das konnte er als Dorfbarbier beschwören! Und vor allem als Meisterbeschneider, Vorhautabschneider! Ha! Ha! Er jubelte innerlich, ließ sich jedoch nichts anmerken. Er zog es vor, auf seine Stunde zu warten. Die Bengel in dem Moment zu. überrumpeln, wo ihnen die Sinne schwänden, wenn das Blut spritzen und der entsetzliche Schrei sie in ein Häufchen Elend verwandeln würde, nervös hustend, um nicht die Fassung zu verlieren und vor allem nicht zu kotzen. Im Augenblick interessierten sie sich nicht für ihn. Sie brüllten noch lauter, und ihre durchdringenden, schrillen Stimmen tobten und kreischten, wenn sie, sobald sich die Gelegenheit bot, unisono eine Vulgarität, eine Gotteslästerung oder nur ein komisches Wortspiel anbringen konnten, alles mit unerhörter Geschwindigkeit gebrüllt, mitten in der Koranlitugie. (Barmherziger Gott, schütze seine Vorhaut und gib sie dem Barbier, damit er sie lutsche! Barmherziger Gott, man wird ihm den Pimmel abschneiden, so klein er auch ist! O ihr Gläubigen, seid gut zu euren Kindern...)

Der schaurige Alte, der ihr Schulmeister war, lachte boshaft und pulte nervös in seinen Nasenlöchern, als suchte er nach seinem Sein, das sich ständig in irgendeiner Öffnung seines Körpers herumtrieb, statt still an dem Platz zu bleiben, der ihm von der muslimischen Religion zugewiesen worden war, seit der große al-Ghasali alles geregelt hatte. Der Meister ergötzte sich ohne provozierende Heiterkeit, aber der Chor der Kinder mißtraute dieser zweideutigen Haltung. (Soll er doch mitsingen! Die Möse seiner Mutter hat schon so viele Schlangen geschluckt...) Es ging das Gerücht, daß es eine Falle war. Man mußte also aufpassen, wachsam bleiben. Die Litanei modulieren, sie zermalmen, verschlucken, bis sie vor lauter Backenaufblasen unverständlich wird, und es ihnen dann klammheimlich heimzahlen, diesen Kinderschändern: dem Barbier und dem Lehrer der Koranschule. Im übrigen waren die beiden Männer nicht von gestern! Sie überhörten nichts und versuchten amüsiert, das komplizierte Amalgam des religiösen Textes und des monströsen Gewebes aus Vulgaritäten und Gotteslästerungen zu entziffern, die geeignet waren, alle Muslime der Erde unter der ewigen Schande zu begraben. Im übrigen, so sagte sich der durch nichts zu erschütternde Beschneider, sind wir zahlreich und werden dieses Gewürm zu gegebener Zeit zerquetschen. Wären da nicht sein bedeutender gesellschaftlicher Rang und das weiche violette Sofa, dann würde er sich mit Vergnügen erheben und vor den entsetzten Augen dieser unflätigen Kinder sämtliche sterilisierten und glänzenden Schneideinstrumente zücken, die bei der geringsten Bewegung in der Kapuze seines Burnus klapperten. Bah! Aua! Sollen sie nur weitermachen. Es mangelt ihnen weder an Mut noch an Witz. Das muß man zugeben. Wenn sie bloß nicht so laut schreien würden, dann wäre das Leben möglich, angenehm und ruhig in diesem Haus einer anständigen Familie. Das hat man nun davon, wenn man diese - trotz allem - unschuldigen Seelen Koranlehrern anvertraut, die sehr überheblich sind, nur weil sie unter der Kolonialherrschaft heimlich und zu Fuß die Strecke Constantine-Tunis zurückgelegt haben, um sich in jener Saituna zu kasteien, wo die Theologie zum Laster führt. Aua! Ganz zu schweigen von der al-Azhar-Universität, an der mein Großvater fleißig studiert hat, bevor er - nach seiner Rückkehr - zum Chef der Zunft der Vorhautabschneider ernannt wurde. Er jubelte nicht mehr! Er ärgerte sich. Mit diesem elenden Kopf und diesem widerlichen Tierchen, das auf der dicken Ader seiner rechten Schläfe herumkrabbelte, wußte er nicht mehr, wohin mit sich. Äußerlich hielt er stand. Er war unerschütterlich und blieb es. Jetzt begann die Fliege mitten in einem komplizierten Geflecht einen hemmungslosen Tanz, direkt an seinen Augen. Das hitzetrunkene Tierchen machte ihn schwindlig und prallte hin und wieder gegen die schreckliche Schranke seiner Nase: "Gott! Gib uns unsere tägliche Geduld!" Er wußte, daß alle ihn beobachteten und daß einige Chorknaben ihn so sehr anstarrten, daß sie darüber vergaßen, Albernheiten von sich zu geben. Der Lehrer war der schlimmste. Ein lausiger Entsteller des heiligen Worts! Er hätte gern gewußt, wer ihn sonst noch ansah, aber da er schräg saß, konnte er nicht die ganze Versammlung im Auge haben, wollte er nicht fürchterlich schielen! Jetzt, da die Fliege munter im feuchten und fast gallertigen Winkel seines linken Auges auf Beute ging, wandelte sich der Ärger in dumpfen Schmerz. Wenn bloß sein Auge nicht zu triefen anfing! Obwohl er langezeit auf seinen makellosen langen Fingernagel starrte, wußte er genau, daß alle Welt ihn mit spöttischen Blicken betrachtete. Wer liebte ihn im Grunde?

Sein Herz klopfte sehr stark, und das Geplauder der Familienmitglieder und Gäste machte ihn grantig und gereizt. Wie sollte er sich der Fliege gegenüber verhalten? Niemals hätte er eine Bewegung gemacht, sie zu verscheuchen, ja nicht einmal versucht, den Schoß seines braunen Wollburnus umzuschlagen - kokett, mit berechneter Lässigkeit -, was das bösartige Treiben des Insekts vielleicht unterbunden hätte, das seinen zierlichen Stachel in das am Lidrand geäderte nackte Fleisch grub, genau am Saum jenes Teils, wo die Wimpern wachsen.

Sobald die Fliege weggeflogen war, grölte der Chor lauter denn je. Die Obszönitäten nahmen überhand, zumal sie sich große Mühe gaben und ausgiebig schwitzten. Sie begnügten sich nicht mehr damit, Gott zu lästern und Rüpeleien von sich zu geben, sondern fielen mit ihren Sarkasmen über die Frauen her, die sich in den Küchen verkrochen oder sich an die Fenster der Innenräume klammerten. Unter der weißen Kalkschicht wirkte der riesige Patio noch größer. Die Arbeiter hatten die Hände nicht in den Schoß gelegt und die Mauern mit mehreren Kalkschichten beworfen, als hätten sie den Innenhof in einen unter den Juju-Rufen der Frauen prasselnden Glutofen verwandeln wollen. Nein, sie hatten die Hände nicht in den Schoß gelegt! Sie hatten Materie auf Materie geklatscht, und die Weiße blendete mehr denn je, so daß die Musikanten, die mit ihren großen Pauken und ihren großen Trompeten gekommen waren, nicht mehr wußten, wo und wie sie ihre Augen schützen sollten. Die Schirme ihrer Mützen waren ihnen überhaupt keine Hilfe mehr! Ihre Augen wurden von den tausend lodernden Flammen der Sonne auf dem ungelöschten Kalk zerschrammt; auch wenn der Tonangeber der Musikkapelle, der Dicke da drüben, der Blut und Wasser schwitzte mit seiner riesigen Trommel, gleichsam ein zweiter Wanst auf seinem ohnehin schon beachtlichen Wanst, sagte, er habe keine Augen mehr, sondern nur noch leere Höhlen ohne Pupillen, Schlupfwinkel von Tausenden weißglühender roter Ameisen. Das war kein Wortspiel. Er war angeekelt, der Tonangeber, und riß keine schlechten Witze mehr, schonte sich für den Winter, wenn der Schnee gekommen wäre, um diesen ungeheuren Brand zu löschen. Er triefte wie die modrige Wand einer öffentlichen Bedürfnisanstalt und hatte sogar deren graugelbe und - hier und da - grüngesprenkelte Farbe. Er war nicht rot. Er war nicht purpurn. Aber er litt Höllenqualen, nicht nur wegen dieser verdammten Hitze, die in keiner Weise die erlauchte Person zu stören schien, die da drüben im Schneidersitz auf dem violetten Sofa saß und sich den Luxus leistete, zu frieren; sondern auch deshalb, weil einer der Buben, während er Choräle sang, ständig unfreundliche Bewegungen machte, die ihm galten, ohne ihn überhaupt anzuschauen. Zum Verrücktwerden. Er war schauerlich (der Kleine setzte sein Treiben fort, ohne jemanden anzuschauen, besonders nicht den Mann mit der großen Pauke), behauptete jedoch, diese Kakophonie sei ein Zeichen verfeinerter Kunst! Er dagegen wußte nichts von den Hexereien und dem unversiegbaren Gelächter, das keine Rute je zum Schweigen bringen könnte. Später wird man Stockhiebe bekommen, aber was macht das schon, auch wenn sie die Fußsohlen treffen? Der abscheuliche Musikant, versehrt in einem Krieg, der nicht der seine war, pflegte immerhin seine vier Liter Rotwein zu trinken! Am Ende wird er sich für einen Satyr halten und keine Lust mehr haben, sich in einem Spiegel zu betrachten.

(Verfluchter Gott des großen Pimmels! Riechst du den Geruch guter Küche? Möge man uns zu essen geben und uns ziehen lassen vor dem Massaker...) Den Meister der Operationen brachte das nicht einmal in Harnisch. Er war es gewohnt... Er jubelte nicht mehr! Er rechnete sich seine Chancen aus. Wieviel würde man ihm geben? Er hatte immerhin einige Befürchtungen. Der Geruch des Räucherwerks stieg ihm zu Kopf... Schnell zu den Berechnungen zurückkehren: der Hausherr steht im Ruf eines Geizkragens, aber in diesem Dorf blüht ja die üble Nachrede. Die Armen übertreiben immer den Geiz der Reichen. Er selber ist weder reich noch arm. Dank der Gnade Gottes ist er Barbier und dank seiner geschickten rechten Hand Vorhautabschneider. Klack! Ha! Ha! Sollte er wirklich frohlocken? Innerlich. Nur im Innern, in das niemand hineinsehen kann außer Gott dem Großen, dem Barmherzigen, möge er uns die Demütigung ersparen vor Siomar, dem reichen Grundbesitzer. Wieviel Hektar eigentlich? Nicht übel, nicht übel! Gott bereichert, wen er will. Amen! Die Bengel sind jetzt ratlos. Was führt der alte Barbier im Schilde? Seine Reglosigkeit verheißt nichts Gutes. Die Faszination macht sie nachdenklich. Sie vergessen darüber ihre unanständigen Wörter und ihre Flüche (Zebi! Zebi!). Sie wissen, daß die Stunde naht. Unwiderruflich. Sie, Schüler der Koranschule, die die ganze Woche von diesem Fest geträumt hatten, gründlich geschrubbt von ihren armen Müttern, gerieten plötzlich in Panik. Wo war das Opfer? Sie mußten den Kurs ändern. Zu ihrem verdammten lieben Gott zurückkehren! Sich beeilen! Nicht länger herumtrödeln, bald wird das Blut spritzen. Der Schrei würde entsetzlich sein. Es war klar, daß der Beschneider mit dem Affengesicht ihnen wieder einmal überlegen sein würde. Sie grölten nicht mehr. Sie hüstelten, weil sie Angst hatten, sich zu übergeben. Eine wunderbare Gelegenheit für den da drüben - den Koranlehrer - mit seinem glühenden Blick und seiner abwesenden Miene. Er würde sie übel zurichten. Der Teufelskerl! Seine Dschellaba klebte ihm nicht an der Haut, sondern seine Haut klebte am Stoff seines weiten Gewandes, unter dem er in aller Muße seine Hände verbergen und jämmerlich seine dunklen Geschäfte machen kann.

Die Schüler, die mit dem einzigen Ziel gekommen waren, eine kleine Papiertüte mit Honigkuchenkrümeln zu ergattern, langweilten sich jetzt, nachdem sie allen die Wahrheit gesagt hatten. Gott, dem Barbier-Beschneider, dem Schulmeister, den Köchinnen, den schwarzen Domestiken... Und das Opfer? Wo ist es? Widersprüchliche Gerüchte schwirrten unter den etwa dreißig Kindern, die sich nicht mehr die Kehle heiser schrien, ihre Wörter nicht mehr verschluckten, nichts mehr verfälschten. Trotzdem waren sie nicht plötzlich artig geworden! Sie fragten sich, was das Opfer machte. Derjenige, der der Rädelsführer zu sein schien, sagte: "Verfluchter Gott des großen Pimmels! Wie gern würde ich mal ordentlich im Garten pissen. Aber wo ist er? Er hat sich doch nicht im Schoß seiner Großmutter verkrochen! Wir haben es durchgemacht. Er wird es durchmachen!" Der Barbier kann es beschwören! Der Schweinehund feixte nicht einmal. Er schluckte nicht einmal die Fliege, die ihn so gepiesackt hatte. "Wir haben es durchgemacht! Er wird es durchmachen!" Das war die neue Losung. Sie verbreite sich so schnell unter den Chorknaben, daß sie den Schlüpfrigkeiten ihres Anführers ein Ende setzte. Dennoch wurde die Modulation beibehalten. Er wird doch nicht zu seiner alten Tante in Marokko abgehauen sein! Nein! Nein! Das wüßte man. Eine Flucht! Der Gipfel! Der dicke Musikant nutzte die Atempause und versuchte zu verstehen, was die boshaften Sänger von sich gaben. Als er es endlich verstanden hatte, war es zum Lachen zu spät, denn seine Augen waren gerade den furchtbaren Augen des Knaben begegnet, der nicht aufgehört hatte, ihm obszöne Gebärden zu zeigen. Er war verdutzt, den Arm drollig erhoben, den dicken Schlagstock in der Hand, der jetzt unnütz war, da er die Trommel nicht mehr berührte. Sein Bauch schien Luft abzulassen: uff!... (Er hat eine Natter verschluckt! Nein, einen Stock! Nein, den kleinen Pimmel des künftigen Opfers, das keinen mehr hat! Also keine Operation mehr. Der Barbier muß unverrichteter Dinge abziehen. Mit leeren Händen! Das Schwein! Was für ein Gesicht er zieht.) Das Getratsche war in vollem Gang. Die Gören johlten noch lauter. Innerlich. Augenscheinlich stand alles zum Besten. Es handelte sich um eine von Gott und seinem Propheten empfohlene Zeremonie. Man würde einem kleinen Jungen die Vorhaut abschneiden, um es ihm zu ermöglichen, die muslimische Religion wirklich zu begreifen. Der Dorfbarbier war da, still auf einem violetten Sofa sitzend und trotz der Hitze in einen Burnus aus schöner brauner Wolle eingemummt. Es gab eine Musikkapelle. Es gab einen Schulmeister und seine Schüler, die Koranverse aufsagten und zum Ruhm des Propheten Psalmen sangen. In einem Zimmer des riesigen Hauses wurde ein kleines Kind angezogen, das beschnitten werden sollte. Es waren viele Gäste da, und die Frauen machten sich wacker an den Backöfen zu schaffen.

Tohuwabohu in der Sonne. Bald würde das Blut spritzen und ein Zipfel Fleisch in einen Napf voller Kleie fallen. Die saugt das Blut am besten auf! Die Tante aus Marokko hätte Asche vorgezogen. Die kostet nichts. Aber Siomar kam es auf eine Ausgabe mehr oder weniger nicht an! Nicht nur der alte Barbier, dessen Großvater an der al-Azhar-Universität zu Kairo studiert hatte, jubelte an diesem denkwürdigen Tag, an dem das Gedächtnis eines Kindes in einem Schmerzensschrei erstarren sollte, der den Lärm und die Juju-Rufe übertönen würde. Man sah die Frauen nicht, aber die Frauen betrachteten die Männer durch alle Löcher und alle Zwischenräume, die ihnen an den Fenstern zur Verfügung standen. Ihre Schreie wurden mit sehr großer Geschwindigkeit aus ihren Mündern herausgeschleudert, in denen die Zunge eine wesentliche Rolle spielt: sie versetzt die wenige Luft in Schwingungen, die man sparsam durch nur ein klein wenig und ohne unnötige Verbissenheit zusammengepreßte Lippen hereinläßt. Es handelte sich hierbei um eine Kunst, auf die sie das Monopol hatten und auf die sie sehr stolz waren. Männer würden sich schämen, in ihren männlichen Mündern die Zunge zu bewegen wie eine in Panik geratene Eichel! Sie fühlten sich über eine solche Situation erhaben. Sie wußten, daß die Frauen kindisch waren, und ließen sie trillern mit allen Fasern ihrer aufgekratzten, gemarterten Gaumen, zerschunden von jenem Herumwirbeln der Zunge, die gegen die Zähne prallt, das Zahnfleisch aufscheuert, das mit Eichenrinde eingerieben ist, damit seine flammende Röte noch greller absticht vom Schmelz des strahlenden Gebisses, das noch weißer und glänzender wirkt dank diesem erstaunlichen Gegensatz, den die Vorfahren stets an die jüngeren Generationen weiterzugeben versucht hatten. Die Männer lachten. Der Barbier aber fröstelte auf dem violetten Sofa. Der Mann wechselte nicht die Farbe. Er wechselte auch nicht die Stellung. Er trompetete, immer noch innerlich, beim Gedanken an all diese Zungen in all diesen Mündern, umgeben von all dieser der Eichenrinde geschuldeten Weiße zwischen all diesen süßlichen, sogar weichen und frischen Katarakten von Speichel. Wenn er an alle diese weiblichen Zungen dachte, rötete sich seine Leidensmiene ein wenig infolge einer Hitzewallung, die für seinen gesellschaftlichen Rang gefährlich war. Der Bursche war zu einer Erektion fähig! Aber er wußte, daß alle Welt ihn beobachtete, besonders die kleinen Sänger, die auf der Stelle in Ohnmacht fallen würden, wenn er unter ihnen auftauchte, jäh von seinem violetten Sofa aufspringend, die Luft mit den beiden Schößen seines braunen Burnus festhakend und seine monströsen Instrumente zückend. Was für ein Blutbad! Er lachte. Aber er war geschwächt von der bohrenden Begierde, die ihn seit Stunden plagte: und all diese schnatternden Weiber hinter den Türen und Fenstern und all diese spitzen, scharfen, roten Zungen. Einigermaßen schwierig, eine solche Spannung auszuhalten! Immer noch zögerlich plaziert. Immer noch fröstelnd. Oft erbittert über das Benehmen dieser Mißgeburten, die keinen Respekt und keine Ehrerbietung kannten. Er war gereizt ob der ständigen Aufregung, die über ihn hereinbrach, dieser schrillen, phantastischen Juju-Rufe, die lange in der Luft schwebten, bevor sie herbeiflogen und ihn in seinem zarten und empfindlichen, im Hof der Moschee magisch behandelten Kopf kitzelten. Äußerlich bewahrte er seine Heiterkeit, aber er hatte sie satt, diese weiblichen Schreie, spitz wie Nadeln, munter geschliffen von irgendeinem liederlichen Schlingel, Lehrling eines nicht minder liederlichen, verrückten und gottlosen Schmieds, der nicht nach Mekka, nicht zur ehrwürdigen al-Azhar-Universität gereist war (Himmel Herrgott verflucht nochmal...), nicht einmal nach Paris, um irgendein schäbiges Hurenhaus aufzusuchen, sondern nach Moskau, mein Herr! Wozu? Wozu? Wetten, Sie erraten es nie... (Schnell, bevor der kleine Bengel zur Rechten mit dem weißen Käppchen die Troddel am Fez seines Kameraden frißt, die genau vor ihm baumelt, verlockend, verlockend...) Himmel Herrgott verflucht nochmal, und die Geschichte dieses Schmieds im frömmsten Dorf des Planeten: drei Moscheen gegen ein einziges Bordell! Lausig im übrigen, das Bordell. Aber die Moscheen: Prunk, Lüster, Weihrauch und betörende Formen von Bögen und Gewölben. Wer bietet mehr? Drei Moscheen! Und dann dieser Ungläubige. Ja, er war in jene Hauptstadt gereist... der Name fällt einem nicht so schnell ein... Das ganze Jahr liegt dort Schnee... Ah, ich hab's! Moskau! Nach seiner Rückkehr verkündete er vor aller Welt, er habe das Mausoleum ihres bärtigen Anführers besichtigt. Er flennte deswegen. "Ketzerei, Ketzerei, Himmel Herrgott verflucht nochmal. Mein Rosenkranz..." Man hatte ihm den Spitznamen *Ludnin* gegeben, wegen seiner langen Packeselohren und wegen jenes lächerlichen Besuchs bei ihrem Bartträger, einem Räuberhauptmann... Ketzerei, meine Kinder, das alles... Dabei trank er keinen Wein. Er verhöhnte nicht die Gläubigen, wenn sie aus der zentralen Moschee kamen, jener, die auf einem sanften Abhang zu den äußersten Grenzen des französischen Markts hinunterpurzelt, wo man rosige und lachende Schweinsköpfe verkauft... Gott schütze uns...

Ein Sonnenstrahl fällt ins Auge eines Verrückten, der über die Feigheit der kleinen Kinder schimpft. Zu seiner Zeit, sagte der Irre (mit der Regelmäßigkeit eines Metronoms betrachtete er bald seine linke, bald seine rechte Schulter und zog jedesmal kräftig die Luft ein), waren die Bälger kräftiger, mutiger und frömmer. Damit meine er nicht die Gören der Koranschule - sagte er -, sondern das Geschmeiß, das auf den Straßen herumkriecht und einen an jeder Straßenecke anfällt und bettelt. Nein, er spreche nicht von den Kindern der Koranschule - wiederholte er -, die seien alle beschnitten und seit langem in den Islam integriert, sondern von dem Gesindel, das ihn peinige. Man müsse es im Auge behalten. Dabei wußte er genau, daß die Schüler der Koranschule allesamt freche Lausejungen waren, die den lieben langen Tag wiederholten: "Verfluchter Gott des großen Pimmels... Naht die Stunde des Verbrechens?... Aber wo ist denn das Opfer? Verfluchter..." Ihn kümmerte das wenig. Es war nicht der Rede wert. Schülerspäße. Wer hat diese Dinge nicht gelernt und wer hat sie nicht bis zum Überdruß auf den Beschneidungsfesten wiederholt?... Der ins Auge des Verrückten gefallene Sonnenstrahl zerschrammte um diese Uhrzeit Fleisch und Nerven. Er aber sagte sich, daß so ein kleiner Sonnenstrahl genau im Loch des Auges gar nicht so schlimm sei. Tatsächlich war sein Auge erleuchtet, mit tausend Farben geschmückt, unter denen vor allem Rot und Grün sich tummeln, genau innerhalb des im braunen Ring der Pupille versunkenen schwarzen Lochs. Er trug den Brand und bildete sich etwas darauf ein. Alter Irrer! Er war ein Onkel mütterlicherseits des Opfers. Er wußte, daß man gerade dabei war, es anzukleiden, bevor man aus dem Haus ginge, um den Dorfheiligen aufzusuchen. Er war feist, und trotz der Feuersbrunst in seinem rechten Auge blieb das linke Auge scheel, das Lid schlaff. Er war zwar nur einäugig, aber er spielte bereits den Blinden. Lachend, seinen gelben Stock mit dem geschnitzten Griff vorgestreckt, trat er dem Barbier absichtlich auf die Zehen, die aus dem über die Füße gezogenen braunen Burnus herausragten. Der im Schneidersitz sitzende Beschneider ließ den dicken Mann auf sich zukommen, der einen weißen Anzug trug, barhaupt, das pechschwarze Haar mit Brillantine eingeschmiert und nach hinten gekämmt, die Füße in safrangelben Babuschen. Er jubelte und fand sich amüsant, denn der Barbier, der wußte, daß er mächtig war, hatte eine fröhliche Miene. Da die Zeit verging, befand sich die Sonne nicht mehr im Auge des Verrückten, der, ehrlicherweise, sofort aufgehört hatte, den Blinden zu spielen. Er war wieder außergewöhnlich ernst, und auch das andere Auge, dank der Sonne von dem Ungemach erlöst, wurde wieder schlaff und feucht. Er kehrte an seinen Platz zurück und setzte sich, als wäre nichts geschehen. Hatte er sich erregt? Hatte er je seinen geschnitzten Stock, seinen weißen Anzug und sein flammendes Auge zur Schau gestellt? Niemals! Gott ist mein Zeuge! Nicht wahr, Onkel Barbier, Sie können schwören, daß ich Ihnen niemals im Augenblick eines törichten Hochgefühls auf die Zehen getreten bin. Man spitzte nun die Ohren, um all diesen Wirrwarr zu entziffern und sich unter Nachbarn daran zu ergötzen, natürlich in den Grenzen der Ehre und des Anstands. Später, im Café, würde man seinem Entzücken über diese Wortspiele und mit Derbheiten gespickten Koranverse freien Lauf lassen. Man sperrte die Ohren auf, und um dieses ganze erwachsene und fettsüchtige Volk zu verhöhnen, kehrten die Chorknaben auf den Weg Gottes zurück, fügten den Litaneien und Gesängen nichts mehr hinzu, nahmen pathetische Stimmen und mystische Mienen an. Die Großen verstanden gar nichts mehr. (Seht bloß, was sie treiben. Sie werden traurig, daß man eine Gänsehaut kriegt. Ah, die elenden Bälger!) Nur der Koranlehrer amüsierte sich wie verrückt. Wie viele Rechnungen zu begleichen! Wie viele Stockhiebe in Aussicht! Seine Kleider klebten ihm an der Haut! Dabei war er nicht dick, aber er schwitzte ausgiebig, und die von seinen ekelhaften, vergifteteten Poren abgesonderte Flüssigkeit zerfraß den Stoff und ließ ihn schrumpfen. Ha! Ha! Er lachte, aber nichts regte sich in seinen trübsinnigen Augen. Lange starrte er auf den dicken Musikanten mit dem dicken Bauch und der dicken Pauke und gewahrte nicht ohne Bestürzung, daß ihm etwas fehlte. Er konnte nicht genau sagen, welches Glied abgeschnitten war, aber er wußte mit Bestimmtheit, daß etwas zu wenig war an diesem schlauchförmigen Körper, in den man in wüstem Durcheinander und ohne vorgefaßte Ordnung alles hineingeschüttet hatte, Fett, Blut, Nerven, Fleisch, Knorpel, Darmsaft und Wasser, vor allem viel Wasser...

Der Barbier blieb skeptisch. Der an irgendeinem Glied verstümmelte Musikant erstickte in seinem steifen Kragen. Der Meister der Koranschule hatte andere Sorgen mit seiner enormen Nase, die sein Gesicht zertrümmerte und es sozusagen der Länge nach verschrammte, von der Stirn bis zum Mund, und dann waagrecht in Höhe der vorstehenden Backenknochen, so breit war die Ausbuchtung des unteren Teils seines ausufernden und letztlich furchtbar störenden Zinkens; leicht hätte er nicht etwa einem Clown, sondern einem jener Schwerverwundeten ähneln können, die mitten im Gesicht zwei riesige rosa Heftpflaster tragen, das eine längs, das andere quer, wie man sie häufig in den Kinonachrichten aller Zeiten und aller Länder sieht; ob letztere sich nun im Krieg befinden oder nicht: denn wenn es keine Kriege gibt, dann gibt es die natürlichen Mißgeschicke, Feuersbrünste, Gasexplosionen, Arbeitsunfälle usw.

Der Onkel war sehr geschwätzig; aber alle taten so, als hörten sie aufmerksam zu, denn man kannte seinen hohen gesellschaftlichen Rang. Niemand machte sich etwas vor, aber jeder wußte, daß er entweder Offizier der französischen Armee war (was bedeutete es schon, daß er keine Uniform und keine Tressen trug, es änderte nichts an der Sache, außer vielleicht, daß er schlanker gewirkt hätte, wenn seine Frau ihn in seinen Paraderock gesteckt hätte) oder aber Hauptkommissar in der großen Stadt, die hundert Kilometer entfernt war, bekannt vor allem wegen jener haarsträubenden Geschichte von einer wilden Frau, die die Kifraucher von vorn bis hinten erfunden hatten, um die reichen Grundbesitzer der Hochebenen hinters Licht zu führen, die wegen irgendeines dringenden oder zwielichtigen oder schandbaren Geschäfts herkamen und die felsenfest daran glaubten, sie und die riesige Kohorte von Hungerleidern, die sie lediglich bei den Kommunalwahlen manipulierten und, in diesem Augenblick, den Kolonisten streitig machten, die nicht einmal paternalistisch waren, sondern immer autoritärer wurden; oder Direktor eines Mustergefängnisses, das man gerade gebaut hatte, um den Groll der zahllosen politischen Gefangenen zu beschwichtigen, wahrer Sündenböcke derselben fetten Kolonisten, die nicht gern hörten, daß sie Reden über das Ende des Wahlsystems und die Notwendigkeit des Kriegs hielten; oder Direktor eines Gymnasiums, dessen Aufseher ein klumpfüßiger Korse wäre; ja sogar Direktor einer Medersa, diskret finanziert von den reichen Grundbesitzern, die keinen Wert darauf legten, den Kolonialbehörden ins Gehege zu kommen.

Die Schüler sagten keine unanständigen Wörter mehr, aber sie blieben gleichgültig und fragten nicht danach, was genau er nun war und tat, der Fettwanst, der seine Beine vor sich ausstreckte, da außerstande, sie übereinanderzuschlagen. Was die Sänger interessierte, war die zweifellos schmerzhafte Haltung des Offiziers-Kommissars-Gefängniswärters usw. Bestimmt litt er, sonst würde er nicht so lachen, daß er sich darüber zwar nicht die Kinnlade, die kräftig war, aber den Wanst ausrenkte, der weich war und voll von am Vortag gegessenen guten Sachen, denn er hatte keine Zeit gehabt, nach Hause zu gehen und sich auf dem

Klosett zu erleichtern, bevor er in seinen Wagen stieg und die hundert Kilometer zwischen der Stadt und dem Dorf zurücklegte. Und jetzt würde er gewiß nicht hinausgehen und seine Notdurft verrichten, bei all den Leuten, die ihn beäugten, und diesen gräßlichen Bälgern, die sich damit vergnügten, ihren Rotz zu schlucken, wie ein Chamäleon es täte, das nach einer vom weißen Schein einer qualmenden und Petroleumgestank speienden Öllampe geblendeten Mücke schnappte. Aber er wurde all dieser Spiele bald überdrüssig, denen es nicht gelang, die Vision des kommenden Alptraums abzuwehren: das von der Kleie aufgesogene Blut, sofort versickert in dem kleinen schartigen Napf, der die Vorhaut aufnehmen würde, durch einen einzigen Schnitt abgetrennt mit dem Rasiermesser, das so scharf war, daß es sich sanft anfühlte wie das Schwanzhaar eines arabischen Vollbluts. Die Visionen jagten einander, und trotz der Hitze begannen die Kinder an den Füßen zu frieren, ein Vorzeichen der weit größeren Panik, in die sie später geraten würden, später... Sie wagten nicht einmal mehr, den in seine erotischen Träume versunkenen Barbier anzuschauen, da sie selber gepeinigt wurden von einem Stück Haut, das an den Enden blutig, im Innern der Öffnung jedoch eindeutig weiß war, umgeben von einer kaum wahrnehmbaren bläulichgelben Zone gleich den Umrissen eines von tausend Bienen heimgesuchten Traums und einer einzigen Sonne, orangefarben und hart wie ein Pflasterstein der Hauptstraße. Der dichte Traum trug sie weit weg, aber es war nichts zu machen. Die Farben weckten in ihnen schreckliche Gelüste: daß ihr Gekröse augenblicklich heiß, glatt, fettig und grünlich werden möge, hier zwischen ihren in einer Gebärde nahezu clownesker Sublimierung gefalteten Hände. Aber die Visionen jagten einander auf bizarre Weise, in bohrendem Rhythmus.

Sie setzten alle Welt in Erstaunen, denn sie blieben lebhaft in dem Augenblick, da vor der heiligen und reinigenden Handlung alles zu erstarren schien, in dem Augenblick, da der Meister einen Moment lang seine enorme Nase zu vergessen schien, in dem Augenblick, da der dicke Musikant vergessen hatte, daß er seinen linken Arm verloren hatte in wer weiß was für einem gottverlassenen Dorf mit Pagoden und Bonzen und einem Gumibaumwald (Geschieht ihm recht bei seiner Fresse! Das wird ihm eine Lehre sein! brüllte der Chor), in dem Augenblick, da der Mutter verstohlen Tränen in die Augen zu treten begannen.

Peng! Die Bombe war geplatzt. Sie haßten diesen Quacksalber von Beschneider, den viele von ihnen schon in den Gassen der Bordelle von Constantine in die Enge getrieben hatten. Es hieß, er färbe sich die Haare (oder trage eine Perücke, was plausibler war), kleide sich europäisch, klebe sich eine Kippe mitten auf die Unterlippe und gebärde sich wie ein Sioux auf dem Bordellpfad. Er versteifte sich darauf, niemanden zu erkennen. Nein, nicht er sei der Dorfbarbier, er habe auch keine Kinderschar, ebensowenig wie einen Großvater - schon gar nicht einen Vater -, der Schüler der heiligen Fakultät der Theologie in Kairo gewesen war. Wenn er von den Fragen zweier oder dreier Bengel bedrängt wurde, die ihn trotz seinen Barbierlisten ohne weiteres erkannten, erzählte er ihnen, er sei Arbeiter in Frankreich und kehre in die Heimat zurück, nachdem er Scherereien mit der Polizei gehabt hatte, weil er Streiks in einer Fabrik organisiert habe, wo es eine Mehrheit von nordafrikanischen Arbeitern gab. Man wußte, daß er sich für die Politik begeisterte, und er nutzte es aus, um den Kopf zu senken, sich am Schädel zu kratzen, sich ein wenig zu zieren und dann mit einer Stimme, die beschämt klingen sollte, fallen zu lassen, man habe ihn unter dem fadenscheinigen Vorwand der Zuhälterei ausgewiesen. "Aua! Allah ist groß! Glaubt mir, meine Brüder, das ist ein Irrtum!" Man mußte sich schnell verdrücken, denn er war imstande, der schweigenden Menge vor den geschlossenen Häusern tausend Märchen zu erzählen, den vor kurzem aus seinem heimatlichen Süden zurückgekehrten Schlangenbeschwörer zu beschwören... Sie ließen ihn stehen, so sehr widerte er sie an, und kehrten rasch ins Dorf zurück, wo sie, als sie an seinem Laden vorbeikamen, den listigen Barbier wiedersahen, im Begriff, den Kadi des Orts zur Ader zu lassen, der imposant dasaß in seinem Schmerz, trotz der harten alten Bank aus morschem und endgültig von mit feinem Sägemehl gesättigten Würmern zernagtem Holz. Sie trauten ihren Augen nicht, behaupteten jedoch steif und fest, sie hätten ihn wirklich dort gesehen, wo er nichts zu suchen hatte. Dreckiger Rutenabschneider und Haarspalter! Als ausgezeichneter Blutsauger benutzte er dazu die auf dem Nacken klebenden Schröpfköpfe oder das im ganzen Landstrich bekannte Rasiermesser, mit dem er die Ader schlug, indem er energisch die Haut an Schläfen und Stirn durchtrennte. "Ein ordentlicher Schoppen schlechtes Blut", sagte er mit seiner zufriedenen Mördervisage und ging stolz hinaus, es in den Rinnstein zu gießen. Im Winter, wenn starker Frost herrschte oder der Schnee sich in Eis verwandelt hatte, gerann das Blut und behielt eine dunkelrote Farbe, die gegen die Weiße des Schnees abstach. Er lebte im Blut, und wenn die Dorfkinder in seinen widerwärtigen Laden kamen, nahmen sie sich vor ihm in acht und ließen ihn nicht aus den Augen, bis er damit fertig war, ihnen die Haare zu schneiden.

Der Barbier-Beschneider war immer noch da, saß noch immer mit sonderbarer Miene auf dem violetten Sofa. Noch immer widerstand er den rein verbalen Provokationen der Bengel der Koranschule. Und da steckt er nun mitten in einem gehässigen Selbstgespräch, und er vergißt nicht, hin und wieder mit Stentorstimme den Namen Gottes zu rufen zwischen seinen Standesgenossen und anderen Komikern und Bartträgern der letzten Stunde, die er gutmütig der Ketzerei verdächtigte, jedoch kaltblütig töten würde, sollte er darüber Gewißheit erlangen. Der Mann war kein Fanatiker, sondern ein Vorhautabschneider. Das genügte, wenn er bei irgendeiner religiösen Versammlung, neben irgendeinem Totengräber auf Urlaub sitzend, mit Unschuldsmiene seinen honigsüßen Satz fallen ließ: "Ich bin der bescheidene Diener Allahs und durch seine Gnade Vorhautabschneider dieses von der Ketzerei bedrohten Landstrichs." Trotzdem wußte er, daß er verwundbar war, wegen dieser Sache mit der Verkleidung, die er sich in den Gassen der etwa hundert Kilometer entfernten großen Stadt bisweilen zulegte; er wußte auch, daß er kälteempfindlich war, wegen all dieses schlechten Bluts, das er in seinem kränkelnden Körper herumschleppte, und an dieser Krankheit war nur die Böswilligkeit der Gläubigen schuld, mit denen er in seinem Leben als Barbier eines Dorfs verkehrte, das im Osten des Landes lag, in einer Region von Hochebenen, wo der Weizen blüht. Lachte er über die Benommenheit des Totengräbers (er brauchte nur den Kopf zu heben, um ihn zwischen dem letzten Musikanten und dem ersten Vortragenden zu erspähen, die Hände hinter dem Rücken, mit ruhiger Miene und seinen Leichen so gar nicht ähnlich, von denen er voll Melancholie sprach, sich das linke Schulterblatt kratzend, das knochiger und größer war als das rechte Schulterblatt, sein Unglück, wie er sagte...), der keine Gelegenheit versäumte, einen scharf gewürzten Kuskus mit dicken fetten Lammstücken zu essen, "denn die Toten zahlen nicht", pflegte er zu scherzen.

Jetzt bieten die Musikanten alle Kräfte auf, und die Gören dösen ohne Überzeugung, außer dem einen da drüben, der zwischen seinem Vater und seinem Onkel sitzt und sich Sorgen macht um das, was ihn erwartet. Die Instrumente knirschen, und die Losungen kreisen bereits unter den etwa vierzig Bälgern, die von neuem unruhig werden. Sie sind fest entschlossen, die Geste des Beschneiders zu stören in dem verhängnisvollen Augenblick zwischen Stille und Schrei, zwischen Ruhe und Erregung.

Die Negerin, die scheinheilig vortritt, hat die schuldbewußte Miene eines Henkerlehrlings, in ihren Händen den Napf, bis zum Rand mit Kleie gefüllt! In der Ruhepause schreit der Barbier Befehle, und das Kind sieht sich über tausend Köpfe hinwegschweben und landen in den Armen des schmerbäuchigen Onkels (Offizier? Kommissar? Wärter eines Mustergefängnisses?). Die Musik verstummt, und das Räucherwerk steigt in die Nasen. Tu ihm nicht weh! Tu ihm nicht weh! Tu ihm nicht weh! Drinnen schreien sich die Frauen die Kehle aus dem Leib, aber der Barbier, der sein Handwerk bestens versteht, legt seinen braunen Burnus ab und erregt Aufsehen, als er sich in einer prächtigen violetten Tunika zeigt. Die Geste ist theatralisch; das Kind will wegrennen, aber der Onkel hält es fest, und die beiden emsigen Männer spreizen ihm die Beine. Vor dem Blut spritzt der Urin, gelb und gekrümmt wie ein armseliges Lasso, das nichts einfängt. Sie kichern in ihre Bärte, die ihnen ein satanisches Aussehen verleihen, doch plötzlich blitzt die Klinge des Rasiermessers (Gott des großen Pimmels! Man wird dich lynchen in den Straßen der monströsen Stadt, in der noch immer die Legende der wilden Frau umgeht)... Er bleibt ruhig. Er schiebt ein Stück Elfenbein in die Vorhaut, und an der Markierung, zwischen Fleisch und Haut, macht er einen Schnitt! Das Blut tropft in den Napf, den die Negerin zitternd hält, während die Kerzen knistern in ihrem schlechten Geruch nach Wachs und Dochtfett. Die Bengel sind verstummt. Das Kind stöhnt, und die befreiten Frauen stoßen immer schrillere Schrei aus. Höhepunkt! Widerlicher Barbier! Er wäscht sich die Hände in Unschuld! Die Negerin besorgt den Rest. Der Psalter steigt zum Himmel empor und erlöst das Warten der Frauen. Es tut ihm nicht mehr weh! Es tut ihm nicht mehr weh! Es tut ihm nicht mehr weh! Die Kleie in dem schartigen Napf ist jetzt ganz schmutzig. Aber der Barbier sagt sich innerlich: "Wir werden das ketzerische Geschmeiß zu zerquetschen wissen, es ist ja so dünn gesät in unserem großen Land. Allah! Allah!"

Ich hatte schon wieder von dieser verdammten Beschneidung geträumt! Aber mit dem Morgen kam keine Ruhe. Es kam nichts. Eine aufreizende Latenz schien alles zu beherrschen. Schläfrige Sätze. Zweideutige oder nur angedeutete Gesten. Wasserspülungen, deren Sprudeln wir halbwegs errieten. Mürrische Krankenschwestern. Und im Erwachen meiner anderen Brüder lag gleichsam eine endgültige Erschöpfung, die ihnen rußbraune und zugleich graugüne Gesichter verlieh, denen eine Art rauher Verknotung endgültig jede Möglichkeit des Glücks verschloß. Sie gaben vor, den Lärm der Insekten nicht zu hören, der bei Sonnenaufgang einsetzte rings um imaginäre oder vom Gewimmel der Sonnenstrahlen undeutlich in den Raum gezeichnete Kreise, vom Zittern der Blätter des Gartens, die sich an die gleichsam weißbemalten Fensterscheiben des Saals preßten, obwohl sie mit lebhaften und kräftigen Farben bedeckt waren, bei denen neben dem Blau das Orange vorherrschte. Die Geräusche, vielfacher Herkunft und schwer zu bestimmen, waren immer dieselben (Dusche-Waschbecken-Putzen-Gießen-Küche-Regen draußen sowie auf dem zarten Laub der Bäume, an Tagen, an denen es im Sommer regnete, trotz der Intensität der Gewitter, die allein die erstickende Hitze des Tages zu mildern vermochten, usw.), ebenso wie die sowohl lauen wie feuchten Gerüche des Äthers, des Formaldehyds, des Kampfers, der in der nahegelegenen Wäscherei benutzten Waschmittel, der stinkenden und ekelerregenden Alkohole, des Brots mit jenem charakteristischen Hefedunst, und des Teigs, der in einer säuerlichen und überhitzten Atmosphäre aufgeht, des kaltgewordenen Milchkaffees, der nach Jodtinktur und Eisen stank, nach abgeblättertem Anstrich, zum Glühen gebracht von den tausend Strahlen, die durch die Bäume und die Blätter hereingedrungen waren, den gelblichen Kitt zerbröselnd, so daß kleine rostige Nägel im Holz zum Vorschein kamen, das einen Geruch zwischen Schwefel und Terpetin, zwischen Rost und tausendmal aufgekochtem Holzöl verströmte... Nichts erschreckte uns mehr. Das morgendliche Erwachen war uns vertraut, zu vertraut sogar.

Die Preisgabe unserer halb vollendeten Träume ließ uns oft in einem schmerzhaften und zugleich nebligen Zustand der Überraschung zurück. Wir benötigten tausend Vorkehrungen, tausend bedachtsame Konzentrationen, um umständlich und so langsam wie möglich mit unseren von Chimären und märchenhaften Metarmorphosen zermürbten Körpern Kontakt aufzunehmen, auch mit den Gegenständen, die uns mit ihrer aggressiven Gegenwart und ihrer Helligkeit belästigten. Das Licht verschlang hier alles, vor allem unsere lächerlichen Bärte, auf die wir stundenlang pusteten, um sie abzukühlen, in einer kollektiven und synchronen Bewegung, die die schönste Wirkung auf unsere Krankenpflegerinnen ausübte, die das Ereignis jedesmal überwältigte, wenn wir, zugegebenermaßen übergangslos, unsere anfängliche Lethargie abschüttelten.

Es kam uns auch nichts zu Hilfe, diesen nebulösen Zustand zu überwinden; außer dem Zischeln des Wassers, das in die Waschbecken tropfte, deren Hähne nie dicht sind; oder der Vielfalt und Üppigkeit der schillernden Farben, die den Raum an tausend Stellen schraffierten, mit Schattenflächen und Lichtflächen; außer auch all jenen Gerüchen, deren zweifelhafte Herkunft uns durch nichts zu lindernde Kopfschmerzen bereitete; noch dazu das störende Kommen und Gehen affektierter häßlicher Weiber und riesiger starker Burschen, mit denen wir nichts anzufangen wußten und die einzig imstande waren, uns bei unseren finsteren Ränken zu ertappen, bei denen es bestimmt um die Ermordung des Direktors dieses Irrenhauses ging, das kurioserweise, dem gesunden Menschenverstand zum Trotz, *Ermitage* hieß, an einem Berghang lag und sich, sanft abfallend, in der strotzenden Vegetation eines ungewöhnlich grasigen Gartens rechts bis zur Stadtgrenze und links bis zum brandenden Meer hinzog. Sie störten uns bei unseren Komplotten und waren kaum darauf erpicht, uns zu schmeicheln, uns, die wir zwischen Taumel und Vision verloren waren und an den Erzählungen unserer dichten gierigen Alpträume hingen. Also behielten wir unsere verschlossenen Gesichter, unsere scheelen Augen, unsere schmutzigen Bärte und unseren der Hitze und der schlechten Qualität der Matratzen zu verdankenden Juckreiz. Unser Schweigen half uns sehr, denn die Ruhe befand sich in uns und nicht außerhalb unserer Köpfe, die geblendet waren von der barocken Pracht unserer Ideen, die in uns wimmelten und rannen wie flüssiger Samen. Nichts konnte die Wunder einer Wirklichkeit aus unseren Phantasien vertreiben, die wir gegen den Strich wahrnahmen, durch Spalten und Mäander, deren Ausgänge in der schäbigen Realität wahre Klüfte öffnen würden, wo das Delirium nur ein Vorwand wäre, unsere karge Umgebung zu idealisieren, mißhandelt vom Licht, vom Geräusch der Wasser, vom Geruch des Teigs, der säuerlich aufgeht, von den Schritten der mit ihren Schlüsselbünden beladenen Aufseher... Nachts verstärkte ein fahles blaues Licht die unerklärliche Angst, die zwischen unseren Flanken pochte, und in diesem Augenblick gab es keinen anderen Ausweg, als uns in uns selbst zurückzuziehen, uns erhaben in unseren Phantasmen und Phantomen zu verschließen; und das Delirium dauerte so lange, wie die Nacht dauerte, bis zum Anbruch des Tages, der uns unwiderruflich verschlossen vorfand, mit den Zeichen des Todes und den Zeichen des Wahnsinns auf unseren Gesichtern. Blinden und schauerlichen Gesichtern: wir hatten unsere Zähne, unsere Zunge und sogar unseren Penis verloren, denn der Sturm vernichtet den Kranken, der es wagt, inmitten seines verödeten und ausgedörrten Gedächtnisses auf der unaussprechlichen, auf einem Strand liegenden Jungfrau zu reiten, vor den gleichmütigen Augen eines Negers und Mausoleumswärters, der mehr oder weniger zwielichtige Beziehungen zu einem dickbäuchigen und majestätischen fetten Kater unterhält.

Die Oberschwester war gekommen und wieder gegangen, ohne mir ein Wort zu sagen. Sie schmollte. Am Abend zuvor hatte ich ihr unentwegt in den Ohren gelegen. Sie glaubte diese Beschneidungsgeschichte immer noch nicht. Schließlich war sie an einem solchen Punkt der Ermüdung angelangt, daß sie so getan hatte, als kapitulierte sie angesichts meiner Bissigkeit und Bosheit! Meine Gefährten hatten nichts Besseres zu tun, als laut aufzulachen, nicht so sehr, weil sie Nadia haßten, sondern weil sie mir Freude machen wollten. Damit enttäuschten sie mich, denn ihre Erregung war übertrieben, und statt unversöhnlich zu sein, wie ich es wollte, gaben sie sich ständig große Mühe, in einem angenehmen und vor allem normalen Licht zu erscheinen. Wie sollte ich sie da zu jener Besessenheit treiben, bei der das Gehirn sich violett färbt wegen einiger Millionen Bienen (vor allem aufbrausenden und aggressiven Bienen) und weichen feisten Kellerasseln, unter denen es dröhnt, stöhnt, knirscht und abermals stöhnt, in einer unablässigen Bewegung, die sie in die höllische Katastrophe stürzt, wo nichts mehr von ihrem Gedächtnis übrigbleiben wird, auch nichts von ihren Silhouetten, die sie nur eine Sekunde erblickt haben im Spiegel eines Schranks, dessen Türe schwingt und quietscht, bis sie Kopfschmerzen davon bekommen und ihre armen Gehirne gehorsamer Kranker durcheinander geraten; während allein die gute und heilige flüssige Verrücktheit, von violetter Farbe, sie von ihrer Angst reinigen und sie hart und scharf machen könnte, statt dieser erbärmlichen Unterwürfigkeit, nicht gegenüber einem sadistischen Aufseher oder irgendeiner beflissenen Krankenschwester oder sogar dem Arzt mit seiner lächerlichen Brille, sondern gegenüber einem der Ihren, den man beschuldigt, er habe ein sehr schönes junges Mädchen ertrinken lassen, statt... statt ihr ovales, wunderbar sanftes Gesicht abzulecken, um es von all jenem Ziegenblut zu befreien, mit dem der Neger es vor seinen Augen besprengt hatte, als die Hellsichtigkeit seinen Geist noch nicht verlassen hatte, der jetzt verwüstet war von der Angst vor dem Clan, der mit einemmal auftauchen und Jagd auf ihn machen könnte, und hinter dem Clan die in ihren weiten Gewändern steckende Horde, einige der Vorfahren ablösend, die ebenfalls aufgebrochen waren, ihn zu suchen, bewaffnet mit dicken genagelten Knüppeln, Küchenmessern und ein paar Jagdgewehren, die zurückgebliebenen armen Teufel anfeuernd, schrecklich hinkende und blinde Greise, die gegen den Sittenverfall wetterten und gegen die Philosophie, die nur in die Flammen der Hölle führen kann, usw. Wie also meinen Gefährten den ursprünglichen Haß auf all die geschickt getarnten Autoritäten in diesem Hospital erklären und wie ihnen begreiflich machen, daß jedes Mitleid mit meinem Schicksal aus ihren Worten und Augen verbannt sein müßte? Meine Gefährten enttäuschten mich wirklich, wenn sie derart jauchzten, nicht am Morgen, wo trotz den Wassergeräuschen und den Küchengerüchen alles statisch blieb, sondern den Rest des Tages.

Nadia schmollte. Weil ich tags zuvor von neuem jene Geschichte von dem jungen Mädchen erwähnt hatte (das ertrunken war, ohne daß ich ihr zu Hilfe kommen konnte, weil die Sonne auf meine Schläfen hämmerte und der Sonnenstich mich in ein elendes Labyrinth gerissen hatte, wo mir jede Geste maßlos und albern vorgekommen war, zumal der Wärter des Mausoleums sich für mein Tun und Treiben zu interessieren schien und dort verharrte (aber wo war die schwarze Ziege geblieben?) in schmerzvoller Erwartung, die Lippen von der Trockenheit angeschwollen, während meine Geliebte, der Gehässigkeit des Clans geraubt, ins grüne Wasser ging, um ihr von jenem Blut triefendes Gesicht zu waschen, das im Mundwinkel und in der Lidspalte bereits zu gerinnen begann), die sie in Rage brachte; und es gefiel mir, sie in diesem Zustand zu sehen, der sie moralisch kleinmütig und körperlich häßlich machte mit ihrem abgeschlafften Körper, der schon abgenutzt war von tausend ängstlichen und tastenden Händen auf der Suche nach der Ekstase, die ihren armseligen Liebhabern verschaffen zu können sie schwor, von deren Ausmaß und Vibration sie jedoch keine Ahnung hatte und die sie in einer Regung der Verzweiflung dennoch versprach, aus Angst, sie könnten sich weigern (alle diese jungen Leute, in die sie verliebt war), mit ihren männlichen Gliedern in dieser länglichen Wunde herumzustochern, die schon ausgeleiert war von tausend nicht etwa erregenden, sondern schlichtweg sinnlosen Penetrationen, denn sie war frigide und kalt wie der Bauch einer Nacktschnecke, die im frostzerfressenen Gras klebte, in einem Garten der Kindheit, am frühen Morgen eines besonders strengen Winters. Sie endgültig an den Pranger nageln? Das war der Traum, während die anderen dösten oder sich in einem hysterischen Anfall auf dem Boden wälzten, ihren Kopf auf den Marmor schlugen und sich grimmig die Lippen zerbissen. Sie war eifersüchtig auf Samia, deren Schönheit und Intelligenz ich unaufhörlich beschwor; und dann gebärdete sie sich wie eine vom Insektizid erstickte Heuschrecke, dessen Wirkung sie mitten im Flug ereilt hätte. An manchen Tagen sagte sie, sie habe mich in der Hand und ich bräuchte mich nur zu ergeben. Meine Kapitulation sollte dann mit einer bestimmten Anzahl von Maßnahmen einhergehen, die ich als einziger - sagte sie - ausführen könne: wieder Ruhe in die Station bringen, damit aufhören, vor meinen freudestrahlenden Gefährten die kritische Analyse des Korans zu unternehmen, jede subversive Aktion gegen die Gesundheitsbehörden einstellen und vor allem nicht mehr von jener Beschneidungszeremonie sprechen, ebensowenig wie von dieser an einem Strand des Landes verführten angeblichen Philosophiestudentin... Sonst würde sie mich bei den Geheimen Mitgliedern des Clans (GMC) anzeigen, die nicht dazu da seien, dieses in allen Stücken von meinem kranken Hirn erfundene junge Mädchen zurückzugewinnen, sondern zu anderen, weit ernsteren Zwekken. Im übrigen habe sie mich seit dem Tag in der Hand, an dem sie meine Sachen durchwühlt und darin das Foto einer ägyptischen Schauspielerin entdeckt hätte, die im ganzen Landstrich wegen ihres Bauchtanzes und den Reizen ihres Körpers berühmt war, den sie fast nackt zur Schau stellte. Auf der Rückseite des Fotos stünde der Name der Schauspielerin auf arabisch (سَامِيَة جَمَال) mit einer höchst banalen Widmung. Sie habe mich in der Hand - sagte sie - und beschuldigte mich unentwegt, den Namen der Tänzerin benutzt zu haben, um diese ganze Affäre mit dem jungen Mädchen aus gutem Hause zu erfinden, das mir angeblich an einen Strand gefolgt sei, wo ein schwarzer Einsiedler lebte, der sich noch an die Riten des Stammes erinnerte. So hätte ich mir alles ausgedacht, weil ich heimlich in die Bauchtänzerin verliebt sei, die in halbpornographischen Filmen auftrat, die ich in meiner Kindheit in einem kleinen verdreckten Kino gesehen hätte, wo wir bei jeder Hüftdrehung der Anmutigen pfiffen, zwischen einer im Hals stekkengebliebenen Erdnuß und einem Zigarettenstummel, den wir im letzten Moment - bevor er ihn unwiderruflich austrat - einem mißtrauischen Bauern im Sonntagsstaat (dabei kamen die Bauern freitags in die Stadt...) stibitzt hätten. Aber wo war der Zusammenhang zwischen diesem Foto und dem mit Ziegenblut besprengten jungen Mädchen, dessen vom Wasser aufgedunsener und vom Salz zerfressener Körper mit der zerknitterten und geschundenen Haut, die die sehr weißen Knochen sehen läßt, dem verwesten Fleisch und dem verschimmelten Haar früher oder später an irgendeinen Strand dieses wunderschönen Landstrichs gespült werden würde? Wer hatte dieses Foto in meine Jackentasche gesteckt? Ich wußte, daß sie zu allem fähig war. Sie drohte, alle meine Gefährten einzuweihen und damit meinen Einfluß auf die anderen Kranken zu zerstören, die mich immer diese Geschichte von Samia, der jugendlichen Geliebten, wie ein Märchen hatten erzählen hören. Meine Freunde konnten dann nur mit Mühe ihre Tränen zurückhalten, und man mußte sie beruhigen und ihnen auf einmal sagen, das seien bloß Lügen. Dann fing ich wieder von vorn an und lieferte ihnen einen herzergreifenden Bericht über den Tod meiner ehemaligen Schülerin; den Unterschied zwischen Wirklichkeit und Mythos hielten sie - mit Recht - für zu gering, und am Ende glaubten sie dieses ganze Gefasel. Man durfte ihnen auf keinen Fall das Gegenteil erzählen. Sie wurden schnell sarkastisch, dann bösartig, dann hysterisch; und der Saal glitt in ein Delirium, das ich wie ein Psychodrama leitete. Nie beglückwünschte mich der Direktor, denn er wußte, daß ich an der Spitze der Verschwörung stand, die darauf abzielte, ihn kurzerhand an einem Baum im Garten aufzuhängen.

Sie hatte mich in Zweifel gestürzt. Daher schmolz meine Heiterkeit, und tagelang wurde ich von unerträglicher Ungewißheit gepeinigt: (habe ich Samia getötet?) Niemand konnte meine Fragen beantworten. So war ich in einem Zustand totaler Erschöpfung, und ich hatte den Eindruck, daß ein gigantischer Bär in der eisigen Ebene meines steifgefrorenen Gehirns überwinterte. Die Raserei flaute ab. Der Saal wurde gehorsam und ließ sich Arzneien und Spritzen verabreichen, ohne Unterlaß, von morgens bis abends. Statt sich diebisch zu freuen, ängstigte sich Nadia wegen meiner ungewohnten und überdies erinnerungslosen Lethargie. Ich simulierte Blindheit und verbrachte die Tage im Nebel.

Sie hatte mir auch gedroht, allen die Gründe für meine Hospitalisierung zu erklären. Ich hatte sie keiner Antwort gewürdigt und mein Schweigen nicht gebrochen. Was für eine Geschichte würde sie erfinden? Meine Gefährten lasen jetzt den Koran, ließen geduldig ihren Rosenkranz durch ihre Finger gleiten und gingen der Frömmigkeit und der Mystik auf den Leim. Das Leben im Krankenhaus verlief weiterhin in großer Eintönigkeit. Äthergeruch. Makellose weiße Laken, die man über die Leichen derer warf, die den Mut gehabt hatten, zu sterben, ohne Aufmerksamkeit zu erregen, fast beschämt, als hätten sie mitten im Stadtzentrum in die Hose gepinkelt, wenn die Mittagsstunde das Blau des Meeres zerbricht und in ein mit großen weißen Punkten geflecktes Flaschengrün verwandelt. Ein Mann liegt im Sterben. Ein anderer schreit in den Latrinen, ihm komme seine Seele aus dem Hintern heraus. Oft Stille. Selten Wahn. Die Angst pocht in den Köpfen, und keiner wagt zu feixen, weil ein Freund gestorben ist und niemand den Mut gehabt hat, ins Leichenhaus zu gehen und die Totenwache zu halten. Mein Vater hat mir geschrieben. Er will mich besuchen. Ich habe nicht geantwortet. Er wird den Weg ins Krankenhaus schon finden. Er weiß sich zu helfen, mein Vater. Ich habe seinen Vornamen vergessen, denn alle Welt nennt ihn Dschoha; ein funkelnder Spitzname, der ihm gut steht. Er verkauft Fische. Er ist ständig bekifft, und wenn er genug hat, nimmt er sein Boot, das er unentwegt in allen Farben anstreicht, und fährt ganz allein aufs offene Meer hinaus. Ein Mann aus dem Süden singt ein sehr trauriges Klagelied. Meine Kehle schnürt sich zusammen, nicht wegen meines Vaters, sondern wegen des Liedes. Seit langem weiß ich, daß Dschoha nicht mein richtiger Vater ist. Er hat es mir nie gesagt. Zwar vergeht er nicht gerade vor Scham, aber er haßt Siomar!

Die Krankenschwester hatte gedroht, herumzuerzählen, ich befände mich nur deshalb in diesem Saal, weil ich versucht hätte, mich umzubringen, indem ich mir mit einer Rasierklinge die Pulsadern öffnete. Niemand hätte es geglaubt, und sie hätte eine solche Lüge nie von sich geben können. Meine Gefährten hätten von neuem gejubelt, nur um sie wütend zu machen. Sie hatte also erfahren (von wem?), daß ich versucht haben soll, mir den Tod zu geben nach dem Scheitern einer Liebesbeziehung mit einer meiner Schülerinnen, die nicht einmal Samia hieß, sondern einen anderen, komplizierten Namen hatte, der schwer zu behalten sei. Sie sagte ihnen: "Völlig unwichtig, der Name dieser Schülerin, die von dem öffentlichen Schriftsteller verführt wurde, dem ihr eure Familiengeschichten und eure intimsten Geheimnisse erzählt, damit er einwilligt, geschwätzige Briefe für euch zu schreiben, deren Länge euch in Erstaunen setzt, aber ihr seid unfähig, ihm die Meinung zu sagen, weil es euch fasziniert, mit welcher Leichtigkeit er eure Angelegenheiten versteht, und dann braucht ihr bloß noch mit dem Daumen zu unterschreiben..." Das junge Mädchen soll den Schreiber verlassen haben, um reumütig in den Schoß der Familie zurückzukehren, und diese hätte es vorgezogen, die Sache zu vertuschen.

Mein vermeintlicher Selbstmord soll in dieser Zeit stattgefunden haben. Die Feuerwehr hätte mich ins Krankenhaus gebracht. Was soll man dazu sagen? Ich mochte noch so laut lachen, sie wollte nicht locker lassen. Ich wußte lediglich, daß ich in einer kleinen Stadt unweit der Hauptstadt Philosophie unterrichtet hatte und daß ich mir an einem sehr heißen Tag auf einem menschenleeren Strand einen Sonnenstich zugezogen hatte. Ich wußte auch, daß ich nicht der Sohn jenes ein wenig verwirrten Fischhändlers und Musikers war, der eingewilligt hatte, mir seinen Namen zu geben, sondern der Sohn von Siomar, dem Ehemann meiner Tante Malika. Das Rätsel war nicht völlig aufgeklärt worden, aber ich wußte über die abscheuliche Machenschaft meines richtigen Vaters Bescheid. Ich wagte niemanden von dieser lästigen Abstammung in Kenntnis zu setzen, denn auch das hätten Ärzte und Krankenschwestern der Mythomanie angelastet. Sie dachten - Nadia hatte es sie wissen lassen -, sie hätten den Beweis für diese meine Leidenschaft, die Wirklichkeit zu verzerren, in dem in meiner Tasche gefundenen Foto der Tänzerin. Daraufhin wurden alle sarkastisch, und ich konnte nur noch stundenlang ihr Treiben beobachten. Sie stolzierten herum, im Besitz ihrer Gewißheit, höchst zufrieden, schon zu Beginn meiner Hospitalisierung eine tragische Neigung zur Simulation diagnostiziert zu haben. Unter dem Einfluß von Nadias Gehässigkeit und Böswilligkeit zogen einige von ihnen sogar meinen Selbstmordversuch in Zweifel. Alle in meiner Umgebung fragten sich, ob ich nicht einen Selbstmord vorgetäuscht hätte, um die Aufmerksamkeit der kleinen Stadt, in der ich unterrichtete, auf mich zu lenken, um den Ring der Widerstände zu durchbrechen, in dem ich mehr und mehr erstickte. In Wahrheit verdächtigten sie mich, der Urheber einer Reihe von Machenschaften zu sein, aber ihr Mißtrauen gegen alles, was von mir ausging, hinderte sie daran, in meinem Fall, der einerseits sehr einfach, andererseits für ihre starren Schemata und ihre mechanistischen Kriterien zu schwierig war, zu einem abschließenden Urteil zu kommen. Sie blieben im Ungewissen und setzten, sobald sie sich mir näherten, undurchdringliche Mienen auf. Sie versuchten mich dazu zu bewegen, ihre Entscheidungen zu akzeptieren und zu kapitulieren. Perplex! Sie wußten nicht mehr, woran sie waren, und nahmen es nun der Oberschwester übel, die ganze - letztlich deprimierende - Aufregung um meinen Fall zu schüren. Ich sah ihnen zu. Und sie schnieften, um ihre Verlegenheit zu kaschieren. Vergebens. Ich hatte ständig das Bedürfnis zu schlafen und zu kotzen. Und sie hörten nicht auf, um mein Delirium zu kreisen. Die Dinge waren vage. Vage auch die Umrisse der Gegenstände und Lebewesen. Schmal gewordene Gesichter. Plötzlich abgemagerte Körper, wie am Rand des Gleichgewichtsverlusts. Die Gegenstände schienen in der dicken Luft zu flattern, auf die sich die Farben legten wie in einem geschmacklosen Traum. Das geringste Licht reizte meine Lider, und wenn ich tagsüber einschlief, träumte ich, meine Mutter wäre in einer schwer erreichbaren fremden Stadt gestorben. Perplex waren auch meine Gefährten, wenn es vorkam, daß ich mir einen weißen Stock, eine dunkle Brille und einen buschigen Bart zulegte. Dann lag ein idiotisches Lächeln auf meinem von der Schlaflosigkeit und vom Verlust des Gedächtnisses zerfressenen Gesicht. Was konnte ich anderes tun, da die gehässige Intrige, mit der man mich verfolgte, mir das Recht absprach, einmal ein junges Mädchen geliebt zu haben, dem ich in einem Mausoleum, in dem die Seele einer alten Irren spukte, beigebracht hatte, einige von den Vorfahren ererbte ungerechte Gesetze sowie die alte Horde zu verachten, die uns in einer Eukalyptushitze auf den Fersen war, mitten durch die Brustbeerbäume der Kindheit und den Granit und den Feuerstein auf dem Grund der Wadis, die ausgetrocknet waren durch die Sonnenplage und den Wind mit seinem Geruch nach Pfeffer, Gewürznelken und Aniskörnern (welchen Traum denn noch erfinden, um das Krankenhausgesindel zu blenden?).

Jetzt tuschelte man um mich herum. Man fürchtete einen neuerlichen Selbstmordversuch. Nadia sagte meinen Gefährten, die es mir eilig hinterbrachten, alle Symptome deuteten darauf hin, daß ich bald versuchen - oder simulieren - würde, meinem Leben ein Ende zu setzen. Das Durcheinander war spaßig, aber niemandem kam es in den Sinn, ihm Einhalt zu gebieten. Und so wurde unser Saal von kollektiver Hysterie ergriffen. Die Kranken meinten, die medizinische und paramedizinische Sippschaft sei eine Gefahr für ihr seelisches Gleichgewicht. Sie weigerten sich, eine solche Situation hinzunehmen. Außerhalb des Deliriums hatten sie das Gefühl, nicht mehr zu existieren. Man durfte also unseren Henkern, unseren Bewachern und unseren Ärzten keinen Augenblick Ruhe mehr lassen. Man mußte im Gegenteil toben und mit Hilfe der Verrücktheit wieder zur Klarheit des Bewußtseins emportauchen. Diese unerbittliche Hellsicht sollte unsere Folterer nicht nur in Erstaunen setzen, sondern ihnen auch Lust machen, uns in die heilsame Verrücktheit zu folgen. Ich selbst hielt zwerchfellerschütternde Reden über die Frigidität der Oberschwester, die in unserem übel beleumdeten Saal nicht mehr zu erscheinen wagte, denn jedesmal, wenn sie es versuchte, wurde sie von sämtlichen Irren niedergeworfen, die sie direkt auf dem Fußboden vergewaltigten und erst dann von ihr abließen, wenn sie einen phantastischen Lachanfall bekam, der unsere Nerven in Schwingungen versetzte und uns unschlüssig werden ließ, so daß wir schwankten zwischen dem Verlangen, sie umzubringen, und dem Verlangen, ihr bis zur Verschmelzung der Farben zum Genuß zu verhelfen. Aber ihr irres Gelächter war lediglich das Zeichen jener endgültigen Unfähigkeit zu genießen! Sie lachte dämonisch, wie andere schreien oder schluchzen.

Angesichts dieser wiederholten Fehlschläge hatten wir gedroht, sie zu zerstückeln (zumal ein Spezialist in derlei Dingen unter uns weilte. Ein Zuchthäusler, den man von Festung zu Festung geschleppt hatte; ein struppiger Hüne, aus dem Zuchthaus ausgebrochen und wieder eingefangen in einer Moschee, als kurzsichtiger und fanatischer Fettwanst verkleidet; ein Nekrophiler, der sich in Liebe zu einer Frau verzehrte, die während seines ersten Gefängnisaufenthalts gestorben war und deren noch nicht ganz zu Staub zerfallene Leiche er nach seinem Ausbruch umarmen wollte. Jetzt, da er in unserem mit falschen Blinden, falschen Delirierenden und falschen Liebenden heimgesuchten Höhle jämmerlich gestrandet war, besaß er - um sie zu retten - einen Anflug von Glaubwürdigkeit, der ihn in unseren Augen großartig erscheinen ließ; und seine Delirien waren die besten, die bilderreichsten und phantastischsten. In einen von Motten zerfressenen und an vielen Stellen durchlöcherten alten Burnus gehüllt, glaubte er, daß unentwegt Schnee fiele auf die sonnenüberflutete und vom Meer angenagte Stadt, denn er verwechselte alles und ging erhaben und ohne jede Mühe in der Zeit zurück. Er war fett, vergoß Ströme von Schweiß, behauptete jedoch, er friere, denn alles sei weiß und der Schnee verursache Schwingungen vor seinen Augen vor lauter Weiße. Aber das war noch gar nichts verglichen mit dem Blut, das sich in reißenden Bächen über den makellosen Raum ergoß und tiefe Schluchten in den weißen Schnee grub. Während er sprach, hatte man den Eindruck, daß es über der Stadt stürmte und daß der Schnee in dicken Flocken fiel, die Passanten und die Auslagen bedeckend, die Autobusse und die Straßenbahnen samt ihrem Gestänge, mit dem sie nichts anzufangen wissen und das dort oben zappelte zwischen dem Blau des harten, körnigen Himmels und der stechenden Weiße der Straßen, der Häuser und der Erde, die in so hellem Glanz badete, daß der Raum ringsum eine Dimension erhielt, in der jede Bewegung in Zeitlupe abzulaufen schien wie in einem alten Film oder einem schönen Alptraum. Er sprach von dem Schnee, der auf sein Dorf fiel, aber er verwechselte alles in seinem armen Kopf eines Ex-Mörders und hielt die Stadt, in der das Krankenhaus lag, für sein Dorf, das im Osten des Landes lag und in dem er vor langer Zeit einen Raubmord begangen hatte, in einem armseligen kleinen Lebensmittelladen. Ganze Abende lang konnte er flennen bei der Erinnerung an diesen Mord, weil er in dem Laden nichts gefunden hatte, nicht einmal soviel, um sich ein Päckchen Zigaretten zu kaufen, während er - der Dummkopf - glaubte, den Coup seines Lebens zu landen, viel Geld zu verdienen und die Frau zu heiraten, die - so sagte er - gestorben war vor Kummer, ihn in jenem Zuchthaus eingesperrt zu wissen, während sie sich in Wirklichkeit einen sonnigen Lenz machte nach einer Ehe mit dem Patriarchen einer sehr wohlhabenden großen Familie...), gnadenlos. Wir hatten Nadia gewarnt, daß wir sie am Ende zerstückeln würden! Sie war im Bilde und wußte, daß der Ex-Mörder imstande war, seine Tat zu wiederholen. Er schluckste vor Aufregung und hatte mich adoptiert, weil ich ihm mit viel Begeisterung und viel Palaver von meiner Liebe zu Samia zu erzählen verstand, die jetzt ertrunken war, unkenntlich geworden bei all dem Salz und all dem Wasser, das ihr schönes Gesicht eines jungen Mädchens zerfraß, das vor kurzem erfahren hatte, wieviel Feuer sie zwischen den Beinen besaß. "Aua!" sagte er, auf den Boden spuckend. "Ich habe mich von dieser Liebe nie erholt!" "Ich auch nicht!" Ich sagte das, um ihn zu trösten, doch zwischen mir und ihm stand jener arme Teufel, über den er sadistisch hergefallen war. Zwischen ihm und mir stand das Phantom des Gewürzhändlers, dessen Körper er gräßlich verstümmelt hatte. Es war ihm egal, daß er kaltblütig getötet hatte. Er bedauerte nur, daß er den Schnee mit Blut, Speisesaft, Schleim, Rotz und sogar mit Exkrementen besudelt hatte, denn bevor er starb, hatte der Kaufmann seine Därme nicht halten können und hatte sich sinnlos gedemütigt, als er sich vor dem struppigen und vollgekifften Mörder zur Schau stellte.

Nadia war also auf der Hut. Es ging nicht mehr darum, in irres Gelächter auszubrechen, sondern sich womöglich ermorden zu lassen von dem anderen Greis, der zwangsläufig mein Freund geworden war, da er seine schon seit zwanzig Jahren tote Geliebte beweinte! An manchen Tagen erstarrte ich vor Entsetzen. Und ich erbrach all meine grüne Galle, dann all meine blaue Galle. Und als ich nichts mehr zu erbrechen hatte, hatte ich den Schluckauf und ein höllisches Schrillen im Kopf. Ich schlief nicht mehr. Halluzinationen! Ich glaubte, den ermordeten Gewürzhändler, schaurig von einer kleinen blauen Lampe beleuchtet, den Saal betreten zu sehen, seinen Kopf unter dem Arm wie Flieger, die ihre Helme auf diese Weise tragen, bevor sie das Flugzeug besteigen. Er sah sich im Saal um, ging dann zwischen den Betten hindurch und bat jeden von uns um ein Almosen. Wenn mich das Flimmern vor meinen Augen blendete, wälzte ich mich aus dem Bett, mit feuchtem Körper, rauher Zunge und hervorquellenden Augen, tausend Torheiten brüllend, verwechselte Nadia mit meiner Mutter und meine Mutter mit Samia, dann mit der Geliebten des Zuchthäuslers, den ich für den Barbier hielt, der mich beschnitten hatte, als ich klein war. Manchmal hielt ich den Vorhautabschneider für den Schulmeister und umgekehrt, bis ich auf dem Boden zusammenbrach. Dann wurde der Schatten nach und nach dichter und verschlang mich in seinem Schoß. Ich verlor wirklich das Gedächtnis und stürzte in einen bodenlosen Brunnen.

Schließlich versuchte es die Oberschwester noch einmal, als meine Beziehungen zu dem Zuchthäusler sich verschlechterten und ich ihm, von Panik ergriffen, ins Gesicht schrie: "Mörder!" Er schien nun weniger riesig und sehr verletzlich zu sein. Aber ich hielt stand: "Mörder", ich wiederholte meine Beschimpfung mit solcher Gehässigkeit, daß ich ihm wohl Angst einjagte. In diesem Augenblick brauste Nadia herein, von einem Spitzel informiert, lächelte mich an, setzte sich neben mich, erkundigte sich nach meiner Gesundheit und meinen Angelegenheiten und tischte mir, im Handumdrehen, wieder das Foto der ägyptischen Tänzerin auf, deren Namen, Samia Gabal, sie auf seltsame Weise aussprach, als sei sie in einem stark bevölkerten Vorort von Kairo geboren worden. Sie flehte mich an, ihr die Wahrheit zu sagen, die Maske fallen zu lassen, zuzugeben, daß niemand ertrunken sei, daß es nie eine Beschneidung noch einen Strand, noch eine Mausoleum, noch einen die Riten der Vorfahren achtenden Neger, noch eine weiße Katze, noch einen Selbstmordversuch, ja nicht einmal eine polizeiliche Untersuchung gegeben habe. Sie setzte eine so leidende Miene auf, daß ich im Begriff war, alles zuzugeben, nicht weil es die Wahrheit war, sondern um sie zu beruhigen und zu verhindern, daß ihr Gesicht vor lauter Bestürzung und Zweifel häßlich wurde. Doch nichts kam über meine Lippen, außer der Behauptung, daß mein Vater nicht mein Vater sei, sondern das Opfer einer zwielichtigen Affäre, angezettelt von einem reichen Grundbesitzer namens Siomar. Da hob sie zu einer spitzfindigen Rede voller Hintergedanken an, und ich sah ihre bis zum Irrsinnn vergrößerten Augen in ihrem Gesicht: jetzt war sie schön, und es packte mich die Lust, sie in die Rumpelkammer zu bringen, um sie zwischen Lappen und Besen flachzulegen und ihr das irre Gelächter zu bescheren.

Hospital. Hundstage. Geschlossene Fenster. Draußen macht die Hitze kochende Knoten in die Luft und schindet die Fliegen, die - schlafwandlerisch - im dicken Spülicht der sengenden Siesta segeln. Die Krankenschwestern kommen und gehen, während alle Welt döst. Sie fallen mir auf die Nerven mit dem verstohlenen Schlurfen ihrer Schritte auf den frischen Fliesen. Durch die halb zugezogenen Fensterläden trifft mich das bunte Gewimmel mitten ins Gesicht und läßt die mehr als dünn gewordene Luft vibrieren. Ich träumte von einem Gesetz, das die Krankenschwestern zwingen würde, keine Beine mehr zu haben und sich in Rollstühlen fortzubewegen, die gehörig geölt sein müßten, damit sie keinen Lärm machen. Samia hatte mir einen langen Brief geschrieben (falls es sich nicht um eine List des Arztes handelte, um mich davon zu überzeugen, daß sie nicht ertrunken war, sondern daß ich mir einen Sonnenstich zugezogen hatte). Auch meine Tante hatte mir einen Brief geschrieben, den sie bestimmt einer meiner Schwestern diktiert hatte. Sie sagte mehrmals (die Manie der Wiederholungen!), es sei normal, daß ich im Krankenhaus wäre. Sie sagte auch, daß es bei meiner schlechten Angewohnheit, mich das ganze Jahr auf Stränden herumzutreiben, normal sei, daß ich starke Kopfschmerzen hätte. Mein Vater war gekommen und hatte Pfirsiche und Zitronen mitgebracht. Er brachte auch den Geruch der Flut und eine ungewohnte Frische mit. Er war der einzige, der mich besuchte. Er machte sich über meine Situation keine Gedanken, sondern haßte Siomar. Dann schleppte sich die Woche in jener feuchten Hitze dahin, die sich im September über die Stadt ergoß. Alles klebte. Die Gesichter glänzten. Ich zählte die Toten, die man jeden Tag aus der Leichenhalle schaffte, um sie diskret zu beerdigen, indem ich den Geräuschen der Handwagen auflauerte, die unter den Fenstern unseres Saales vorbeifuhren. In der Stille der Nacht zählte ich auch, wie oft die Wasserspülung gezogen wurde. Ich stellte regelrechte Statistiken auf und hielt mich über die kleinste Kolik und die banalste Verstopfung auf dem Laufenden. Ich wachte. Sie schliefen, außer dem vor kurzem aus Frankreich zurückgekehrten jungen Arbeiter, der die arabische Sprache vergessen hatte. Er hatte sozusagen das Gedächtnis verloren, denn er konnte nicht einmal Französisch sprechen. Er erzählte mir sein Leben, so wie man Luft aufwirbelt, lakonisch und ironisch, indem er das, was ich verstehen sollte, in ein kleines Heft zeichnete. Er hatte seine Muttersprache vergessen und schien darüber sehr bekümmert zu sein. Er brabbelte ein paar derbe Wörter, die er in der französischen Stadt gelernt hatte, in der er Löcher grub, damit Telefonkabel verlegt werden konnten. Er sagte, es sei einfach so über ihn gekommen, eines Tages, als er mit einem Landsmann sprach, der mit ihm aus demselben Duar gekommen war. Er sei plötzlich verstummt, mitten in einem Satz, den er nie habe beenden können. Vorher habe er keinen Schock bekommen. War er in Frankreich glücklich gewesen? Er antwortete, indem er mir rußgeschwärzte Städte zeichnete, über die es immerzu nieselte. Er zeichnete auch Männer und Frauen, die Hunde an der Leine hinter sich herzogen, die das Bein hoben oder die Gehsteige beschmutzten. Er verzog das Gesicht. Er zeichnete Fabriken und Unterführungen, in denen verstörte Menschenmengen tastend vorwärtsgingen. Ich wußte noch immer nicht, ob er in Frankreich glücklich gewesen war.

Wenn es keine Toten mehr zu zählen und keine Spülgeräusche mehr zu erfassen gab, schrieb ich Briefe, an Nadia, an Samia, an meinen Vater (meinen richtigen), dann an meinen Vater (den falschen), dann an meine Tante. (Ich tröstete sie, so gut ich konnte, und versuchte, sie an den Gedanken zu gewöhnen, daß sie mich höchst wahrscheinlich nicht wiedersähe.) Sobald Nadia meinen Brief gelesen hatte, kam sie an mein Bett und frohlockte. Sie war bereit, mir zuzuhören. Ich räumte ein, daß ich ein Mythomane war und daß ich schon in früher Kindheit von irgendeinem Schock traumatisiert worden war, dessen genauen Ursprung ich im Gestrüpp meines überfüllten Gedächtnisses nicht zu ermitteln vermochte. Und so geriet sie ins Schwärmen, ermunterte mich, fortzufahren, machte sich Notizen, gab mir kleine Küsse, nahm sich ernst, salbaderte, ließ mich schwören, daß ich später zu ihr in die Rumpelkammer kommen werde. Und als sie sich mächtig in Szene gesetzt hatte, sagte ich ihr, daß der Fischhändler, der mich hin und wieder besuchte, nicht mein Vater sei. Damit brach alles für sie zusammen. Sie dauerte mich mit ihrer rührseligen Miene, ihren kläglichen Falten, ihren großen Augenrändern und ihrem eingefallenen Mund. Die Versuchung, diese Erklärung zurückzunehmen, die nicht zu den anderen paßte, war groß, dennoch ließ ich sie gehen mit der Dünung im Kopf, nicht wissend, an welchen Gott des Wahnsinns sie sich wenden sollte. Die Wirrnis war nicht zu überbieten, und meine Gefährten schliefen im Schatten mit den Spuren ihres täglichen Irrsinns auf den Gesichtern.

Es wäre immerhin an der Zeit, daß die Geheimen Mitglieder kämen, um Samias Verschwinden zu untersuchen!

Warum habe ich ihr von meiner Mutter erzählt? Bestimmt hatte ich eine schöne Gelegenheit verpaßt, meinen Mund zu halten. Aber im Grunde hatte ich nichts mehr zu verlieren. Jetzt, da ich draußen Komplizen hatte, würde mich nichts mehr zurückweichen lassen. Nadia brachte mich zum Lachen, denn sie war ganz und gar nicht auf diesen neuerlichen und meiner Meinung nach überwältigenden Angriff gefaßt. Jetzt fühlte ich mich stark, auch wenn meine Verbündeten außerhalb des Hospitals nur noch zwei waren, der Dichter Omar, der immer noch eingesperrt war, weil er aufrührerische Gedichte über die Poltik und über die Religion geschrieben und in seinem programmatischen Gedicht die Gläubigen aufgerufen hatte, während des Ramadan nicht mehr zu fasten. Mein anderer Komplize war kein anderer als mein angeblicher Vater, der Fischhändler. Er ist ein kränkelnder kleiner Mann, er verkauft Sardinen in einem Laden, in dem man friert, wenn man aus der Sonne kommt. Er ist sehr kühl und riecht nach Flut, wenn die Mittagsstunde Straßen und Gassen in Brand steckt und die Luft gleichsam metallische Schwingungen aussendet. Sobald man sich in der Höhle befindet, gut geschützt vor der Sonne, hat man den Eindruck, als schwankte der Boden unter dem sowohl hinterhältigen wie verwirrten Blick des Besitzers. Er selbst wäscht seine Hände in Unschuld. Er liebt das Meer und die Gedichte von Omar, von dem die ganze Stadt nichts weiß und den sie verachtet. Ihm ist das schnuppe. Er sagt es mir jedesmal, wenn er mich besucht. Er sagt auch, es sei dumm von mir, keinen Rosenkranz zur Hand zu haben, unter dem Kopfkissen. (Das nützt! Das nützt!) Er feixt. Hustet endlos. Taucht dann wieder empor. Jubel. Er hat nicht die Zeit, in sein riesiges Taschentuch aus weißer Seide zu kichern. Er hat eine empfindliche Nase und trifft seine Vorkehrungen. Was soll das bedeuten, diese Rosenkranzgeschichte? "Mein Sohn, du bist nicht genug gerüstet." Er zitiert Lenin auf Arabisch und sagt, man dürfe nicht zu gierig sein. Ein Schritt vorwärts und zwei zurück! In der Gasse des Saals, zwischen zwei Bettreihen, macht er zwei Schritte vorwärts und einen zurück. Die Theorie muß nicht unbedingt mit der Praxis übereinstimmen. Er setzt eine Kennermiene auf, mein angeblicher Vater, und eifert gegen die mechanistischen Schemata. Bei dem Dichter Omar, der zwischen dem Zuchthaus und den Krankenhäusern des Südens pendelt, wo er sich manchmal ein Auge behandeln läßt, das allmählich blind wird, beklagt er einen zu großen Hang zur Schwärmerei. Kurz, er durchschaut sein Spiel zu sehr. Mein Vater trägt seinen Spitznamen zu recht: Dschoha, der Erhabene. Er liebt ihn sogar. Das Wasser fasziniert ihn über alles. Er ist also ein Maniker und will, daß alles glänzt. Wenn er mich im Hospital besucht, habe ich große Mühe, ihn davon abzuhalten, daß er einen Eimer Wasser holt und unter meinem Bett sauber macht. Da er viel Phantasie hat, macht er sich eine Menge Gedanken über die Fauna und Flora, die unter den Krankenhausbetten wächst und gedeiht. Er ist ein Dichter, und er ist fünfzig Jahre alt. Immer dabei, über die kommunistische Revolution im Landstrich zu schwafeln, hat er sich eine Art Jugend bewahrt. Seine Augen leuchten ständig, und er färbt sich - kokett - Bart und Schnurrbart, zu meiner großen Beschämung.

Warum habe ich ihr erzählt, was vor sehr langer Zeit im Dorf geschehen war? Um ihren verdammten Schädel einer Oberschwester in Verwirrung zu stürzen, die einen überhitzten Kiesel zwischen ihren Beinen herumzuschleppen meint. Ha! Ha! Daß ich nicht lache. Auch Dschoha lacht, wenn er sie mit den Hüften wackeln sieht. Ich habe ihn ins Bild gesetzt. Seine Augen leuchten noch stärker, und er will Wetten abschließen. Er schwört, daß er imstande sei, sie zu befriedigen, vorausgesetzt, er sei voll mit Alkohol und Kif. Denn er räumt ein, daß er Aufputschmittel brauche, um Nadia aufzutauen. Er liebt den Jasmin, bestellt jedoch seinen Garten nicht. Er läßt sich alles gefallen, kümmert sich aber um alles, was ihn nichts angeht. Er hat sämtliche Laster: er raucht Kif und kaut ständig Tabak; er liest Marx und rezitiert den Koran. Er hält mich für zu dogmatisch. Er kommt wieder auf seine Rosenkranzgeschichte zurück: "Man kann machen, was man will, du bist mein Sohn", sagt er, "du trägst meinen Namen, also mußt du auf meine Ratschläge hören. Die Sache mit dem Rosenkranz ist wichtig. Du mußt ihn immer zur Hand haben. Das verwirrt die Polizisten und andere Kadis, die einen Turban tragen, der nach Moschus und nach Rosenwasser duftet." Er sagt auch, diese List könne Nadias Gehässigkeit besänftigen. Ich sträube mich gegen eine solche Konzession, da ich sie für demütigend halte. Mein Vater ist ein braver Mann. Er ist glücklich, aber er bringt seine Schwester zur Verzweiflung, die ihn für etwas übergeschnappt hält. Da er meine Tante liebt, leidet er insgeheim unter ihrem Verhalten ihm gegenüber. Er jedenfalls glaubt an die Trugbilder und an die Revolution! Der Mann brüstet sich, nicht nur ein aus strategischen Gründen unter einem schrulligen und nahezu grotesken Äußeren getarnter Revolutionär zu sein, sondern auch ein wissenschaftlicher Wahrsager. Trotzdem hat er ein weiches Herz und liebt seine Schwester, die Hexe, eine Art professioneller Heiratsvermittlerin, die die maurischen Bäder unsicher macht und die Ohren spitzt, sobald man in ihrer Gegenwart irgendeine Frau erwähnt (unter Verschluß gehalten von einem auf seine Ehre bedachten Clan; die von ihrem Tagesgefängnis in ihr Nachtgefängnis geht und umgekehrt wie eine von ihrem Körper und von der Leere angewiderte Seiltänzerin...), die im heiratsfähigen Alter ist. Er regte mich auf mit seiner sonderbaren Zuneigung zu dieser Zwillingsschwester, deren rückschrittliche Ideen er immerhin einräumte. Als professionelle Kupplerin legt sie in den Schwitzkammern der Mamas gemeine Hinterhalte: sie sieht sich um und taxiert trotz der Dunkelheit und der hohen Temperatur des Dampfbads mit untrüglichem Blick die jungen Mädchen, die ihr Zölibat wie eine schwere Kette hinter sich herziehen. Ohne sich etwas anmerken zu lassen, huscht sie behende vorbei und tastet mit rascher Geste ihre Hüften und Brüste ab. Meine Tante hat ihre Gründe, aber die Männer lieben üppige Frauen mit festem und zugleich freizügigem Fleisch. Er regt mich auf, mein Vater Dschoha, mit seiner Unterwürfigkeit. Er ist nie hart zu seiner Schwester. Er hat eine Schwäche für sie, und sie ist ein wenig sein schlechtes Gewissen.

Sein letzter Besuch im Dorf liegt schon eine geraume Weile zurück. Er hat sozusagen nie dort gewohnt. Er besucht es einmal im Jahr auf Siomars telegraphisches Geheiß und bringt ein paar Tage damit zu, mit seiner allzu schreienden Aufmachung und seinen allzu sophistischen Reden die Dorfbewohner zu skandalisieren, die gezwungen sind, dem reichen Besitzer, der sie beschäftigt, völlig ergeben zu sein. Dennoch hat er Erfolg. Wenn er mit Büchern, Rosenkränzen und nach frischem Fleisch stinkenden Zitronen beladen im Hospital eintrifft, sieht er aus, als käme er von einem anderen Planeten. Nadia lächelt spöttisch. Das ärgert mich, denn im Grunde meines Herzens bemitleide ich ihn ein wenig. Draußen ahmt er beim Gehen die Dünung nach, und die Bengel des Stadtviertels, die vermuten, daß er betrunken ist, bewerfen ihn mit Steinen. Er aber verachtet sie und trägt über seiner aus Hongkong eingeschmuggelten Jacke einen riesigen roten Schal, den er kokett und lässig über die Schulter wirft und von Zeit zu Zeit wie eine revolutionäre Fahne entfaltet, um die Polizisten zu ärgern, die in großer Zahl die zwischen ihren roten Hügeln und ihrem grünen Meer gefangene Stadt durchkämmen. Unter seinen strahlend weißen Turban klemmt er die Zweige eines Jasminssträußchens, dessen Blüten seine linke Schläfe durchlöchern und auf der Haut einen Krater der Kühle öffnen. Alle guten Gerüche leben in ihm zusammen. Seine Schwester glaubt felsenfest, daß eine verliebte Frau, die sich nicht zu erklären wagt, ihn verhext habe. Wie wäre es sonst zu erklären, daß er im Alter von zweiundzwanzig Jahren in den Handel eingewilligt hat, den Siomar ihm vorschlug? Nadia, ins Bild gesetzt, glaubt diese Geschichte zwar nicht, sagt jedoch mit verkniffenem Lächeln, er habe da eine Jugendsünde begangen. In die Enge getrieben, erzählt er etwas ganz anderes. Er erklärt, Siomar habe ihn erpreßt, weil er Beweise gegen ihn in der Hand hatte. Dschoha hatte nämlich einen Haschischhandel aufgezogen und fürchtete, Siomar würde ihn bei den damaligen Kolonialbehörden anzeigen, unter denen er zuverlässige Freunde, ja sogar Komplizen hatte.

Und Samia - vor ihrem Ertrinken - hatte mir nicht geholfen. Sie hatte gesagt: "Du wirst verrückt!" Statt zu insistieren und ihr im einzelnen zu erzählen, warum Dschoha, dessen Person sie faszinierte, nicht mein richtiger Vater war und daß er mich nicht einmal großgezogen hatte, hatte ich es vorgezogen, ihr schwarzes Haar zu flechten, so schwarz, daß es fast blau war, und sie dann, verstohlen in meinem Zimmer angelangt, entkleidet, ins Bett gelegt und ihr, ohne einen Blick für ihr üppiges Fleisch, in einem Zuge Kierkegaards Abhandlung über die Verzweiflung erklärt, dazu den Brief der Vergebung des ketzerischen blinden Philosophen aus dem 11. Jahrhundert, Abu al-Ala al-Maarri, den Dante sehr wohl gelesen hatte, bevor er seine Göttliche Kommödie schrieb, und schließlich die Koransure "Die Kuh". Draufhin hatte sie angefangen, sich zu fragen, ob nicht doch etwas Wahres sei an dem, was ich über das väterliche Band behauptete. Die Geschichte war zu komplex. Woher den Mut nehmen, sie ihr zu erzählen? Vor allem, da mich das Verlangen peinigte, mir die unmöglich zu erwärmenden Füße abzuschneiden, die wie ein Auswuchs außerhalb meines restlichen Körpers gediehen. Was ihr sagen, wenn ich nicht mehr vergessen konnte, daß mich am Ende meines Körpers meine beiden eiskalten Füße in einem Maße quälten, daß ich sie, sauber und desinfiziert, an eine Wand der entsetzlichen Mansarde genagelt sah, die ich bei einer alten geizigen Frau gemietet hatte, die mir einreden wollte, daß in diesem Landstrich der Sommer auch im Winter andauere und daß man letzten Endes nur ein warmes Herz zu haben brauche, um nicht viel Aufhebens zu machen von dieser schneidenden Kälte aus dem Schneegebirge, das die Stadt umzingelte und erdrückte. Es war besser, ihr weiterhin aus meinen drei Lieblingsbüchern vorzulesen, übergangslos von einem zum anderen wechselnd, über die Seiten, die Wörter und die Begriffe hinwegrennend: dort wieder auftauchend, wo sie mich am wenigsten erwartete, ihr unerklärliche Kopfschmerzen bereitend, ohne jede Anspielung auf meinen Vater.

Eine verrückte Geschichte! Er war unangemeldet gekommen. Und nach den üblichen Begrüßungen schleuderte er mir jene Enthüllung ins Gesicht, die gar keine war, da meine Tante mich vor einigen Jahren aufgeklärt hatte: "Ich bin nicht dein Vater!" Er lachte schon im voraus, in Erwartung, noch lauter zu lachen über das Gesicht, das ich ziehen würde: "Ich bin nicht dein Vater!" Ich ließ ihn reden. Während des Wartens, das zu lange zu dauern begann, schien ihm die Nase aufs Kinn zu purzeln, und die Verblüffung verlieh seinem Gesicht einen schmerzlichen Ausdruck, den ich noch nie bei ihm gesehen hatte. Jetzt lachte er nicht mehr. Er blieb stehen angesichts meines Schweigens und meiner Sarkasmen, gleichsam auf jede unheilvolle Möglichkeit gefaßt, die von einem etwas übergeschnappten Menschen kommen kann. Im Grunde hatte er Angst, daß ich ihn gleichmütig mustern würde. Dabei hatte er sein Geheimnis lange mit sich herumgetragen. Aber das machte mir keinen Eindruck! Bei der Hitze lief er puterrot an und fuhr fort, mich anzustarren. Seine groteske Silhouette stach im Rahmen des offenen Fensters von einer Mauer ab, die unter dem ungestümen Laub einer riesigen, mit rosavioletten Blüten übersäten Bougainvillea verschwand. Ihm zu sagen, er solle sich setzen, hatte keinen Sinn. Er war drauf und dran, die Flucht zu ergreifen, hin und her gerissen zwischen Wut und Frohlocken. Im Grunde mißfiel ihm meine Art, dafür zu sorgen, daß ihm das Lachen in der Kehle stecken blieb, und der Schmerz begann nun tatsächlich, seine Gesichtsmuskeln zu lähmen, die in Erwartung meiner Reaktion erstarrt waren. Tausend Ameisen! Er sah dämlich aus und schwebte in dem von der Hitze gemarterten Raum. Er ahmte nicht mehr die Dünung nach. Ich aber war aufgebrochen, nach meiner Kindheit zu suchen (Das warme Haus mit seinem Kalkverputz, seinen Fliesen und seinen bunten Mosaiken. Meine Mutter und meine Tante. Die nackten Füße, weißer als der Marmor, auf den sie traten. Der weiße Tüll, der verhinderte, daß die Sonne mir die Lider verbrannte. Die beiden Frauen, die selten miteinander sprachen, dafür den lieben langen Tag dem Schwarm der Kinder hinterherbrüllten, die ständig auf der Lauer lagen, auf dem Sprung, besorgt um die Wendung der Dinge... (Es gab zwei Frauen in Siomars großem Haus und nur einen Mann.) Im Gewimmel der Sonne auf den Fliesen, zwischen einer Fliege, die wir zerbissen, um den Geschmack des Bluts im Mund zu haben, und sowohl unschuldiger wie unzuträglicher Liebschaften verhielten wir uns merkwürdig. Wir wußten genau, daß sich etwas zusammenbraute. Die üppigen Formen der Tante verhießen nichts Gutes. Das von ihrem Begehren träge gewordene Weib beunruhigte uns mit ihren wunderlichen Blicken, ihrem ewigen Schmollmund und ihren dikken Brüsten, die sie nie in einem Büstenhalter einschloß, wie die Frauen es üblicherweise tun, sondern innerhalb ihres sehr weiten Kleids in alle Richtungen schaukeln ließ. Sie brauchte sich nur ein wenig zu bücken, und man hatte einen paradiesischen Geschmack auf der Zunge. Meine Mutter war schön. Im Gegensatz zu meiner Tante betete sie nicht und schnupfte heimlich. Ich hatte sie mehr als einmal dabei ertappt, wie sie meinem Onkel die Brust gab, der zwischen seinen beiden Frauen einherstolzierte und uns mit ewigem Haß verfolgte), während er wie festgenagelt stehenblieb. "Ich bin nicht dein Vater!" Nur ich war hellsichtig. Mein Schweigen rettete mich. Er brauchte nur noch in seinen Laden zurückzugehen. Morgen wird Zeit sein, daß er wiederkommt.

Tatsächlich war es nicht meine Mutter, die mich aufgeklärt hatte. Sie schämte sich zu sehr, meine arme Mutter. Sondern meine Tante Malika hatte den Mut gehabt, es mir zu sagen. Sie hatte die ganze Geschichte von Anfang bis Ende erzählt, mit einer Geschwindigkeit, die bei dieser sehr langsamen und sehr ruhigen Frau übertrieben war. Am Ende war sie außer Atem. Sie keuchte. Als sie sich vor mir ausgeschüttet hatte, ohne mich ein einziges Mal anzusehen, bat ich sie, das Ganze zu wiederholen, denn ich hatte nichts verstanden. Sie wäre fast erstickt, war einen Augenblick versucht, in Ohnmacht zu fallen, und beschloß dann, mir alles noch einmal zu erklären. Jetzt hatte ich verstanden. Ich unterbrach sie immer wieder und stellte ihr Fragen, die sie erröten ließen. Damals siechte meine Mutter - mit fünfunddreißig Jahren - in ihrem Zimmer dahin, das sie nicht mehr verließ. Sie war krank, und alle wußten, daß sie den schrecklichen Winter, der über den Landstrich hereingebrochen war, nicht mehr überstehen würde. Unten schepperte die Straßenbahn und übertönte die heisere Stimme meiner Tante. Die Dämmerung senkte sich herab, während sie sprach. Ein rötlicher Schatten säumte die Gesichter und Gegenstände mit einer lebhafteren Farbe als das Zwielicht, das an dem weißen Tüllvorhang stagnierte. "Es ist nicht ihre Schuld... Es ist nicht ihre Schuld." Dieser Satz kehrte wie ein trübsinniges und zugleich schreckliches Leitmotiv immer wieder. Weinte meine erbarmungswürdige Tante? Empfand sie überhaupt Reue angesichts jener langsamen Auflösung des Körpers von Selma, meiner Mutter, die im Alter von sechzehn Jahren von Siomar vergewaltigt worden war? Unmöglich, auf solche Fragen zu antworten. Ja, ich war in der denkwürdigen Hochzeitsnacht meiner Tante Malika gezeugt worden! Sie hatte die Geschichte ihres Vaters erzählt, eines alten Lampenmeisters, der während des Dienstes zwischen unserem Dorf und dem Nachbardorf gestorben war, zur Strecke gebracht von seinen Krampfadern und dem Wein, den er in großen Mengen trank, um den Mut aufzubringen, an den Eisenbahngleisen entlangzulaufen mit seiner Harzlampe am Unterarm, der schon steif war, lange bevor der Tod ihn in einer Januarnacht überraschte, als es auf den Hochebenen sanft schneite. "Es war nicht ihre Schuld." Warum nur sagte meine Tante immer wieder diesen verfluchten Satz, der dazu angetan war, mich zu reizen? Trotzdem vergaß ich nicht, daß meine Mutter im Sterben lag und daß ich den Schmerz über ihren Tod würde ertragen müssen (Halluzinierender Eindruck eines Schlachthauses im Krakeelen der Tiere und in den Strömen warmen und dicken Bluts, das sich in die komplexen Abflußrinnen ergoß, deren fast abstrakte Struktur mich mehr erschreckte als alles andere; im grauenhaften Gurgeln der roten Flüssigkeit, gleichsam ein Echo der Geräusche der Agonie in den Kehlen der in tadelloser Ordnung endlos aufgereihten Tiere, wenn das Blut den Mund, die Augen und die Nasenlöcher überflutet hat. Wer hatte mich an diesen entsetzlichen Ort gebracht? Vielleicht mein angeblicher Onkel, der mein Vater war, der gestrenge und rechtschaffene Siomar, ein reicher Grundbesitzer, der seine dritte Reise nach Mekka hinter sich hatte und es nicht dabei bewenden lassen würde... Das faszinierende Brodeln des geröteten Urins, der kläglich aus der vom Messer des struppigen Rohlings zerfetzten Eichel rann, verwandelte meine verkappte Angst in den irrsinnigen Wunsch zu kläffen und zu tänzeln. Wir waren hergekommen, um ein paar Schafe und Kälber abzuliefern, deren trauriges Blöken mich ratlos machte, angesichts der - völlig vergeblichen und gekünstelten - Hektik des reichen Landwirts. Das Dröhnen des Bluts war unerträglich, als sich plötzlich die Kehle öffnete und die zinnoberrote Flüssigkeit mit Macht auf das monströse Gesicht des Fleischers zuschoß, der sich schweißtriefend über sein Opfer beugte...), der nicht zu ertragen war. Wie aber sollte ich jetzt, da ich, zwischen dem Bericht meiner Tante und der hereinbrechenden Dämmerung, nicht mehr wußte, wie es um mein Gedächtnis stand, dem grauenvollen Gemetzel entrinnen? Sie hatte gesprochen! Jetzt war es an mir, das Entsetzen zu beherrschen. Vergewaltigung meiner Mutter, im hellen Licht des Sommers, neben dem Brunnen, zu dem sie gegangen war, um Wasser zu schöpfen; auf dem Boden, wie die Schafe meiner Kindheit, die vor meinen Augen geschlachtet und zerstückelt worden waren. Sie hatte lange gesprochen, ohne jeden Zorn. "Zwanzig Jahre ist das jetzt her." Es war im Jahr des Erdbebens geschehen, das alles verwüstet hatte, in einer Stadt, in der es nur noch aufgehäuften Schutt gab. Ich hatte von dieser Katastrophe, von der noch lange gesprochen wurde, nichts gesehen außer vergilbten Fotos, die verfallene Häuser zeigten, windschiefe Häuser, Häuser ohne Dach, und noch andere, die völlig zerstört waren, zerrüttete alte Frauen, die unter der Sonne und im Staub mit rostigen Gabeln die Erde aufscharrten. Ich hatte nichts gesehen von dieser durchgerüttelten Stadt, in der kein Stein auf dem andern geblieben war, mit ihren Rissen und Spalten, die sich fast bewegten, während ringsum das Eisen erstarrt war und die verkrüppelten und zauberischen Bäume phantastische Krümmungen aufwiesen wie gewalktes, geknetetes Blech und Zink, in einem Sieden, das aus dem Mittelpunkt der Erde kam. Ich hatte von der Sonne vergilbte Fotos gesehen, auf denen die armen Geschädigten aufrecht standen, während ihre Baracken am Boden lagen. Und dann die Prozessionen der Ratten, die vor aller Augen das stinkende, von weißen, roten und grünen Würmern wimmelnde Aas verschlangen. Und dann das stehengebliebene Minarett der Moschee, das töricht in den blauen Himmel ragte, während ringsum alles zerstört war, dezimiert, zernagt, den Ratten preisgegeben, jenen fetten Ratten mit den rosa Ohren, den glatten milchweißen Bäuchen, schlimmer als die Bäuche der kalten Frösche und vornehmer als die Bäuche der von der Kolonisation wohlgenährten Nabobs vor der Unabhängigkeit des Landes; mit den weißen Schnurrbärten, die so lang waren, daß sie ihnen in die Augen fielen, darin schwammen und das Tier störten bei seinem mehr als holprigen, torkelnden und häßlichen Gang. Der Boden war verätzt von der Lepra der stinkenden Materialien, die durchnäßt waren von dem grünen und grauen Schimmel, der über Steine und Felsen und auch über das Eisen und den von tausend Mäandern gefolterten Stahl floß und sicherlich aus den Kloaken stammte, die in tausend Stücke zersprungen waren und ihren widerlichen Inhalt ausleerten, der den Gestank der verdünnten Atmosphäre noch verstärkte, den Gestank der verwesenden Kadaver, die, dem Himmel gegenüber, mit offenen Augen in der Sonne lagen. Und dann jenes fiebernde kleine Mädchen in seiner Schlaftrunkenheit, das in seinem Wahnsinn zwei wohlgerundete weiße kleine Brüste entblößte, mit rosa Spitzen, so zart wie eine vage Röte, Folge irgendeines Juckreizes, der ihm zwei Flecken auf der samtenen Brust beschert hätte. Und dann gab es den Erdhügel mit seinen violetten und knorrigen, sich wie flüssige Lawa im Boden ausbreitenden Wurzeln, auf dem Fledermäuse durch die verkohlten, verbogenen und zum Himmel aufragenden Zweige raschelten, in einem Delirium phantastischer und zügelloser Abstraktion, in Form und Struktur, als handelte es sich bloß um eine von der unerträglichen Hitze verwischte Zeichnung und nicht um einen von einer Katastrophe zerbrochenen Baum. Und dann gab es noch die Skorpione, die Reptilien und das zerstoßene Glas, das den armen Geschädigten in die Augen stach, die fortfuhren, in der Erde zu stochern mit wunderlichen Geräten, wie sie aus den Häusern der Reichen und der Europäer geworfen werden, die vor langer Zeit den Sommerhagel, die Erdbeben, die Dürre mitgebracht hatten sowie sämtliche Plagen, die über armselige Bauern hereinbrechen können...

Er hatte sie in dem Augenblick überrumpelt, wo sie sich bückte, um den Wassereimer heraufzuziehen, den sie in den Brunnen geworfen hatte. Und dort, in einem Sonnenfleck, hatte er sie vergewaltigt und penetriert, ohne sich Zeit zu nehmen, sie zu entkleiden, nicht einmal, ihr die Unterhose auszuziehen, die auf halber Höhe des Schenkels hängenblieb und ihr ein törichtes Aussehen verlieh, das der Satyr nicht einmal bemerkt hatte. Er hatte ihr in die Zunge gebissen und sie so sehr in Schrecken versetzt, daß er sie schließlich um ihren für eine mögliche Heirat kostbarsten Trumpf brachte; und da stand sie nun, idiotisch, nicht einmal ohnmächtig, geöffnet in alle Ewigkeit. So hatte sie das letzte Geheimnis ihres Bluts verloren, das schwach über ihre Schenkel und ihre schlecht hochgezogene Unterwäsche rann. Die Mätresse ihres Schwagers geworden, hatte sie nichts gesagt, sich nicht einmal gewaschen und den Rest des Nachmittags eine Spur von Blutströpfchen hinter sich hergezogen.

Sie fuhr fort zu flüstern. Der Schatten hatte sich in tiefe Nacht verwandelt. Aber wer hätte es gewagt, Licht zu machen? Im Nebenzimmer schleppte sich meine Mutter mit einer langen Krankheit. Sie hatte gesagt, daß Siomar mein richtiger Vater sei und daß Dschoha nur deshalb eingewilligt habe, den drohenden Skandal zu vertuschen, weil er Opfer einer Erpressung gewesen sei. Im übrigen hatte ich schon immer vermutet, daß er außerstande war, mein richtiger Vater zu sein. Er unterhielt Beziehungen zu einer meiner Schwestern. Ich war weniger erstaunt als empört über das Schweigen der beiden Frauen, die das Geheimnis zwanzig Jahre lang gehütet hatten. Sie hatten nicht einmal miteinander darüber zu reden gewagt, und jede wartete, daß ich groß werde, ich, der ich am Tag der Vergewaltigung gezeugt worden war, um sowohl über meine von dem Gebieter grausam vergewaltigte Mutter als auch über meine am zweiten Tag ihrer Ehe entsetzlich verhöhnte Tante zu urteilen. In der

Nacht des Zimmers sagte sie, sie hätten keinen Beistand gehabt, außer einem Bruder, der ebenfalls Eisenbahner war und fortwährend trank, um zu vergessen, daß sein Vater im Suff gestorben war, unter einem Meter Schnee begraben. Sie weinte bei der Erinnerung an ihren armen Bruder, einen Gewohnheitstrinker, der sich der kolonialen Ausbeutung erst spät bewußt geworden war und sich gebessert hatte, indem er in den Maquis ging, wo ihn die französischen Soldaten eines Tages getötet hatten, als er sich das Gesicht in einer Wasserlache wusch während eines aufreibenden Marschs durch die Brustbeerbäume und die Blaubeeren, über den Felsen hinweg, der die rote Erde zerschnitt, auf der die buschige Vegetation eine zauberische und zugleich vorsorgliche Turbulenz schuf, am Hang des von Lawa, roten Ameisen und Skorpionen zerklüfteteten Hügels. Sie weinte bei der Erinnerung an meinen im siebenjährigen Krieg gefallenen Onkel, obwohl er in den Städten gelebt hatte, seit langem der Polizei entwischt, die ihn für einen notorischen Kommunisten hielt. War er von meinem angeblichen Vater Dschoha - Si-Sliman-dem-Pfiffigen - indoktriniert worden? Sie verneinte es, er habe die Reichen gehaßt und die Religion und habe am Ende tun müssen, was zu tun war. Der Polizei entwischt, die ihn schon lange vor Ausbruch des notwendigen Aufstands suchte, hatte man ihn gefoltert (und meine Mutter hatte den Mut ihres Bruders sehr bewundert. Nach seiner Entlassung aus dem Gefängnis hatte er sie überraschend besucht und war hinter ihr aufgetaucht, einen kleinen Schrei ausstoßend und sie um die Taille fassend, so daß sie sich nicht umdrehen konnte und raten mußte... Zuerst hatte sie nicht an einen Scherz gedacht. Sie hatte sich an den Tag erinnert, an dem der andere, der Schändliche, sie vergewaltigt hatte, genau an derselben Stelle, vielleicht zur gleichen Tageszeit, mit der gleichen Wintersonnenlache rings um den Brunnen. Er hatte sie von hinten überrumpelt... Wie kam es, daß sie ihn nicht hatte kommen hören... Das Gras war wohl feucht. Es hatte am Vortag geregnet. Dabei war sie immer auf der Hut. Seit zwanzig Jahren war sie auf der Hut! Die Vergewaltigung... Sie war jedesmal mißtrauisch geworden, wenn sie einen Brunnen sah und einen Grasstreifen um ihn herum. Ihr Bruder hatte sie überraschen wollen. Sie glaubte ihn noch immer im Gefängnis. "Den ganzen Tag Wasser schöpfen, du mußt müde sein..." Sie hatte ihn an seiner Stimme erkannt. Zum Glück! Sie war drauf und dran, sich in den Brunnen zu stürzen. Sie würde sich bestimmt kein zweites Mal vergewaltigen lassen. Er war gekommen, ihr seine Entlassung mitzuteilen und seinen Entschluß, das Dorf, die Eisenbahngesellschaft zu verlassen und in den Maquis zu gehen. Ein Geheimnis! In diesem Augenblick hatte sie bemerkt, daß sich die Nase ihres Bruders nicht mehr an ihrem gewohnten Platz befand, sondern etwas von ihrer Bahn abgewichen war. Er sagte, daß er keine Schläge mehr einstecken wolle, ohne sie zurückzugeben, daß er es ihnen heimzahlen werde. Er war nicht einmal wütend. Ein Geheimnis, das nicht verraten werden dürfe, wiederholte er. Auch sie hatte ein Geheimnis! Doch wie es ihm sagen? Sie war im Begriff, es ihm zu erzählen...) und ins Zuchthaus von Lambèse gesteckt.

Die andere Frau - die Schwester - brabbelte noch immer im Dunkeln, aber sie hatte ihre Position verändert. Ich sagte mir, daß sie zu unglücklich sei, um stillsitzen zu können. Siomar hatte sie sehr oft angeekelt, wenn er Dinge von ihr verlangte, deren sie sich schämte, sie, die fromm war und Gott fürchtete... Sie hatte die beiden einmal in einer Stellung überrascht, die bei einem Mann, der - ganz bewußt - die Legende seiner Askese und Rechtschaffenheit kursieren ließ, zumindest skurril war. Sie verstand nichts und traute ihren Augen nicht. Schrecklich, der Anblick ihrer Schwester, die auf dem Unterleib ihres Mannes saß, ihm den Rücken zukehrend, während eine alte Frau - sicher eine Bettlerin, die er auf der Straße angeheuert hatte, unter dem Vorwand, sie solle kommen und die Wäsche waschen-, ganz nackt, mit ihrer armseligen schlaffen Brust voll blauer Adern, als habe man sie an dieser Stelle und an den anderen verletzlichen Stellen tätowiert, ihm etwas in den Mund steckte... und die Bettlerin war offenbar eifrig bei der Sache, um mehr Geld zu verlangen, denn sie wußte, daß der reiche Grundbesitzer ein Geizkragen war. Hätte die Schranktür mit ihrem monumentalen Spiegel, in dem die drei Körper sich wunderbar spiegelten, angefangen zu quietschen (sie schloß schlecht und öffnete sich oft ohne bestimmten Grund) und zu schwingen, dann hätten die Körper ausgesehen, als tanzten sie. Aber die andere, diejenige, die mit sechzehn Jahren vergewaltigt worden war, mit ihrem flaumigen Rücken und ihren fleischigen runden Hinterbacken, blieb verstört und segelte durch das sonderbare Getümmel, Fleisch an Fleisch und Haare an Fleisch, sicherlich rote Flecken und rosa Striemen darauf hinterlassend, die das ekelhafte Oberhaupt der Sippschaft wohl erregten. Skurril war auch das Hin und Her, das alle schwanken ließ und ihre Körper schüttelte wie ein kompaktes Agglomerat oder einen phantastischen geometrischen Rückstand, verunglückt in dem fast undurchdringlichen Raum, da man für die Siesta des Ungeheuers die Fensterläden geschlossen hatte. Nur er allein war übrigens auf der Suche nach jener legendären Lust, kurz erahnt zwischen den Körpern der Frauen, die er verführt oder einfach gekauft hatte, vor seiner Heirat mit meiner Tante und bevor er meine Mutter vergewaltigte, um mich in einem Delirium aus Blut und krampfhaften Zuckungen zu zeugen, nachdem er tags zuvor seine legitime Frau entjungfert hatte. Sie hatte gesagt (oder sollte ich es einfach erfunden haben, nach diesem verdammten Sonnenstich, der meinen Schädel in tausend verschwommene Strukturen und tausend vage und wenig präzise Wörter zertrümmert hatte; so daß ich geglaubt hatte, Samia sei ertrunken, das siebzehnjährige Mädchen, das sagte, daß es mich liebe, mir jedoch in Constantine entwischte, wohin ich ihm nachgefahren war), sie habe, für den Bruchteil einer Sekunde, den dicken Musikanten gesehen, der bei der denkwürdigen Beschneidung in eine Posaune blies. Das fehlte gerade noch! Und sie war hin und her gerissen zwischen wildem Gelächter und Zorn, jedoch schnell weggerannt, um ihre ganze Galle in einen Wassereimer zu erbrechen. Hatte sie lange zwischen der unwiderstehlichen Komik und dem nach Erbrochenem schmeckenden schwammigen Tod geschwankt, hin und her gerissen zwischen beidem, ohne zu wissen, was tun? Wer weiß!

Dschoha, alias Si Sliman-der-Pfiffige, mein angeblicher Vater, riß keine Possen mehr. Er sagte mit beschämter Miene, meine Tante habe lange einen Geruch nach gerinnender Milch mit sich herumgetragen; während Selma, meine Mutter, zerkratzt in jener schönen, fast gallertigen Hitze, die die Schwingungen der Luft schriller machte, dahinsiechte, ihre Kräfte und ihr Gedächtnis verlor. Manchmal ging ich zu ihr und blieb lange an ihrem Bett sitzen, in jenem großen Zimmer, dessen Fensterfront auf die Terrasse und den Eukalyptuswald ging, der quer durch den Maquis und die von der Sonne gerösteten Sträucher bis in ihr Zimmer purzelte, so daß es zwischen den Bäumen und dem Himmel zu schweben schien, an manchen Tagen zusammen mit einer zerdehnten, phänomenalen Sonne, die man durch die leicht gewölbten Scheiben wahrnahm. Und meine

Mutter brachte ihre Zeit damit zu, den Himmel anzuschauen, diesen blauen Balken über den weißen Laken, von denen jeder Millimeter Stoff erhitzt war, so daß man meinte, die Laken seien an manchen Stellen rissig geworden unter dem ständigen Brennen der Sonne, die die Bäume und die im Licht diffusen Gegenstände entflammte, einem Licht, das das blutleere Gesicht der Kranken überflutete und ihm ein wenig Farbe verlieh.

Jetzt, da er wiedergekommen war, hatte er nichts mehr zu sagen. Ich hätte ihn beschimpfen können, aber das hätte die Oberschwester zu sehr gefreut, die ihm mit hartnäckigem Haß begegnete. Er hatte nichts mehr zu sagen, da ich bereits Bescheid wußte durch meine Tante, die mir den Leidensweg ihrer Schwester und ihren eigenen erzählt hatte, beide in der Falle von Siomar gefangen, der sie mit Gewalt bezwungen hatte. Er hatte beide gleichzeitig geschwängert, und um den Skandal zu vertuschen, wandte er sich an Dschoha und drohte, ihn wegen seiner Aktivitäten als notorischer politischer Agitator und wegen seines Drogenhandels der Polizei auszuliefern. Er hatte sogar ein oder zwei Geschichten von Ehemännern erfunden, die der brave Mann in ihrer Ehre gekränkt hätte und die ihm ständig auf den Fersen wären, ihn suchten und ihm einen Hinterhalt nach dem anderen legten, denen er wie durch ein Wunder entkommen wäre. Siomar hatte ihm vorgeschlagen, ihm einen Laden am Hafen abzutreten, der es ihm ermöglichen würde, Fische zu verkaufen, als Gegenleistung für eine weiße Hochzeit mit Selma, die der reiche Grundbesitzer vergewaltigt hatte. Er hatte in diesen abscheulichen Handel eingewilligt, weil er - wie er sagte - Mitleid mit Siomars Opfer gehabt habe, eben jener, die mich ein paar Monate später zur Welt bringen sollte. Jetzt, wo er hier war, neben meinem Bett, hatte er keine Lust mehr zu scherzen wie am Vortag, als er in wildes Gelächter ausgebrochen war bei dem Gedanken, was ich wohl für ein Gesicht machen würde, wenn ich aus seinem Mund erführe, daß er nicht mein Vater war. Als ich ihn so sah, traurig und sittsam, bekam ich fast Gewissensbisse und bereute ein wenig, ihn um die Wirkung gebracht zu haben, mit der er rechnete, um sich ein wenig zu freuen. Er war da. Fast leutselig. Das Gesicht halb vom Schatten zerfressen, während die andere Hälfte aus dem Raum zu tauchen schien, ohne den geringsten Übergang, der den teuflischen Effekt ein wenig gemildert hätte. Als Rebell hatte er die Tage, die Monate und die Jahre bisher in herrlicher Weise durchlebt. Jetzt war er da, auf dem Stuhl sitzend, im Schneidersitz (er hatte sich nie anders setzen können), und erweckte den Eindruck, als wäre er im Begriff, das Gleichgewicht zu verlieren, aber dem war nicht so, denn das Unbehagen machte ihn vorsichtig. Alter Affe! Er sagte nichts. Mit seinen Beinen, die unter seinen armseligen mageren Schenkeln verschwanden, simulierte er totale Verwirrtheit und vergnügte sich damit, sich in den Augen der anderen Besucher, die ihn nicht gut kannten, für einen beinlosen Krüppel auszugeben. Ablenkung! Einige von ihnen gingen sogar so weit, ihm ein Almosen zu geben, das er ohne ein Wort des Dankes annahm. Seine Reglosigkeit setzte mich in Erstaunen. Er, sonst so geschwätzig, verschanzte sich hinter einem grämlichen Schweigen, das ihm das sowohl gelehrte wie komische Aussehen eines wachsamen Blinden verlieh.

Als er gegangen war, blieb ich allein. Ich hatte nichts zu tun als zu dösen. Zwischen Wachen und Schlaf hatte ich einen sonderbaren Traum. Mir träumte, daß meine Mutter tot war. Man hatte mich auf geheimnisvolle Weise benachrichtigt und mir die Adresse in einer fremden Stadt im Zentrum eines nicht minder fremden Landes genannt. Nachdem ich an der angegebenen Adresse geläutet hatte, erschien ein Greis, der eine mir unbekannte Sprache sprach, und erklärte mir - durch Gesten -, er sei der Hausmeister des Gebäudes, in dem wir uns befanden, und ich solle ihn nicht für einen Totengräber halten, das würde ihn beleidigen. Anfangs erklärte er es mir sehr höflich, mit sehr sanften Gesten, damit ich verstehen könne, aber nach und nach war er aufgebraust. Zum Schluß hatte er angefangen, mich auf Arabisch zu beschimpfen: "Kelb! Kelb!" Es war klar, daß er seine Taktik geändert hatte, daß irgend etwas an meinem Verhalten ihm plötzlich aufgefallen war und ihn schockiert hatte. Er wurde furchtbar bedrohlich, machte mir gegenüber obszöne Gesten. Er wollte, daß ich die Leiche meiner Mutter auf dem Rücken wegtrage! So sehr ich ihm auch zu erklären versuchte - durch Gesten -, daß meine Religion mir ein solches Sakrileg verbiete, war er weiterhin schlechter Laune. Nach einer geraumen Weile ließ er mich schließlich das Zimmer betreten, in dem meine Mutter auf dem Bett lag. Eine Alte, die ständig am Innern ihres Mundes saugte, hielt die Totenwache. Sie ging mir auf die Nerven mit den Geräuschen, die sie machte. Sie sagte mir in einer Sprache, die nicht die meine, mir jedoch vertraut war, sie komme aus dem Hospiz. Ich hatte nicht verstanden, ob sie damit auf etwas Bestimmtes anspielen wollte. Ich hatte um einen Jutesack gebeten, um meine arme Mutter mitzunehmen. Der Hausmeister gab mir einen winzigen Sack und befahl mir zu warten, bis die Leiche schrumpfe; was - ihm zufolge - bald geschehen werde. Ich glaubte, er scherze. Aber die Alte aus dem Hospiz wiederholte dasselbe und unterrichtete mich ausführlich über die Angelegenheit. Dann begann sie zu feixen, wobei sie versuchte, ihr Grinsen mit einem Taschentuch voll frischen Bluts zu verbergen. "Keine Angst", sagte sie, "es ist nur die Unterhose ihrer armen Mutter. Sie hatte gerade ihre Regel. Und was für eine! Ich wünsche sie allen toten Frauen." Sie hatte hinzugefügt, ich brauche mir keine Sorgen zu machen, und meine Mutter, die nie sehr lästig gewesen sei, werde jetzt, da sie tot sei, nicht damit anfangen, mir Unannehmlichkeiten zu bereiten... Und da sie gerade ihre Regel bekommen habe, sei es normal, daß sie schrumpfen werde. Sie schien das Menstruationsblut aufrichtig zu bewundern. Ich wußte nicht, ob ich wie jemand aussehen mußte, der geschmeichelt ist, oder wie jemand, der besorgt ist. Der Alte machte mir Zeichen hinter dem Rücken der alten Frau. Er gab zu verstehen, daß sie verrückt sei. "Am Ende wird sie kleiner werden und Sie können sie in ihrem Jutesack mitnehmen. Ganz getrost. Seelenruhig. Sie werden durch die Stadt gehen und sogar Zeit haben, dort spazierenzugehen, in einem außerordentlichen, auf der Welt einmaligen Trubel. Aber hüten Sie sich, in die Anlagen zu gehen, denn dort gibt es zu viele Spatzen, sie könnten am Fleisch ihrer Mama picken. Sie mögen das Fleisch von Frauen, die ihre Regel haben." Sie sah fast niederträchtig aus, als sie mir diese Spatzengeschichte erzählte. So etwas wie Geilheit, aber überaus flüchtig. "Sie brauchen bloß zu warten, bis sie schrumpft." Ich hatte dann Miene gemacht, mich zu gedulden. Jetzt konnte ich meine Mutter betrachten, und ich sagte mir immer wieder, daß sie schlichtweg tot war. Kakerlaken tauchten ihre zappelnden, nervösen und anmutigen Beinchen in eine sich ständig vergrößernde Blutlache zwischen ihren leicht gespreizten Schenkeln... Man mußte noch einige Augenblicke warten. So lange, bis sie schrumpfte. Dann würde ich sie in diesen schäbigen Sack stekken und durch diese verdammte Stadt tragen. Ich war fast wütend bei dem Gedanken, sie ganz durchqueren zu müssen, mit ihren Ampeln in allen möglichen Farben, die an- und ausgingen in jenem Nebelstreifen, der sich um sechs Uhr abends nach Büroschluß über die Häuser legt. Mit ihren mürrischen Polizisten, die Kapuzen tragen, um ihre Anonymität zu wahren. Mit ihren Straßen voll merkwürdiger Autobusse und merkwürdiger Straßenbahnen, die zu leise sind, als daß man unbesorgt einsteigt. Mit ihren Schaufenstern voll Schick und Schund, die niemanden faszinieren. Mit ihren unwirschen Häuserfassaden, geschwärzt von Rauch und Ruß. Mit ihren dickarschigen Frauen, die ihre Krampfadern unter violetten, orange- und rosafarbenen Strümpfen verbergen. Mit ihren für meinen Geschmack zu höflichen Hunden, die nichts beschmutzen, nirgendwohin pinkeln. Mit ihren grellgelben Fahrbahnstreifen... Was für eine Geschichte! Aber man mußte trotzdem hoffen, daß die Leiche ein wenig schrumpfte, denn wie sähe ich sonst aus mit meiner abscheulichen Fracht auf dem Rücken. Wozu die eifrigen Beamten und sämtliche hungrigen Katzen alarmieren? Es war besser, wenn die Leiche meiner Mutter kleiner wurde, da sie, wie die alte Frau gesagt hatte, gerade ihre Regel bekommen hatte. Man brauchte nur noch eine Weile durchzuhalten...

Teigiges Erwachen! Wer könnte diese Spanne des Traums erzählen? Wie würde der Schreiber es anstellen, mit Wörtern die Fremdartigkeit wiederzugeben, in der der Traum schwimmt? Den Ausdruck des Entsetzens, wenn der weiche Fall nicht unbedingt ein Schrei ist, sondern ein köstlicher Eindruck, im Glück zu versinken. Ich hatte beschlossen, meinen Traum zu verschweigen und darauf zu warten, daß etwas - gewiß nicht die Beerdigung meiner Mutter - geschehe. Im Augenblick aber, welch furchtbares Erwachen! Und von neuem die Wasserspülungen. Wie oft? Unmöglich, sie zu zählen. Die Zahlen verheddern sich in meinem Kopf, der noch warm ist von dem Alptraum, den ich gerade hatte. Leichen, denen man die Augen schließen muß. Das Krankenhaus. Die blaue Lampe. Der Geruch der Latrinen (heute riecht es in allen Ecken nach Runkelrüben). Die verfluchte raubgierige Krankenschwester, die geschworen hat, mich zur Strecke zu bringen. (Zebi! Zebi!) Röcheln! Nacht! Wahnsinn! Jemand gluckst in einer Zone halluzinierender Undurchdringlichkeit. Ein anderer ebenso. Offene Fenster. Ekelerregender Geruch der Sukkulenten aus dem gepflegten Garten, dem Stolz des Direktors. Eine alte Frau taumelt an mein Bett. Sie hat sich in der Abteilung geirrt. Ich verscheuche sie erbarmungslos. "Du hast deine Regel, hau ab!"

Angst vor dem Blut! Sie streckt mir die Zunge heraus. Wulstig. Weißlich. Mit bizarren violetten Striemen. Eine Zunge, wie sie der Barbier meiner Kindheit, jener, der mich beschnitten hatte, wohl gern geleckt und gebissen hätte. "Hau ab!" Gehorsam geht sie, wobei sie mir ein Zeichen gibt, zu schweigen. Pst! Sie kehrt mir den Rücken und läßt mir Zeit, ihre Krampfadern zu betrachten: wie Skorpione, die auf einer weißlichen Kruste altbackenen, mit Methylenblau angemalten Brots herumkrabbeln. Dann kehrte die Stille zurück, und die an meinen Augen klebenden Schlafreste trübten meine Wahrnehmung der Dinge so sehr, daß sich von neuem die Erinnerungen meines Gedächtnisses bemächtigten (wie soll ich es anstellen, den langen scheußlichen Krieg zu vergessen und unsere Flucht vor den fremden Soldaten, die unsere Anhänglichkeit an die manchmal fruchtbare, manchmal trockene und erdige Erde nicht verstanden? Wie viele des nachts klammheimlich aufgesuchte Duars, wo der warme Kuchen und die Dickmilch und der Name Gottes auf uns warteten, sehr laut gerufen, wie ein exorzierender Gesang? Es gab Felsen und Geröll, über die wir keuchten, auf der Suche nach einem Unterschlupf, um bäuchlings hinter die Kaktusfeigen und die Brustbeerbäume zu fallen; und das Ganze in einen Tropfen Sonne getaucht, die demjenigen ins Auge sticht, der Wache hält, in seinen Burnus aus grober Wolle gehüllt, die Maschinenpistole gut auf dem Bauch befestigt, bereit zu bellen, bereit, das Echo über die Berge heulen zu lassen. Achtung, Feind! Und sich vor allem vor den Schildläusen in acht nehmen. Sie stechen in der Nähe der Wadis, wenn das milchige Morgengrauen unsere in alle Ewigkeit gemeißelten Gesichter bestürmt. Wir führten Krieg, und in unseren Träumen gab es keine Blumen. Nur das Napalm, abgeworfen von den stählernen Insekten, die über der Lagune am Himmel schwirrten. Tausend und abertausend zerstörte Dörfer. Wir mußten aus dem Schatten und sogar aus der Sonne tauchen, zuschlagen und uns von den Wäldern und Wiesen der grauen Morgenstunden schlucken lassen. Dann die klammen Siesten und das Stolpern zwischen Spalt und Schlucht, am Abhang, einer hinter dem andern. Das Schwierigste war, zwischen der Beute und dem Schatten der Beute zu unterscheiden. Die Munition nicht vergeuden, seine Arbeit tun, sein hartes Handwerk ausüben. Dann, als wir erneut vorbeikamen, gab es keine Duars mehr. Nichts als das verkrümmte Magma aus Steinen und Balken. Ein paar Lumpen von armen Leuten, die die Bomben im Schlaf zerfetzt hatten. Ein krepierter Hund. Ein entzweigerissener Esel mit seinem herausquellenden Gedärm, das in der Sonne blau wurde zwischen den Überresten eines verstörten Babys, das nicht gewußt hatte, was ihm geschah, den Daumen im Mund und sein glattes Auge in der Hand. Vom Stahl tätowiert, im herben Geruch der rotgefleckten Wacholder- und Pfeffersträucher. Manchmal auch, im Holocaust, eine alte Frau, die im Blut ihrer Kuh ihre Waschungen vornahm, mit so ernster Miene, daß man nie geglaubt hätte, daß sie verrückt war...), das sich von neuem in Gang setzte und der Spur der realen Zeit folgte.

Einige Tage später kam er wieder, glatt rasiert, mein armer Vater, der mir sein Geheimnis anvertrauen und sich totlachen wollte! Er hatte Blumen mitgebracht, hatte seine frühere Gangart wiedergefunden, die die Prostituierten des ganzen Landstrichs besungen hatten, bevor er in die Falle ging, die Siomar ihm gestellt hatte, und alle Wertschätzung verlor, die er in der Welt der Außenseiter genoß. Er hatte sich von dieser Geschichte nie erholt und alles getan, sie zu vergessen. Er hatte sogar den Mut aufgebracht, eine Hexe um Rat zu fragen, und sie hatte ihm einen Talisman gegeben; er hat ihn immer getragen, hinter meinem Rücken und dem seiner Kumpanen. Er sagte: "Ich kann keiner Fliege etwas zuleide tun, wie soll ich da mit einer Frau schlafen und sie überdies schwängern. Aua! Aua!" Er spuckte in sein Taschentuch aus feiner Seide den Schleim eines Schwindsüchtigen und verzog kopfwackelnd das Gesicht. Er wollte den Fisch ersäufen (ha! ha!). Aber an meiner Redeweise hatte er verstanden, daß meine Äußerungen keinerlei Wortspiel enthielten. Ich würde ihm bestimmt nicht aus der Patsche helfen; nach allem, was zu vertuschen er eingewilligt hatte. Er mochte noch so oft beteuern, er habe große Angst gehabt, ins Gefängnis zu wandern, wegen des üblen Mundgeruchs der korsischen Wärter und der Taranteln, ich hörte nicht auf, ihn zu verhöhnen. Warum fummelte er ständig an seinem Rosenkranz, der nach Ambra roch? Ich hatte den Verdacht, daß er irgendein Arrangement mit seinem Gewissen ausheckte, und sagte ihm nichts von meinen Träumen und Alpträumen. Er fragte nach Nadia, aber ich stellte mich taub. Wie hatte er nur in den Handel einwilligen können, den Siomar ihm vorschlug? Die Taranteln und der Akzent der korsischen Wärter erklärten nicht alles. Er war feige. Er sagte, daß er es wisse. Daß er nichts tun werde, es zu ändern. Daß es in der Ordnung der Dinge liege. Mit seiner Manie, die Beine unter sich zu kreuzen und pingelig sein Taschentuch zu falten, bevor er es in seine Tasche zurücksteckte, brachte er mich auf die Palme! Im Licht des Abends sah er aus wie ein wolliges Schaf, wegen des dichten Schattens, der einen Teil seines Gesichts bedeckte, so daß es unkenntlich wurde. Statt auf meine Schmähungen zu antworten, fuhr er fort, von Zeit zu Zeit seinen Rosenkranz zu zücken und zu schweigen. So saß er da, still, mit seinem Turban, seinem Schnurrbart, seinem Jasminsträußchen hinter dem Ohr. Und immer diese verdammte, verlogene Opfermiene. Er hatte große Angst (wie jener Aid-Hammel, den man unserer Gehässigkeit und unserem Ungestüm ausgeliefert hatte, als wir in die große Stadt gezogen waren. Wir waren ihm so lange hinterhergerannt, daß er sich vor Schreck schließlich von der Terrasse gestürzt hatte und vier Stockwerke tiefer auf dem Dach einer elektrischen Straßenbahn, die gerade vorbeifuhr, zerschellt war. Wir hatten die fabelhafte Flugbahn beobachtet, dann das Zerplatzen des unglücklichen Tiers in tausend blutige und gallertige Teile. Die Passanten waren bespritzt worden, und die Armen hatten den Glücksfall genutzt, die Stücke aufgesammelt und in ihren Körben verstaut; sie hatten sogar die Gelegenheit ergriffen und sich in die Straßenbahn geschmuggelt, indem sie dem Schaffner, der einer Ohnmacht nahe war, sagten, sie hätten schon bezahlt, bei all ihren Göttern und Heiligen schwörend, worauf sie sich um die wenigen Sitzplätze rauften und ihrer Freude Ausdruck verliehen, in dieser Straßenbahn zu sein, in die sie nie den Fuß zu setzen gewagt hätten, wäre nicht dieses Manna vom Himmel gefallen, dieser Hammel, der durch die Lüfte flog und zu ihren Füßen zerschellte... Und wir, angesichts des purpurnen Raums, der in tausend Farben und sämtlichen Rottönen prangte, waren beeindruckt von den ruckartigen Bewegungen des elektrischen Bügels, der in alle Richtungen schwankte...), versuchte jedoch, den starken Mann zu markieren. Jedenfalls wußte ich, daß er nicht die Geduld haben würde, hier sitzen zu bleiben und den Hanswurst zu spielen mit seinem falschen Rosenkranz, an seinen Stuhl genagelt wie ein Scharlatan ohne Publikum. Er konnte nicht untätig bleiben; und da er Angst hatte, mich zu verlassen, und sich fürchtete, im Dunkeln durch den Garten zu gehen, brauchte ich es nur auszunutzen, um zu schreiben.

Und mit den Villen der Schmerzen hatte man noch andere Dinge geerbt, nicht den Hagel der Dürresommer, nicht die sporadischen Regengüsse, nicht einmal die - zugegebenermaßen - ziemlich seltenen Erdbeben, wie es der Wahrsager auf dem Marktplatz behauptet, sondern andere, schrecklichere Dinge. Sie hatten gut daran getan, wegzugehen! Das lag in der Ordnung der Dinge, hatte Dschoha mit düsterer Miene vorausgesagt. Aber warum nur diese vergiftete Hinterlassenschaft? Als jene Tapferen den Landstrich verließen, hatten sie dafür gesorgt, alles zu zerstören: überall Plastik hingesteckt, sogar ins Arschloch des armseligen Esels, den Dschoha besaß und den er benutzte, um seine Sardinenkisten auf den Kais zu holen. Daher hatte der Esel kein Heu mehr gefressen, und seit etwa zehn Jahren hielt er durch. Sein Herr streichelte ihn und sprach ständig in sein rechtes Ohr, das hellhöriger war als das linke Ohr. Alle Freunde und alle Nachbarn des Fischhändlers beneideten ihn um seine wunderbare Erwerbung. Im übrigen hatte man mehrmals versucht, sie zu stehlen, aber das Tier warnte seinen Besitzer, indem es ein paar Gramm Plastik furzte, dessen Energie ihm als kostbare Nahrung diente. Dschoha sagte schulmeisterlich zu jedem, der es hören wollte: "Man muß alles verwenden können, sogar das Plastik, das man uns gelassen hat." Er sagte auch, man müsse es machen wie die Soldaten des Mannes mit dem seidigen Kinnbart. Keiner im Land verstand den Sinn all dieser Schliche. Außer dem Esel! Er schüttelte energisch sein rechtes Ohr. Manche sagten ganz leise, der Esel mache viel Wind, und er sei genauso dumm wie ein... Esel! Ein Kind lachte laut auf, als es sah, daß die Erwachsenen nichts von Dschohas Worten verstanden! "Si Sliman-der-Pfiffige will uns Schande bereiten und uns an der Nase herumführen", sagte ein dicker Händler. Aber noch immer verstand niemand diese Geschichte von dem alten Mann mit dem seidigen Kinnbart. Dann sagte Dschoha zu jedem, der es hören wollte: "Die da unten verwenden alles, sie benutzen die Bombenkrater, um Fische darin zu züchten..." Dann lachten die Umstehenden herzhaft, und Dschoha fühlte sich bis auf den Grund seiner Seele gekränkt. Er würde ihnen doch nicht diese Geschichte mit dem Plastik im Arschloch seines Esels erzählen! Wer würde ihm glauben? Man wußte, daß er verrückt war und überdies ein notorischer Agitator. Wer würde ihm Vertrauen schenken? Vor soviel Gleichgültigkeit gegenüber der Weltrevolution begann er wieder, seinem Esel ins Ohr zu flüstern: "Keine Bange, mein Hübscher! Wenn nur deine Plastikladung noch zwanzig Jahre vorhält und ich auch weiterhin nichts ausgeben muß, um dich zu ernähren, dann wirst du schon sehen! Es wird keine Bourgeois in der Stadt mehr geben. Sie werden ihr Bündel geschnürt haben oder man wird ihnen den Hals umgedreht haben." Er lachte bei dieser Vorstellung, und sein Lachen kitzelte das Ohr des Esels, der ein wenig Plastik furzte zum Zeichen seiner Verdrossenheit oder nur aus Nervosität... "Alles Hundesöhne, diese reichen Kaufleute. Trotz allem werden sie immer reicher. Beni kleb! Beni kleb!" Er spuckte auf die Erde, aber die anderen lachten weiter. Was ist das bloß für eine Geschichte, diese Fische, die man in den Kratern der Bomben züchtet, die die Merikaner über dem Land der Reisfelder abgeworfen haben? Er faselt, Dschoha!

Denn niemand glaubte ihm, nicht einmal jene, denen er jeden Morgen, wenn er vom Fischplatz zurückkehrte, die Lokalzeitung vorlas und die er still und leise indoktrinierte. Er tobte im übrigen, wenn er sah, wie sie das Gesicht verzogen, eine Prise Tabak nahmen, sie geduldig - sehr geduldig, wie er fand - er, Si-Sliman-der-Pfiffige, der davon träumte zu frohlocken und vor Ungeduld verging -, wenn er sah, wie sie das Gesicht verzogen und ihre Prise geduldig - sehr geduldig - in Zigarettenpapier einrollten, dann weit den Mund aufmachten und ihren eingewickelten Tabak hinter die Unterlippe schoben, zwischen das Fleisch und die Zähne, dann vor Behagen seufzten. Wenn schon sie ihn nicht unterstützten, wer würde ihm glauben? Seine Freunde konnten es nicht fassen. Sie, die zu allen Kühnheiten und allen Delirien fähig waren, vermochten diese Kratergeschichte nicht zu begreifen. Dschoha fieberte. Er wollte nicht die Waffen strecken und wühlte verdrießlich in seinen Schubladen auf der Suche nach Zeitungsartikeln und verstaubten Zeitschriften. Dann begann er mit der Analyse der Kriegswirtschaft. Nannte Zahlen und sagte, daß die Fortschritte der Fischzucht in der Rèpublique Communiste Verdoyante (RCV) außerordentlich seien, dank jener Krater, die reich an Sulfat, Phosphor und anderen Produkten sind. Erneut stand Bestürzung in allen befreundeten Gesichtern geschrieben. Die reichen Kaufleute, die vor allem gekommen waren, um zu erfahren, daß es mit Dschohas Geschäften immer weiter bergab ging, lachten, daß sie sich das Zwerchfell hielten und den Bauch, der umfangreich war und den sie kokett mit goldenen Ketten schmückten, befestigt an Uhren, die in ihren Hosentaschen ruhten. Hin und wieder deuteten sie ein paar Tanzschritte an, gaben es aber schnell auf, da sie sich mit ihren jeweiligen Wänsten gegenseitig im Weg waren. Si-Sliman-der-Pfiffige hielt durch! Er fuhr fort, Zahlen und Fakten zu nennen. Er mußte diesen vor seinem Laden versammelten Leuten erklären, daß es darauf ankomme, ein Handikap in einen Erfolg umzuwandeln. "Das ganze Fischereiviertel wäre schon längst in die Luft geflogen, wenn ich das Plastik meines Esels nicht naß gemacht hätte."

Den Bourgeois, die kamen, um seine Geschäfte auszukundschaften, und sich anschickten, ihm zu widersprechen, versuchte er den Kot seines Esels zu verkaufen, der in aller Freiheit lebte, im Hinterladen zwischen all den menschlichen Abfällen, die die Stadt erbarmungslos von sich wirft (brotlose Dichter; vor die Tür der Freudenhäuser gesetzte alte Prostituierte; weggelaufene junge Mädchen; hinter ihren dunklen Brillen auf der Lauer liegende Revolutionäre, die der Asket rücksichtslos verfolgt; sanftmütige und folkloristische blinde alte Musiker; in die Hände der Polizei gefallene und erbärmliche Spitzel gewordene Quacksalber; öffentliche Schriftsteller, aus dem Verkehr gezogen, weil sie dem Fortschritt hinterherhinken und sich den modernen Zeiten nicht anzupassen vermögen, und sich weigern, Schreibmaschinen zu benutzen, um die Briefe der auf den Stufen des großen Postamts sich drängelnden Analphabeten zu schreiben; einfache Schriftsteller in Schaffensnöten, die ihre Laster und ihre Faulheit herumschleppen, gerade noch imstande, beim Anblick eines unbeschriebenen und trostlosen Blatt Papiers zu kotzen; Polizisten aus der Brigade der GMC, die bei den Agitatoren Buße tun oder sich einfach aufgeilen lassen vom Feind, den man bewundert, vor allem weil sie, die geheimen

Mitglieder des Clans, wissen, daß im Monat Ramadan der Laden des Fischhändlers der einzige sichere Ort ist, wo man essen kann, ohne eine Verfolgung durch das Volk oder der Demagogie des Oberasketen ausgesetzt zu sein; bizarre Einarmige, Parteigänger der autonomistischen Republik Bakyliens, die in Dschohas Hinterladen oder in den überhitzten Salons irgendeiner fremden Hauptstadt in den Maquis gegangen sind; geniale Studenten, die die Senilität der Lehrer nicht länger ertragen können; Diebe, die nahe daran sind, den Coups des Jahrhunderts zu landen oder erneut ins Gefängnis zu wandern; Ehemänner, die das aufreizende Hinterteil ihrer legitimen Gattinnen nicht mehr ertragen können und in diese Höhle kommen, um Pläne für das perfekte Verbrechen zu schmieden; fröstelnde Kifraucher mit kahlgeschorenem Schädel, deren Träume angefüllt sind mit Geknirsche, Rissen, Miauen und Ektoplasmen; anrüchige Kupplerinnen, die gekommen sind, um bei Dschoha alias Si Sliman Rat zu holen angesichts der schweren Flaute, die aufgrund der Wiedererstarkung des religiösen Eifers im Volk in ihrem Gewerbe herrscht; Deserteure aus gutem Haus; inzestuöse Derwische; fanatische Wahrsager; für die revolutionäre Sache gewonnene Bourgeois; Gauner mit stinkenden Füßen und Gesindel mit schlechtem Mundgeruch; Zitherspieler; in andalusischen Nubas bewanderte Musikwissenschaftler; Hexen mit Hausverbot in den maurischen Bädern, wo sie schamlos zu wüten pflegten; unproduktive Literaten; beredsame Schwätzer; miese Philosophen ohne strenges System; vom siebenjährigen Krieg Traumatisierte; aus zwanzig Asylen entflohene Kranke; Gewohnheitstrinker; couragierte und rechtschaffene Entwicklungshelfer, angewidert von der Böswilligkeit und Habgier der Ihren; struppige Pädagogen; moderne Demagogen, usw.), und den Bourgeois, die der Sache zustimmen, ohne allzu sehr die Nase zu rümpfen. Früher hatte ihnen der Fischhändler lange Reden über die wunderbaren Eigenschaften dieses Plastikkots gehalten, der, als Dünger verwendet, imstande war, Blumen und sogar Saubohnen (nach denen sie sich die Finger leckten) auf dem Asphalt der Autobahn wachsen zu lassen, die zum internationalen Flughafen führt.

Am Ende hatten sie diese Geschichte mit dem magischen Dünger geglaubt, weigerten sich jedoch hartnäckig, die Evidenz der Bombenkrater zu akzeptieren, die man als Becken benutzt, um Fische darin zu züchten. "Jedes Handikap in ein Element des Erfolgs umwandeln", wiederholte Dschoha, aber es war ihm völlig klar, daß er in der Wüste jener Geister predigte, die keiner großen Erleuchtung fähig waren. Er empörte sich auch über jenes schmarotzende, feige und unnütze Gesindel, das an die Arbeit zu schicken er entschlossen war. Er war oft niedergeschlagen, seit er erfahren hatte, daß sein Sohn über den Schwindel Bescheid wußte, an dem er sich schändlicherweise beteiligt hatte, zumal dessen Krankheit ihn in höchstem Maße beunruhigte. Verfolgungswahn oder Schuldkomplex? Falls es sich nicht um die Reaktion eines simulierenden Mythomanen handelte. Er jedenfalls glaubte nicht an diesen Selbstmordversuch. Er kannte den Jungen! Doch für welche Lösung sich entscheiden? Niemand hörte auf Dschohas Prophezeiungen. Außer seinem Esel! Seinem Esel, der ihn nichts kostete, ihm bei der Arbeit half und ihm sogar Geld einbrachte dank diesem Plastikkot, der imstande war, die Sahara fruchtbar zu machen. Im Grunde konnte er sich nicht beklagen; aber obwohl er sich glücklich schätzte, die für ihre Geistesarmut bekannten Reichen an der Nase herumführen zu können, blieb er ängstlich. Auch wachsam! Denn er benutzte seinen Bart wie bestimmte Tiere ihre Fühler, um zu erkennen, woher der Wind weht und woher die Gefahr kommt. Er sondierte den politischen Horizont, sog die Luft ein, besuchte weiterhin seinen Ex-Sohn (leider! leider!), schaffte es nicht, das Gesindel aus seinem Hinterladen zu vertreiben, das ihn bis aufs Blut aussaugte, hielt unentwegt sibyllinische Reden, leistete sich denkwürdige Besäufnisse, analysierte die politische Lage, kommentierte die Zeitungen, griff den alten Huren unter die Röcke, um sie über ihre Falten und über ihr Fett hinwegzutrösten, las immerzu Marx und den Koran.

Wenn schönes Wetter ist, führt er seinen Esel aufs Land, um ihn heimlich mit frischem Gras und wilden Blumen zu ernähren. Wenn er zuviel Kummer hat, kommt es vor, daß er seinen Aufenthalt unter freiem Himmel verlängert. Und wenn sich sein Esel den Bauch mit Gras vollgeschlagen hat, bringt er ihn in die Stadt zurück, ihn an einem Seil hinter sich herziehend, und erregt Aufsehen in den Avenuen, wo schimmernde Autos und überfüllte Busse verkehren. Er aber achtet nicht darauf, denn die europäische Stadt ist nicht die seine, und er sieht hochmütig über sie hinweg. Die reflektierenden Lichter stören den Esel, der im Tumult und Getöse der verstopften Boulevards zu schreien anfängt. Er selbst sieht darin die Strukturierung des Traums, ausgeschnitten, schraffiert und wimmelnd von Zeichen und Signalen, waagrecht zusammengeballt und senkrecht verquickt rings um große bauchige Kräne und schlanke Winden, die die runde Linie der schlummernden Schiffe zerbrechen, Schiffe aus sehr fernen Gegenden, die Dschoha in seiner Jugend besucht hatte, vor jenem Pakt mit dem Teufel und jener letzten Demütigung, die Vergewaltigung eines sechzehnjährigen Mädchens durch einen scheinheilig bigotten reichen Feudalherren zu vertuschen. Gegenüber dem regen Treiben ringsum wirken die großen Frachter unscheinbar ohne die Kräne, die durch das Gestrüpp und die Möwen aufragen zum Okkerrot der von den harten Umrissen der Hochhäuser durchlöcherten Hügel, Gebäude, die völlig unpassend hier stehen, im Angesicht des Stumpfsinns und der schicksalhaften Färbung, die die Nackenmuskeln zerquetschen und die Lider schrammen. Dem Ocker und dem Braun haftet nichts Künstliches an, sie spritzen und wimmeln und verleihen dem Sonnenstich des Delirierenden, der endlose Selbstgespräche führt, eine beispiellose Schärfe. Und der Mann und sein Esel sehen nichts mehr, denn sie befinden sich mitten in den Kohledämpfen der stinkenden Tabernakel und dem leichten Dunst des Meeres, den die Hitze mit sich bringt. Sie sehen nichts, aber sie spüren die metallischen Schwingungen, die durch ihre ermatteten Leiber dringen. Alles ist verfälscht in diesem Aggregat, das manche Leute hartnäckig die Stadt nennen; und Dschoha sieht Züge vorbeifahren, die sich für Schiffe halten und unter tausend Vorkehrungen anlegen, wenige Zentimeter vom Wasser entfernt, denn der Bahnhof grenzt ans Meer. Die Stadt zu durchqueren, erweist sich als schwierig, weil sich die Leute auf Dschohas Weg zusammenrotten und ihn für einen Armen im Geiste halten, während er weiß, daß er der wachsame Hüter des Landstrichs ist. Doch welche Einsamkeit!

Wenn er mit seinem gesättigten Esel wieder zu Hause ist, setzt er alle Welt vor die Tür und beginnt zu trinken. Im Hinterladen befinden sich nur noch Dschoha und sein Esel, der sich von seiner Panik, durch die Stadt zu trotten, noch nicht ganz erholt hat. Er trinkt, betet, weint, sagt die Gedichte von Omar auf, wartet auf etwas: auf den Tod oder irgendeine Träumerei, wo er sich Millionen gallertige und frische Hornissen massakrieren sieht. Er vergißt sich und vergißt, daß er im Ruf eines Listenreichen steht und daß er in der unteren Kasbah viele Anhänger hat. Aber der Selbstmordversuch seines Sohnes hat ihn sehr getroffen. Wie viele Abenteuer an einem einzigen Tag! Doch es bleibt der Selbstvorwurf, vom Wein aufgefrischt, alles verpatzt zu haben. Gäßchen des Traums und der Trunkenheit in diesem hämischen Jubel. Blaue Basilika. Die Geräusche der Stadt dringen nicht mehr hierher, und man hat den Eindruck, daß der Tod alles überwuchern wird. Die Genossen sitzen noch immer im Gefängnis, andere sind ins Exil gegangen, und wieder andere leben vor der Polizei versteckt. Siomar ist noch immer da. Er breitet sich aus. Selma ist tot. Mehdi hat versucht, sich umzubringen, als er erfuhr, daß Dschoha nicht sein Vater ist. Bestimmt hat er es von oben bis unten erfunden, dieses auf einem Strand verführte, dann rituell mit Blut besprengte, dann ertrunkene junge Mädchen. Was für eine Geschichte! Dazu diese grantige und fanatisierte Krankenschwester, die die totale Verwirrung nur noch vergrößert und den Schreiber in widersprüchliche Einzelheiten verstrickt. Aber, sagte Dschoha, "morgen wird es Tag. Schließlich ist Selbstmord keine Lösung. Man wird die Blutung stillen müssen. Es geht um meine Ehre und um das Glück des Landstrichs, der Philosophen nötig haben wird!"

Gewiß, man hatte nicht nur die Villen geerbt. Es gab noch andere Plagen; aber der Scharlatan ging zu weit, wenn er auf dem Marktplatz erzählte, man habe auch die Erdbeben und andere Naturkatastrophen geerbt. Er mochte noch so sehr seine Trommel rühren, er beeindruckte Dschoha nicht, der sich von seinem denkwürdigen Besäufnis erholt hatte. Bevor er in seinen Laden zurückkehrte, machte er einen Bummel durch die Stadt. Trotz seinem übelriechenden Atem, an dem der tags zuvor getrunkene Wein schuld ist, verliert er nicht seinen kritischen Verstand. Weit gefehlt! Er schlängelt sich zwischen den Erzählern hindurch, stellt den affektiert in ihre glänzenden bunten Gewänder gehüllten Wahrsagern schwierige Fragen, erlaubt sich, einem blinden Greis zu widersprechen, der vom Leben der Gefährten des Islams erzählt, sorgt in seinem Umkreis für unnötige Aufregung und wird zum Mittelpunkt eines sich mehr und mehr vergrößernden Kreises. Er wagt nicht, den Mund zu weit aufzumachen: er schämt sich seines üblen Atems und hat Angst, seine Bewunderer zu enttäuschen, ist aber trotz allem auf der Hut, denn er weiß, daß sie imstande sind, über ihn herzufallen, weil er die Freitagsruhe mißachtet hat. Der Kreis um ihn wird immer größer, die anderen Scharlatane finden, daß er es zu arg treibt, da er ihnen die Kundschaft abspenstig macht, und verhehlen nicht ihre Feindseligkeit. Und um sie nicht zur Weißglut zu bringen, grüßt er sie mit einem Kopfnicken und tiefen Bücklingen. Die Arbeitslosen sind die ersten, die rückhaltlos lachen. Niemand nimmt ihn übrigens ernst, denn er ist der einzige, der nicht um Almosen bittet. Doch wozu es ihnen erklären! Und da es Freitag ist, kann er nicht einmal gegen die Kadis und die anderen Gelehrten der Religion predigen, ganz zu schweigen von den Usurpatoren und den reichen Kaufleuten, denn das Volk hat ein Gefühl für das Heilige und würde es nicht verstehen, daß man am Tag des großen Gebets die religiösen Führer angreift.

Wieder im Laden. Die Unterwelt ist bereits da und erwartet ihn von der angelehnten Tür, deren Schwelle niemand zu überschreiten wagt, denn der kluge Esel bewacht sie. Vor einem solchen Auflauf frohlockt Si Sliman, alias Dschoha, und in einem Augenblick der Unvernunft vergißt er, daß er nach Wein stinkt, und kramt in seinen Taschen nach seinem Bernsteinrosenkranz, den er schließlich auch findet und ostentativ vor seinem Auditorium zückt, damit die in den Schlupfwinkeln der Straße versteckten Polizeispitzel nicht etwa meinen, er veranstalte eine politische Versammlung zum Zweck einer eventuellen Machtergreifung, sondern sehen, daß er ganz einfach ein paar Koranverse aufsagen wird, um Gott um Vergebung für alle Sünden der marginalen Gemeinde zu bitten, die er beherbergt und still und leise indoktriniert. Und es kommt wieder Leben in die Höhle, als wäre nichts geschehen. Die Rosenkränze werden schnell in die Taschen verbannt, und man widmet sich erneut den Kursen in hoher Politik, der Zeitungslektüre, der kritischen Analyse der Wirtschaft des Landes und den Dichterwettbewerben.

Sie war türknallend hinausgegangen. Alle Kranken, halb auf ihren Hintern aufgerichtet, hatten ihr mit verächtlicher Miene zugeschaut. In solchen Momenten faßte ich wieder Fuß und stürzte mich ernstlich in die von neuem gezähmte Wirklichkeit, trotz dem unerträglichen Glanz der von der Sonne verzehrten Gegenstände. Ich war nicht mehr ich selbst. Der unterdrückte Zorn der Kerkermeisterin und Geliebten hätte also ausgereicht, daß ich zum hellen und rettenden Licht und später zur beruhigenden Atmosphäre emportauchte, deren Luft ich gierig einzusaugen begann. Sie war gekommen und dann türknallend wieder gegangen, ohne sich um die Lächerlichkeit zu scheren, die ihr auf den Kopf fallen und sie vielleicht ein für allemal erschlagen könnte. Zwar wären wir sie dann los gewesen; aber es wäre niemand mehr da, uns zu unterhalten. Sie brachte mich zum Lachen vor Nervosität, vor allem seit ich endlich aus der nebligen Welt herausgefunden hatte, in der ich lebte, seit man mich ins Krankenhaus gebracht hatte, in diesem Bett liegend und der Streitsucht jener Frau ausgeliefert, die bald meine Geliebte geworden war, weil sie sich unter dem völlig unoriginellen Gesindel tödlich langweilte, und nicht, weil ich sie mit irgendeinem Gedicht verführt hätte, aus einem Buch abgeschrieben und - schändlicherweise - mit meinem eigenen Namen signiert, ihr zu verstehen gebend, ihre Sanftmut und ihre Schönheit hätten mich inspiriert. Ständig sagte sie mit naschhafter Miene, sie möge die Männer, allesamt, ohne jede Vorliebe. Vorausgesetzt, sie seien nicht zu alt, mit schlaffen Gliedern und nach innen gedrehten Kniescheiben. Mir war ihre Haut weich vorgekommen. Das Haar schwarz. Und besonders der Busen üppig, den sie in um die Taille zu engen Kitteln zur Schau trug, um die Begehrlichkeit des Volks der Geisteskranken anzustacheln, die dank jener Medikamente, die sie uns fortwährend in den Hintern spritzte, ans Bett gefesselt waren.

Trotz unseren jeweiligen Wutausbrüchen kennzeichnete die Weichheit unsere Beziehung am besten. Der Rest war Theater und würzte unser Leben. Es fehlte uns gewissermaßen das leidenschaftliche Element; und so bemühte sie sich nach Kräften, jene armselige Sache zwischen uns zu beleben. Die Episode des neuen Kranken, den sie bestimmt deshalb in die Besenkammer geschleppt hatte, damit sie in ihr irres Lachen ausbrechen konnte, war lediglich ein Zwischenspiel in dem Kampf, den sie führte, um zu retten, was als erhaben zu betrachten sie sich in den Kopf gesetzt hatte. Jedenfalls sah es nicht so aus, als habe der Bruder Nadias Benehmen sonderlich gewürdigt, denn er hatte ihr eine lange Moralpredigt über die ernsten Pflichten einer Krankenschwester in der Demokratischen Republik gehalten. Sie hatte mir diese Geschichte erzählt, zutiefst erschüttert von dem Entsetzen, das der hinter einem Verfolgungswahn verschanzte Neuankömmling ihr eingeflößt hatte: er schwor bei all seinen Göttern, daß seine Schwiegermutter ihn verhext habe, unter deren Einfluß er nach dem Ableben seiner Frau geraten sei, die am dritten Tag des Ramadan des vergangenen Jahres im Kindbett gestorben war. Da ich nicht eifersüchtig gewesen war und die Geschichte ihr im Magen lag, hatte sie gedroht, mich wegen mangelnder Gottesfurcht bei den GMC anzuzeigen. Aber dank dem Rosenkranz, den mir mein Ex-Vater geschenkt hatte, brauchte ich mir in dieser Hinsicht keine Sorgen zu machen. Sobald ich am Horizont ein unbekanntes oder verdächtiges Gesicht auftauchen sah, zückte ich meinen Rosenkranz, wie es mir Si-Sliman-der-Pfiffige, alias Dschoha, alias... beigebracht hatte. Ich zückte meinen Rosenkranz, ließ ihn mit solcher Geschwindigkeit durch meine Finger gleiten, daß alle meine Gefährten mühsam aufstanden und herbeischlurften (immer wegen der Hexereien), um mich zu meiner Frömmigkeit, ja zu meinem aufgeklärten Fanatismus zu beglückwünschen, unter den Augen derer, die ich im Verdacht hatte, Vertreter des Clans zu sein, der mir auf den Fersen war, seit ich Samia zu dem schwarzen Einsiedler gebracht hatte, demjenigen auf dem menschenleeren Strand mit dem höchst unpassend genau in der Mitte errichteten Mausoleum, dessen sakramentale Rundung die herrliche Bucht zerschnitt, wo die weiße Katze auf die magere Beute lauerte, um sie zu schlürfen und sich bei ihrem seltsamen Herrchen die Pfoten danach zu lecken... Waren es einfach Eltern von Kranken oder aber als Biedermänner verkleidete Polizisten? Wie dem auch sei, sie fühlten sich genötigt, sich der Mehrheit derer anzuschließen, die mir zu meinem religiösen Eifer gratulierten. Aber denen drückte ich nicht die Hand, und sie waren perplex, hin und her gerissen zwischen dem brennenden Wunsch, ihre Polizeimarken hervorzuholen, künstlichen Schnurrbart und Perücke abzunehmen und alle Welt in die Villen des Schmerzes zu verfrachten, Erbschaft der schlimmen Periode, die hundert Jahre gedauert hatte - zu lange! zu lange! wie Dschoha meinte -, und dem anderen, ungehörigen und bei Polizisten seltenen Wunsch, das Spiel mitzuspielen, mir zu schmeicheln, zu meinen Füßen zu flennen und mich anzuflehen, sie zu segnen; falls ich mich nicht getäuscht hatte und die Personen, die ich verdächtigte, verkleidet zu sein, ehrbare Bürger waren, die ihre hirnkranken Verwandten besuchten, während jene, deren Glückwünsche ich entgegengenommen hatte, obzwar bei weitem in der Überzahl, getarnte Polizisten wären, als untröstliche Verwandte getarnt. Angesichts eines solchen Dilemmas begann ich Koransuren zu rezitieren, eine nach der andern, ohne Rast und Ruh, worin mir der ganze Saal nacheiferte, der unter dem Eindruck unserer dämonischen Stimmen Feuer fing, zumal wir hinter den Türen des Gemeinschaftssaals unsere Wärter rochen, die zwar entnervt waren, jedoch außerstande, mit ihren dicken Knüppeln einzugreifen und unseren Aufstand niederzuschlagen, wegen der Anwesenheit von Verwandten, die die Hausordnung der psychiatrischen Anstalten kannten. Einige von denen, die ich am stärksten verdächtigte, kannten nichts, nicht einmal ein paar Brocken, von dem heiligen Buch, und von Panik ergriffen, da sie glaubten, wir seien imstande, sie während eines gewaltigen hysterischen Anfalls zu dezimieren, versuchten sie, ihr Leben zu retten, indem sie ihre Münder öffneten und schlossen wie Fische auf dem Trocknen. Statt sie zu enttarnen, hatte ich Mitleid mit ihnen, als ich sie so in der Falle sah, kläglich, Blut und Wasser schwitzend, keuchend, so tuend, als wären sie von der Gnade berührt, lächelnd, sich dumm stellend, alles mögliche erzählend, nur nicht den Koran, den zu lernen sie nie Zeit gehabt hatten, weil damit beschäftigt, jedem, der nachdenkt, am Zeug zu flikken. Unwissende! Ich hatte nicht einmal die Kraft, sie bei meinen Kameraden zu denunzieren, denn sie taten mir nicht nur leid, sondern bei ihrem Anblick brach ich in irres Gelächter aus, mit dem ich alle Anwesenden - sie inbegriffen - ansteckte, weil sie es nicht mehr aushielten.

Nach der Besuchszeit, als alles sich beruhigt und die Verwandten das Feld geräumt hatten, war Nadia gekommen, um uns die Leviten zu lesen. Wir sollten uns schämen, sagte sie. Sie kenne die Namen der Rädelsführer. Sie werde sie am Ende noch den zuständigen Behörden mitteilen. Sie sagte auch - ohne mich anzusehen -, daß das Hospital allmählich in Verruf gerate. Sie vermied es auch, meinen Freund anzusehen, den Zuchthäusler und Paralytiker, der es nicht mehr lange machen würde. Sie fügte hinzu, daß die ganze Stadt uns beobachte, daß wir Schmarotzer seien, die dem Staat auf der Tasche liegen, Revolutionäre ohne Treu und Glauben, Zerstückler von friedlichen und frommen Kleinbürgern hinter ihren Registrierkassen. Sie sprach immer weiter, in einer totalen Stille seitens der Anwesenden, wobei sie es weiterhin vermied, mich anzusehen. Sie kreischte noch, als der Alte mir seine Litanei ins Ohr flüsterte und sich nicht etwa für Omar hielt, der die Frauen kaum besungen hat, sondern für einen Dichter der vorislamischen Zeit, "Kais", den er auswendig kannte und notfalls auch plagiierte, um vergessen zu machen, daß er in seiner Jugend einen armen Gewürzhändler umgebracht hatte, der im Schlaf überrascht worden war vom nächtlichen Frost und der Kälte des Messers, das sich in die gallertige Halsschlagader bohrte... Sie brüllte, wir seien unerquickliche Kranke, von denen ein guter Teil ausgekochte Simulanten seien (sollte sie vergessen, daß wir einen siebenjährigen mörderischen Krieg hinter uns hatten, in dem die besten von uns vernichtet, katapultiert, pulverisiert worden waren von den Bomben und den Flugzeugen, dem Napalm und den psychologischen Abteilungen? Sollte sie auch vergessen, daß viele der Kranken aus Frankreich kamen, wo man sie so sehr ausgebeutet, schikaniert, verachtet hatte, daß sie verrückt geworden waren auf dem Weg von der Metro ins Elendsviertel und vom Elendsviertel zur Baustelle mit korsischen oder italienischen oder polnischen Polieren, die die Araber verabscheuen, weil sie selber unter dem Rassismus der anderen Bewohner des Landes zu leiden haben, reizbar und hochmütig, stolz darauf, hier geboren zu sein, als ob), die nutzlos die Hospitäler der Demokratischen Republik überfüllten. Sie sagte auch, die Schlampe, daß dieses Klima des Argwohns, das durch die Schuld einer infamen Minderheit im Pavillon herrschte, sofort aufhören müsse, bei Strafe gerichtlicher Verfolgung der wichtigsten Rädelsführer. Sie übertrieb auf jeden Fall, enthemmte sich, so gut sie konnte, während sie lediglich eine ordentliche vaginale Penetration brauchte, bis ihr der Angstschweiß ausbräche. Sie wollte, daß man in ihrem Unterleib, der sabberte wie ein irrer, zwischen einem herbstlichen Regenguß und einem sommerlichen Hagel gefangener Mistkäfer, zehntausend Sonne anzünde, damit sie dort ausgebrannt werde, wo zu genießen sie Lust hatte; daß man dann nicht mehr davon spreche, sie ins Bett stecke und sie in Höhe des Beckens in Hunderte von Tüchern einwickele, damit ihr widerliches Blut nicht die Laken des Hospitals beschmutze. In diesem Augenblick, enthemmt und geheilt, wenn sie wieder ein normales Sexualleben hätte, so wie sie zur Zeit ein normales vegetatives Leben hatte, könnte sie hochpolitische Reden halten und aufhören, uns den lieben langen Tag zu verdächtigen, bei der geringsten Bemerkung ihre Autorität und die des Arztes mit der Nuttenbrille untergraben zu wollen, der sicherlich ein Entwicklungshelfer war mit seinen widerwärtigen paternalistischen Manien, vielleicht ein als Arzt verkleideter Evangelist, der auf den Gedanken verfallen wäre, im Landstrich zu predigen. Warum mußte sie uns terrorisieren? Erst in diesem Augenblick könnte sie kommen und mir die wirtschaftliche Konjektur und die politische Konjunktur erklären, die Psychoanalyse, den Rorschachtest, das Valium, das Leben des Propheten, die Geschichte meines Vaters, der nicht mein Vater ist, dann die Geschichte meiner Mutter, die im Sterben liegt oder schon tot ist, dann die Vergewaltigung im Gras neben dem Brunnen in einem Sonnenfleck, dann den Export der Arbeitskräfte in die Elendsviertel vollgefressener Städte. "Aua!" hätte Dschoha gesagt. "Da gibt es das, worin wir uns einig sind, und das, was wir ein für allemal beseitigen wollen, denn es kann nur Siomars Anhängern nützen. Aua! Verstehst du!" Außerdem hat sie mit ihrer Stimme, die den Raum verätzt und das Trommelfell zerschneidet, für diesen Tag genug angerichtet. In der Stille erhebe ich die Stimme und empfehle ihr eine heiße Dusche. Und da hat sie die Tür zugeknallt. Peng. "Zebi! Zebi!" habe ich gesagt.

Wenn Dschoha mich besuchte, fragte ich ihn, ob es wahr sei, diese ganze massive Industrialisierung. Er sagte, das wisse ich doch sehr genau, ja, es sei wahr, ich hätte es sogar selbst gesehen, bevor ich ins Krankenhaus kam, es gebe Bohrtürme mit Flammenkronen in der Wüste und, an der Küste, wunderschöne Industrieanlagen (er fiel mir auf die Nerven mit seinem überspitzten Sinn für die Ästhetik). Wie funkelnagelneu das alles sei! Aber, fügte er hinzu, das ändere nichts daran, daß es noch zu viele GMC gebe. Das mochte er gar nicht. Ebensowenig mochte er jene Demagogie in bezug auf die Religion der Vorfahren, bis zum Fanatismus aufgeputscht, die an der Situation der Massen nichts änderte, die manche Leute jedoch benutzten, um die Aufmerksamkeit abzulenken und Nutzen daraus zu ziehen, soviel sie nur können, während das ganze Land auf den Knien liegt und auf das von Inbrunst erleuchtete und von den Predigten der Muftis und anderer Frömmler mystifizierte Mekka schaut. Und dann sorgte Nadia ganz allein für Durcheinander wegen einer Lappalie. Der Ursprung allen Unbehagens war jene Zweideutigkeit unserer Beziehungen. Ich konnte den Gedanken nicht ertragen, daß sie ihre Neigungen in der heroischen Zeit erworben hatte, der Zeit der napalmverbrannten Verwundeten und der vom Dröhnen der Tiefflieger verblödeten kleinen Mädchen, Flugzeuge, die sadistisch das Land überfielen, die Häuser entzweischnitten, die Bäume dezimierten und sogar die Katzen, die auf ihnen hockten, um dem Massaker zu entgehen. Und jedesmal, wenn ich mich daran erinnerte, welches Leben und welchen Leidensweg Nadia hinter sich hatte, liebte ich sie von neuem. Genau das war das Land, in einem Tropfen Schmerz zusammengedrängt, den mein flüchtiges Gedächtnis zu unrecht vergaß. Erneut tauchten die Panzer auf, und ich durchlebte entsetzliche Nächte, in denen ich träumte, daß ihre Mutter ihr Leben hinter einer Fensterscheibe zubrachte, ihre Brüste entblößend beim Vorbeimarsch fremder Soldaten, die ich, hinter einem Baum im Hinterhalt liegend, ohne Bedauern tötete.

(Sie hatte die Tür zugeknallt und war gegangen!)

Heute bin ich ständig auf dem Klo gewesen. Durchfall? Hämorrhoiden? Vielleicht nur das Bedürfnis, mich abzusondern. Diese Manie, auf dem Thron zu lesen. Meine Mutter hatte meine ausgedehnten Aufenthalte auf dem Klosett immer merkwürdig gefunden. Welche Ruhe! Welche Erholung! Dort bin ich wirklich allein. Ich kann tun, was ich will, ohne mich vorsehen zu müssen. Im Grunde habe ich es satt, meine Gefährten zu ertragen, die meine Nettigkeit ausnutzen, um mich bis aufs

Mark auszusaugen. Immer wollen sie Lösungen für ihre Probleme, meine Krankenhausbrüder, und sie halten mich vom Schreiben ab. Sie vergessen, daß ich mir vor allem eine Berufung gegeben habe: die eines Schreibers! Darüber kichern sie leise. Sie wagen nicht, mir zu sagen: "Aua! wozu nützt es, Bücher zu schreiben? Es ist besser, Briefe zu schreiben!" O ja, sie sind daran interessiert, daß ich ihnen ihre Briefe voller Gift und Lügen schreibe! Dann frohlocken sie, meine Gefährten, die Hände auf den Knien, mit heuchlerisch schüchterner Miene, und erzählen mir ihre kleinen Geschichten. Aber wenn sie dann, nach langen geschwätzigen und unnötigen Begrüßungen, zu den intimen Fragen kommen, dann habe ich sie in der Hand! Ich bin es, der insgeheim lacht. Sie frohlocken nicht mehr. Sie heben ihre Augen zu mir empor und beäugen mich durch ihre Wimpern. Sie zaudern. Sie wissen nicht mehr, ob sie mich in ihre schmutzigen Angelegenheiten einweihen sollen oder nicht. Und ich lache ganz leise, um sie nicht zu kränken. Sie aber zaudern, fragen sich, ob es ratsam sei, ihre armseligen persönlichen kleinen Dramen preiszugeben, die mir bei der Abfassung eventueller künftiger Bücher als kostbares Material dienen könnten. Da sie schweigen und ich es eilig habe, entschließe ich mich, in dem Brief irgendwas zu erzählen. Verlegen murmeln sie irgendwelche vagen Schimpfwörter, ich aber habe sie an der Angel! Ich habe Briefe! Sie wissen es und verehren mich deswegen; zumal ich sie verblüffe und die Bedeutung meiner okkulten Kenntnisse übertreibe. Sie fürchten mich und wagen es nicht, mir ihre Fotos zu bringen (im Garten aufgenommen von einem kleinen Mann, der, um die Wärter zu täuschen, seinen auseinandergeschraubten Apparat in einem Korb trägt und ins Hospital bringt. Die Abzüge sind schlecht, denn der Apparat ist in sehr schlechtem Zustand, und der alte Fotograf haut seine Kunden übers Ohr, indem er sie teuer dafür zahlen läßt. An den Festtagen kommt er in Begleitung eines schmächtigen Kindes, das ein phantastisches Bühnenbild auf dem Kopf trägt. Mit Wäldern, Seen, fast unbekleideten Nymphen, hoppelnden Kaninchen und dem hübsch kalligraphierten Namen Gottes, mit Arabesken und einer Sonne, die zu zerfließen scheint, so abgenützt ist der Dekor. Dann holt er sie in den Garten, stellt seine Dekoration an eine kahle weiße Wand, auf der zwei Eidechsen nach Mücken schnappen, und fängt an, sie zu fotografieren, einen nach dem andern. Da er weiß, daß sich die Kranken ungern in Krankenhauskleidung fotografieren lassen, bringt er einen Koffer voll Klamotten mit und verteilt sie an alle, die sich fotografieren lassen wollen. Da gibt es solche, die sich als "Mamelucken" aus der Zeit der Türken verkleiden, mit falschem gezwirbelten Schnurrbart, Krummsäbel und grünem Banner mit dem Namen Allahs in Weiß. Da gibt es solche, die sich mit Leopardenanzügen als Fallschirmspringer verkleiden und noch blutrünstiger aussehen als sonst. Es gibt sogar solche, die sich als Zuchthäusler verkleiden mit Schmissen aus Lippenstift. Der Fotograf ist sehr geduldig. Er klopft ihnen verständnisvoll auf die Schultern, und wenn sie sich nicht mehr bewegen: klick! Er setzt die Mechanik in Gang, die seltsame Geräusche von sich gibt, verrottet ist und ab und zu den Dienst versagt. Und da stehen sie nun, meine Gefährten, und jubeln nicht mehr, da sie wissen, daß sie in alle Ewigkeit in dieser lächerlichen Haltung und in diesem unglaublichen Aufzug erstarrt sind. Für immer erstarrt in diesem irrealen Dekor, mit diesen drallen, schmachtenden Nymphen, die auf dem Boden lagern, als lägen sie ihnen zu Füßen, flehend und lüstern. In Wirklichkeit peinigt sie der Gedanke, daß es fortan irgendwo ein Double von ihnen geben wird, das von Hand zu Hand geht und dafür sorgt, daß ihre Verwandten und Freunde weinen und darüber klagen, daß sie noch immer fort sind und ihr Leben in Hospitälern und Zuchthäusern verbringen, und dafür sorgt, daß ihre Feinde laut auflachen: "Oh, wie er aussieht in diesen blauen und roten, bestickten und befransten, zu großen und zu weiten Verkleidungen. Wahrhaftig, er ist verrückt... Soll er in seinem Irrenhaus bleiben. Wohl bekomm's ihm!"; dann von neuem auflachen, weil sie ein Detail entdeckt haben, das ihnen entgangen war, skuriller und amüsanter als alle anderen, und von neuem das Foto herumreichen, das wieder von einer feuchten oder schmutzigen Hand zur andern wandert... In Wirklichkeit ist ihnen sehr bang zumute. Und ich sehe sie kommen: sie bitten mich, auf die Rückseite des schlechten Abzugs eine Widmung-Erinnerung zu schreiben, mit dem Namen des Hospitals und dem Namen der Stadt und dem Datum: "Aua! wie häßlich ich bin", sagen sie einer nach dem anderen und tun so, als lachten sie. Aber sie können mir nichts vormachen. Leeres Gerede! Ich weiß, daß sie nachts davon träumen und aufgeregt sind wie die Kinder, am Tag bevor der Fotograf kommt, im allgemeinen donnerstags. Und auch sie wissen, daß ich es noch nie ertragen konnte, mich fotografieren zu lassen, das Spiel zu verfälschen und auf diese Weise durch die Zeit zu reisen, während mein Körper anschwillt oder abmagert, mein Bart schwarz oder weiß wird. Wie sieht man bloß aus vor einem alten Foto, auf dem man frisch und fröhlich wirkt, intelligent und keck, während man sich zwei oder drei Jahre später schwach fühlt, abgemagert und traurig, in einer Irrenanstalt zu vegetieren, während das Land sich entwickelt und arbeitet? Und wir, hinter diesen hohen Mauern versteckt, mit dieser Fotogeschichte, die den armen Kerlen, die mein Zimmer teilen, den Kopf verwirrt, vor allem weil ich ihnen Widmungen schreiben muß, die sie mir diktieren, und sogar gezwungen bin, ihnen Komplimente zu machen: "Aber ja! Aber ja! Wie schön du sein kannst. Photogen!" Dieses Wort gefällt ihnen! Und ich muß unter den ägyptischen Filmstars den Namen eines Schauspielers finden, der ihnen sehr entfernt ähneln könnte. Übrigens nur Komiker. Scheeläugig und schauderhaft. Puterrot und stupide. Und sie, sehr stolz: "Ach was! Hör auf, uns zu schmeicheln!" Und ich: "Aber ja! Aber ja! Du siehst Schikuku so ähnlich, daß ich dich nachts mit ihm verwechseln könnte..."), gelb auf der Rückseite und braun auf der Vorderseite, auf ein Papier abgezogen, das es heutzutage nicht mehr gibt; sie erinnern mich an alte Familienfotos (meine riesige Großmutter, zänkisch und fettleibig, im Schneidersitz auf ihrem Bett hockend, während sie im Sterben liegt; man hatte sie rasch angezogen, bevor sie den Geist aufgab, mit jener ungewöhnlichen kegelförmigen Kopfbedeckung, ihren pechschwarzen Zöpfen, pechschwarz trotz ihrem Alter, mit ihren kurz vor dem Tod schon glasigen Augen. Aber ihr Gesicht war verschlossen geblieben, durchdrungen von Autorität und einer Art selbstzufriedener Bosheit. Im übrigen hatte sie meiner Mutter das Leben schwer gemacht! Und dieses braune Foto mit dem grauen Gesicht meiner Großmutter, die noch den Mut hatte, sich würdevoll fotografieren zu lassen, bevor sie starb, um der Nachwelt das Beispiel ihres Muts und ihrer Härte zu hinterlassen...), die man uns unentwegt gezeigt hatte, mir, meinen Brüdern, meinen Schwestern, meinen Vettern und meinen Kusinen, um uns den Sinn für die Ehre, die Arbeit und die Willenskraft einzubläuen. Und nun sie, meine Gefährten, die mir auf die Pelle rückten und mich bei meiner Arbeit störten, mich baten, ihnen Briefe an ihre untröstlichen Familien zu verfassen, ihnen auf die Rückseite ihrer Porträts Widmungen zu schreiben, die sie, mit Küssen und Grüßen, ihren Eltern schikken würden.

Heute ist der Tag der Latrinen. Ich hatte noch nicht daran gedacht. Das ist es! Ich habe Durchfall und Hämorrhoiden. Man soll mich in Frieden meine Erfahrung machen lassen. Ich kann lesen, schreiben, beim Betrachten der Nudistenzeitschriften onanieren, in aller Ruhe meditieren, ohne idiotische Briefe an Leute kritzeln zu müssen, die ich nicht kenne. Zumal ich dazu neige, die Gedanken anderer zu extrapolieren, mit meinen eigenen Gedanken und Obsessionen zu befrachten, so daß ich, wenn ich die Briefe, die ich für meine analphabetischen Brüder geschrieben habe, noch einmal lese, nicht mehr weiß, wieviel Mystifikation ich hineingeschmuggelt habe. Während hier... Glücklich... In dieser etwas stinkigen, etwas sanften, etwas klammen und käsigen Atmosphäre. Mit den diversen Gerüchen, je nach dem Stuhlgang meines Vorgängers. Gerüche, die ein wenig lieblich sind, jedoch sofort meinem eigenen Geruch Platz machen, der ebenfalls wechselt, je nach der Nahrung, die ich am Vortag zu mir genommen habe, den Spritzen, die man mir gegeben hat, und den Medikamenten, die ich vor dem Einschlafen geschluckt habe. Aber das alles zählt kaum. Hauptsache, ich fühle mich wohl. Von allen isoliert. Ich lache ganz allein bei dem Gedanken, daß Nadia sich wohl um mich Sorgen macht (Was treibt er? Was treibt er?). Hier habe ich Ruhe. Ich störe niemanden. Ich lese die Gedichte von Omar, die mein Ex-Vater mir unauffällig beschafft hat, denn sie sind im ganzen Land verboten. In dieser gedämpften, etwas schleimigen Umgebung finde ich zu meiner ursprünglichen Funktion als Schreiber zurück. Und wie viele Seiten ich hier fülle! Es fehlt mir das Papier, um alles zu sagen. Die Ekstase. Ich sperre Mund und Nase auf. Ich gerate in Wallung auf meinem Sitz, und unter mir die milde Wärme des Universums, die mir in nahezu konzentrischen Schwaden in die Nase steigt und mich so ungemein beruhigt! Ich kann träumen... Nicht von Samias Körper, der in meiner Erinnerung immer mehr verschwimmt, sondern von ihrer Stimme, die ein wenig heiser und wunderbar spröde ist, mit rauhen und verzaubernden Tönen. Aber im Augenblick bin ich damit beschäftigt zu schreiben. Tausend Seiten. Ich keuche, als ich den Tod meiner Mutter und die Beichte meiner Tante in dem von der Dämmerung durchfluteten Zimmer neuschreibe. Wenn ich vom Schreiben genug habe, mache ich mich wieder an die Gedichte von Omar und an die schmerzliche Lektüre des Briefes der Vergebung von Abu al-Ala! Die Hölle aus der Sicht eines Blinden, den das Paradies einigermaßen langweilt... Ich fühle mich frei in dieser Art Tasche, in der ich gleichsam ein Bewußtsein von der Zeit vor meiner Geburt wiederfinde, als ich, ein Fötus, im Bauch meiner Mutter schwamm, die vergewaltigt worden war.

Und dann, wenn ich zu lange auf dem Klo gewesen war, geriet ich am Ende richtig in Wallung. Es gelang mir sogar eine Erektion, trotz all den Beruhigungsmitteln, die ich einnahm. Schon seit langem war die Idee in mir gekeimt. Vage hatte ich Nadia davon erzählt. Zu meiner Überraschung wurde sie nicht wütend. Sie sagte nur: "Du bist verrückt!" War sie errötet, als sie meinen schlüpfrigen Vorschlag vernahm? Kaum. Nur weil ich mich immer auf dem Klo einschloß, um bequem lesen und schreiben, völlig abgekapselt leben zu können, war ich auf diesen schändlichen Gedanken verfallen. Und da sie gerade hier vorbeikam, hatte ich sie gebeten, mir auf die Toilette zu folgen, dort wäre es besser als in der Besenkammer, wo es zwischen uns nie richtig geklappt habe, ich würde sie in den achten Himmel heben (ich erinnerte mich, daß ich bei diesen Worten gluckste und alles tat, um mein Fiebern zu verbergen); und da hatte sie gesagt: "Du bist verrückt!", aber ihre Lippe war so weich - wie bei einem Kind, das versucht, die Tränen zu unterdrücken, und dessen Gesicht ein wenig zittert - und ihr Blick so glühend, daß ich fortfuhr, ihr von dem Glück zu erzählen, das wir beide zusammen erleben würden, auf dem Klo eingeschlossen, wo niemand uns stören würde, ein für allemal befreit von unseren Phantomen, endlich imstande, jenes Verlangen zu stillen, das wir füreinander empfänden und das wir wie einen ekelhaften Schanker oder wie einen schmählichen Krebs trügen, über den wir weder miteinander zu sprechen noch den anderen Mitteilung zu machen wagten, lediglich imstande zu feixen. Ich hatte meine Sache so eindringlich verfochten, daß ihr das Wasser im Mund zusammenlief und dann sicherlich auch das andere Wasser, das sie sanft zu durchtränken begann, zuerst wie eine Art Wärme, dann wie eine Art Feuchte, dann wahrhaft wie eine tückische Berieselung, die sie derart überschwemmte, daß sie, danach, schnell die Unterwäsche wechseln mußte, um dann sauber und makellos wieder zu erscheinen, auf dem Gesicht nicht mehr jene elende Verknotung, die ihr das

Aussehen einer Blinden verlieh, sondern eine gleichsam aufgetragene Ruhe, die sie wer weiß wo aufgetrieben und sich auf das Gesicht geklebt hätte, sehr vorsichtig, vor einem Spiegel... Ich wiederholte ihr, sie werde bis in die tiefsten Tiefen ihrer Eingeweide genießen, sie werde geifern vor Lust und immer mehr davon wollen. Sie brauche sich nicht einmal ganz zu entkleiden, sondern nur ihren Kittel hochzuziehen und mich machen zu lassen. Sie wurde ganz schüchtern, als sie mich so viele Geschichten erzählen hörte. Ich hatte nicht gesagt, daß sie ihre Brust nicht entblößen dürfe, Ursache all unserer Mißgeschicke, und sie gut versteckt halten solle, gut zugedeckt unter ihren Kleidern. So würde ich nicht an diesen unglaublichen Unterschied zwischen den beiden Brüsten denken...

Sie hatte es geschehen lassen. Fast den Tränen nahe. Und ich war im Begriff zu kneifen und alles zu verderben, so sehr fürchtete ich dieses Wiedersehen mit Nadias Körper, die vor Verzückung verging, in Erwartung dessen, was ihr widerfahren würde und was sie seit jeher erhoffte. Mehr als schmerzhafte Liebkosungen unserer Körper, die an die Wände des engen, säuerlich riechenden Gehäuses stießen. Ich wollte sie so heftig wie möglich packen und ihr den wunderbaren Gebrauch ihres bislang nutzlosen Geschlechts zurückgeben. Als sie die Kleider hochgezogen hatte, zitterte ich beim Anblick des rauhen und zugleich weichen Gewirrs, übersät von zunächst abrasierten, dann an den Rändern der erstaunlich roten Öffnung immer zahlreicher werdenden Haare. Da ich blind wurde, führte sie mich zu der gut angefeuchteten Schwellung, die vor jener brutalen und harten Begierde pochte, deren irrsinnige Panik einzig das Hin und Her, das ich in Angriff nehmen würde, endlich besänftigen könnte. Nadia ließ mich machen, vertraute mir, sagte, es sei nett von mir, mich um sie zu kümmern und mich abzumühen, ihr zum Genuß zu verhelfen. Sie keuchte nicht! Sie wartete auf wer weiß welches Manna oder welche Horde, die in der Mulde ihres Geschlechts über sie käme, daß es noch wochenlang in ihr nachklingen würde. Und ich stöberte in meinem Gedächtnis nach ähnlichen, mit derselben Intensität erlebten Augenblicken; ich mußte schnell irgendein Bild finden, das mein Begehren nähren, steigern könnte, aber es kam nichts. Die Zeit stand still! Der Saum der Niedertracht wie ein Halo im Mund oder ein Wasser auf der Basis von Eisen und Kupfer. Wo die Bitterkeit der ersten in meiner Jugend penetrierten

Frau finden? Nichts Vergleichbares! Aber ich rackerte mich trotzdem ab. Schweiß. Der Geruch der Latrinen begann mir lästig zu werden, und das Hin und Her brachte offenkundig keinerlei Ergebnis, denn die andere, auf die Kloschüssel geflätzt, den Kittel bis zum Kinn hochgezogen, die flaumigen weißen Schenkel zusammengepreßt, wartete weiterhin angstvoll auf den Zug, der sie ein für allemal in die Hölle bringen würde. Aber nichts geschah. Nun begann ich ein wenig zu verzweifeln; sie schrie jetzt, ich solle nicht aufhören. Sie wurde nach und nach giftig, begann sich zu bewegen, wie wild zu kreiseln... Bis mein Blick auf einen Behälter fiel, der in greifbarer Höhe über der Kloschüssel hing und auf dem sich Papierbeutel stapelten, mit blauer Schrift auf gelbem Grund. Ich zog mich schnell zurück, plötzlich verstört, da ich zu spät begriffen hatte, die frigide Geliebte loslassend, die verrückt war vor Zorn und enttäuschter Hoffnung, durch meine Schuld. Ich mußte verstehen, was der Behälter in meinem Alptraum zu suchen hatte, wozu er diente. Sinnlos, Nadia danach zu fragen, die ihre Kleider in Ordnung brachte und schwere und graugrüne dicke Tränen weinte, ohne zu schniefen, sogar ohne zu seufzen oder stärker zu atmen. Ich nahm einen Beutel und las in vier Sprachen:

إجعلوا الأقطنة في هذا الظرف
وضعوها هي الأخرى في الصندوق
الذي جعل لهذه الغاية. حذاري!
لا ترموا بها في المرحاض خشية
أن يسدّ. إنّ كاغظ هذه العلبة
قد استعملت في صناعته عقاقير"
مضرة"، فلا تضعوا فيه أيّ نوع من
المآكل. شكرا!

Introduisez votre garniture hygiénique dans cette pochette et déposez celle-ci dans le récipient installé à cet effet. Très important: ne pas jeter dans les W.C. qui risquent d'être obstrués. Le papier de cette pochette comporte une composition néfaste à l'introduction des produits d'alimentation.

> For keeping sanitary towels etc. After use to be put into the pail destined for it. For the removal will be taken care of. Not to be thrown into the lavatories.
>
> Zum Ablegen von Hygiene-Binden und Ähnlichem. Nach Benutzung in den dafür bestimmten Eimer deponieren. Für Entfernung wird Sorge getragen. Nicht in die Toilette werfen.

Es war eine Reklame für Monatsbinden, die man zusammen mit den Villen des Schmerzes geerbt hatte, nach dem siebenjährigen Krieg. Von neuem bestürmte mich der Mythos des Bluts von allen Seiten. Man gönnte mir keine Rast. Sogar hier, auf diesem widerlichen Klosett, wo ich mich für einen Teil des Tages häuslich niedergelassen hatte, war ich vor der unerbittlichen Prophezeiung nicht geschützt. Nie hatte das Blut aufgehört, mich umzutreiben; und ausgerechnet jetzt, da ich dabei war, mich hinterhältig mit meiner Geliebten der Lust hinzugeben, mußte es sein, daß der Ekel mich packte, daß meine Glieder vereisten und daß ich all mein Gedärm in die Kloschüssel kotzte, Bilder kollektiver Massaker im Kopf. Es gab keine Hoffnung mehr. Von neuem schwankte alles, genau in dem Augenblick, da ich emportauchen und verstehen sollte, daß der Ritus des Bluts nur eine teuflische Erfindung meines schockierten Bewußtseins war, schockiert und geknetet von der maßlos gewalttätigen Wirklichkeit, Vernichterin jeder Wesenheit des Traums. Nichts! Nicht einmal der Saum einer Träumerei. Nadia hatte laut die Tür knallen lassen. Keine Rettung war möglich. Die Tapferen waren abgezogen, aber sie hatten auch das Plastik hinterlassen, die Villen des Schmerzes und jetzt diese gräßlichen Beutel, in die man das Blut der armen Frauen steckt, das in regelmäßigem Fluß in den Mäandern meiner Träume rinnt. Sie alle starben an diesem bösartigen vaginalen Ausfluß, und man brauchte sie nur noch zusammenzupferchen und wegzuschaffen, fern den Blicken der Kinder, damit sie keine Angst haben. Eindruck vibrierender Farben. Sonne, die im Himmel steckt wie ein Messer in einer blauen, von widerlichen Viehchern wimmelnden Wunde, die um ihr Leben kämpfen, mit ihren tausend dünnen und anmutigen Beinen zappelnd. Der Ritus des Bluts! Samia, besprengt mit der warmen Flüssigkeit, die aus der Kehle einer mageren schwarzen Ziege gequollen war, die der andere rituell getötet hatte. Wozu brauchten wir Blut? Jetzt hatte ich für eine Ewigkeit genug davon, um es auszuspeien, auszuschwitzen, meine Laken mit diesem sicheren und herben Geruch zu durchtränken. Daß mir bloß keine Frau mehr in die Nähe kommt! "Du stinkst nach Blut und nach deiner Regel. Laß mich in Ruhe."

Ins Zimmer zurückzukehren, war das Schwierigste. Meine Blässe konnte nicht unbemerkt bleiben bei meinen Gefährten, die stets auf den kleinsten Schmerz achten, an dem ein Mitglied der Gemeinschaft leiden könnte, immer bereit, jedem beizustehen, der es nötig hat. In dem Saal, halb von der Dämmerung verschluckt, deren Schwermut niemand zu sagen wüßte, radebrecht der aus Lyon zurückgekehrte Arbeiter, der seine Muttersprache vergessen hat, eine wirre Rede in französischer Sprache, um zu erklären, daß er es satt habe, der Sprache des Landstrichs nicht mehr mächtig zu sein, der sieben denkwürdige Jahre lang geplündert worden war und heute von neuem aufersteht, trotz dem scheinbaren Chaos und dem ganzen verfluchten Erbe, kraft seiner eigenen überwältigenden Wirklichkeit, offen zum Meer und zum Sand der märchenhaften Wüste, deren lange für trügerisch und ungeheuerlich erachteten Wahnbilder es endlich zu deuten gelte. Er stolzierte zwischen den Betten herum, während die anderen ihm lauschten, darauf wartend, daß in der Dunkelheit die Stimme des Muezzins ertöne und sie aus ihrer Schläfrigkeit wecke. Der andere fuhr fort, sich zu ereifern. Sprachlos, von seiner Muttersprache abgeschnitten wie eine Fliege von der Wärme oder wie ein Baumstumpf von der Erde, in der er Jahrtausende gelebt hat. Er war hager. Unsicher. Durch die Undurchdringlichkeit der Fensterscheiben sickerte langsam die blaue Nacht, brachte jedoch seiner Bestürzung keinen Regen, der ihn für immer von seiner Behinderung reinigen würde. Das Rieseln hatte aufgehört, ihn zu überfluten, und da stand er, töricht, wie stumm, unfähig ein Wort zu sagen... Unbemerkt ins Zimmer zurückgekehrt, war es mir gelungen, in mein Bett zu schlüpfen, ohne Aufmerksamkeit zu erregen, jenen Satz im Kopf, der an meiner Hirnhaut klebte: (Stecken Sie Ihre Binde in diesen Beutel und werfen Sie ihn in den zu diesem Zweck vorgesehenen Behälter. Wichtig: nicht in die Toilette werfen, um sie nicht zu verstopfen. Das Papier dieses Beutels enthält eine für Nahrungsmittel schädliche Substanz. Danke). Danke wofür? Also nein! Das fehlte mir gerade noch. Das nächste Mal werde ich den Damenklos auszuweichen wissen. Es ist zu gefährlich für meine prekäre geistige Gesundheit.

Nadia wird so bald nicht auftauchen. Sie wird keine widersprüchlichen Gerüchte über mich in Umlauf setzen. Im Gegenteil, sie wird alles tun, damit das Gerede nachläßt. Sie wird mich weder bei den Geheimen Mitgliedern des Clans anzeigen noch bei den Bürokraten des Hospitals, die übereifrig sind, um ihre Stelle zu behalten und ihre kinderreichen Familien zu ernähren. (Sie sind unwiderruflich gegen jeden Versuch der Empfängnisverhütung. Gott schütze uns vor ihnen!) Sie wird alle zum Schweigen bringen, die mich im Verdacht haben, ein Ketzer zu sein. Sie ist jetzt imstande, sich meinetwegen Blößen zu geben. Ich werde in aller Ruhe Marx lesen können, ohne mir über jene zwielichtigen Personen Gedanken machen zu müssen, die ohne vorgefaßtes Ziel im Hospital herumspazieren. Ich kann auch nach Belieben die Massen indoktrinieren und den aus Frankreich zurückgekehrten Arbeitern erklären, daß sie es sich schuldig sind, die Avantgarde des Proletariats zu werden, da sich das Land in Windeseile industrialisiert. Sie wird es mir nicht übelnehmen. Sie wird die Türen nicht mehr zuknallen. Sie wird mich in Ruhe den Brief der Vergebung des Blinden lesen lassen. Schließlich ist es nicht meine Schuld, daß wir diesen blutigen Werbespruch geerbt haben: "Madame, Tripax hat an Sie gedacht..."

Die Katze schnupperte an ihrem Schatten und schlich im Innern eines unter der Hitze geschrumpften Raumes umher. Vor allem durfte man sich nicht den mit dickem Kalk beworfenen Mauern nähern, durch die sich, fast unsichtbar, tausend die Materie peinigende Risse zogen. Auch durfte man sich nicht mitten in den Patio legen, denn dann lief man Gefahr, versengt zu werden zwischen den Gerüchen nach trockener Minze, nach gallertigem Tomatenmark, das in Holztrögen schimmelte, und nach übermäßig gesalzenem Fleisch, das an zwei oder drei diagonal übereinandergespannten Schnüren hing, die dem derart zerstückelten Raum ungewöhnliche Formen verliehen. Die Bewegungen des Katers, der sich damit beschäftigte, sein Bild loszuwerden, das ihm ständig folgte, seit die Sonne den Zenit überschritten hatte, waren in keiner Weise erstaunlich. Sie faszinierten nur ihn selbst und ließen den mitten im Hof knienden Mann gleichgültig gegen dieses Treiben, das sich vor seinen wässrigen Augen abspielte. Die Sonne, die nie an ihrem Platz bleiben wollte, setzte die Katze in Erstaunen, und sie reckte sich schmerzlich. Man begriff nichts von dieser Katzengeschichte. Am Ende wird sie sich noch in den Schwanz beißen. Was den auf einer Schafshaut kauernden Patriarchen betraf, so wärmte er sich in der Sonne und wartete auf die Stunde des Gebets: den Dhor. Die Mittagsstunde änderte nichts daran. Es war heiß und trocken, und in diesem Lodern waren die Gerüche nur ein spezieller Irrsinn. Im letzten Sommer hatte es über der Stadt Wanderheuschrecken gegeben. "Es war schlimmer als die Grashüpfer", sagte der Großvater. Sie hatten alle Wolle aufgefressen, die draußen trocknete, und Selma hatte über den Schrecken der Kinder gelacht. Sie hatten alles kahlgefressen. Ein einziges Mittel dagegen, alt wie die Welt, das schon die alten Ägypter verwendeten: Eier auf ihren Weg legen, damit sie

sie aufbeißen und darin ertrinken. Malika hatte ebensogroße Angst wie die Kinder. Sie war in das abgelegenste Zimmer geflüchtet, und trotzdem hatte sie sie knabbern hören, unisono, in einer kollektiven und synchronen Bewegung: kriss! kriss! Er, der seinen Rosenkranz durch die Finger gleiten ließ - ein Geduldsspiel -, in der Sonne kauernd, den Blick in die Ferne gerichtet, erinnerte sich an Jahre, die schlimmer waren als das letzte. Er sagte auch, daß die Vorfahren bei der Ankunft der Grashüpfer und der Heuschrecken von der achten Plage sprachen. (Es gab deren zwölf in der Nomenklatur der genaustens erfaßten Kalamitäten; aber der Kopf dröhnte ihm, und er war außerstande, sich die - doch so notwendige - Mühe zu machen, sie alle aufzuzählen.) Die Kinder hatten sich damit vergnügt, die gefräßigen Insekten in Siebe einzusperren, die sie umgestülpt auf den Boden preßten. Er stellte sich den Schatten des Drahtgeflechts auf den Gesichtern der Buben vor, die nun eine zart gemusterte Haut hatten, als hätten sie während der Siesta auf einer Decke mit Reliefmotiven geschlafen und deren Spur auf den Wangen zurückbehalten. Selma lachte immer über die akrobatischen Darbietungen der Katze, die sie vergeblich auf ihren Schoß zu locken suchte. Zwischen dem dichten Schatten und der siedenden Sonne gab es einen Zwischenbereich, aber die Katze war außerstande, ihn als vorläufiges Domizil zu wählen, bis die Sonne hinter dem letzten Feigenbaum des Gartens verschwände, oder einfach bis die alte Magd die Innenräume abgekühlt hätte, die sie mit Eimern eiskalten Wassers überflutete, geschöpft aus dem denkwürdigen Brunnen (wo man die andere... Doch wozu, ihr war heute nicht danach zumute, schmerzliche Erinnerungen wiederzukäuen. Sie sang sogar...), umgeben von Moos und, etwas weiter, von Gras. Sie war schauderhaft, die Magd! Sobald es um die Instandhaltung, den Haushalt oder die Religion ging, wurde sie unausstehlich. Nichts würde sie auf andere Gedanken bringen. Bigott, wie sie war, hatte sie gerne die Füße im Wasser und verbot, daß man - und sei es barfuß - über die Fliesen lief, die sie gerade besprengt hatte und die im Nu trockneten. Wie toll sie sich aufführte! Niemand wagte einzuschreiten, und sogar die verwöhnten und völlig verdorbenen Katzen, die man bereitwillig auf die Bäume klettern und die armen Spatzen fressen ließ, die sie nicht kommen hörten (so flink und geschmeidig, wie sie waren, diese garstigen Räuber), hatten - in dieser Hinsicht - nicht mehr Rechte als alle anderen Hausbewohner. Großvater interessierte sich nicht dafür. Er liebte die Saubohnen und die Sonne und rührte sich nur, um in den Garten zu gehen und seine Waschungen vorzunehmen, fern von den Blicken der Frauen, die ihn wegen seiner Schamhaftigkeit und seiner schwierigen Liebe zu Großmutter neckten, jener, die tot war und die man vor ihrem Ableben auf ihrem Sterbebett fotografiert hatte, um uns angst zu machen, uns armen Kindern, die wir noch unentschlossen waren in der Wahl unseres Vaters (war es Siomar oder Si Sliman, alias Dschoha der Gläubige?).

Als sie dann den Schwanz ringelte, leise stöhnte, den glatten sengenden Boden leckte, sich auf dem Boden wälzte, wie verrückt tänzelte, mußte Selma lachen: "So komm doch in den Schatten, du Dummkopf!" Mit ihren kaum geöffneten Augen, halb in Brand gesteckt von der Sonne, die sattsam darin schwelgte, mit weicher Lippe, weitem und seidig glänzendem Serual, den Busen prall und ruhig auf seiner lilienweißen Kuppel, den Unterleib voller Strudel, schwängerte sie die Luft, die sie mit herber Sinnlichkeit durchquerte. Sie drehte sich in der Sonne und lachte aus voller Kehle: "So komm doch in den Schatten, du Dummkopf! Du wirst dir deine kleinen Pfoten verbrennen! Hajah!" Sie wirbelte um den fast blinden Großvater herum, der sich nicht von der Stelle rührte und seine Schafshaut nur verließ, um sich im Bassin des Gartens rituell zu waschen, vor jedem Gebet, sechsmal am Tag. Er war der Angelpunkt, um den herum sie ihre Welt lenkte, und sie kam, um ihn wegen seiner stürmischen Liebe zu seiner zänkischen Frau zu necken, die ständig eine komplizierte steife Haube auf dem Kopf trug... Und sie erinnerte sich an das Jahr, in dem die Heuschrecken alle Wolle gefressen hatten; es war, nachdem man den getrockneten Kuskus hereingeholt und in Säcke gefüllt hatte; nachdem man das Tomatenmark hereingeholt, in Krüge gefüllt und mit einer Schicht Olivenöl bedeckt hatte. Wann war das? Sie konnte die Jahre nicht mehr auseinanderhalten. Ende des Sommers und Anfang des Herbstes. Paralipse des Traums! Alle Sommer gleichen einander. Und sogar die Winter und sogar die Herbste. Sie erinnerte sich besonders an das Jahr der Heuschrecken (die achte Plage, hatte der Großvater gesagt). Aber es hatte den Kindern solchen Spaß gemacht... Auf jeden Fall waren die reichen Bauern, wie Siomar, gegen Unwetter, Hagel, Heuschrecken, Grashüpfer und Feuersbrünste versichert.

Sie grübelte über diesen Unterschied zwischen Heuschrecken und Grashüpfern. Was hat es damit auf sich? Es ist ein und dasselbe, hatte der halb erblindete Greis gesagt. Allah! hilf mir, meine Tochter. Sie wirbelte auch gern um die Katze herum, die anfing zu schnarren, hinter ihr her zu rennen und in ihre Rockschöße zu beißen. Sie half dem Großvater bei seinen Waschungen, und er machte sich schwere Vorwürfe. Er hätte einschreiten müssen. Zwanzig Jahre ist das jetzt her. Der Alte, der in der Sonne schmorte, wurde schließlich ein Weiser mit seidigem Bart und entzündeten Lidern, die sie geduldig behandelte. Natürlich wußte er alles. Er hatte es nie verziehen. Er war zu alt, und sein Sohn, Siomar, hatte seit einiger Zeit das Erbe in die Hand genommen. Das Alter hatte nichts bereinigt. Der Verfall.

Wenn Siomar das Dorf verließ, um in die Stadt zu gehen und sich um seine Geschäfte zu kümmern, lebte Selma auf und schuf um sich herum eine Hektik, die nur sie bis zum Schluß aushielt. Mit der Abenddämmerung fiel der Großvater in Trance und verließ seine Alfagrasmatte nicht mehr, auf der er stundenlang kniete. Die Katzen dagegen versteckten sich in den Bäumen und lauerten den armen Spatzen auf. Die alte Magd war in der Küche mit Malika, die hin und wieder verschwand und auf ihr Zimmer ging, um zu weinen. Dann kam sie wieder herunter, als wäre nichts gewesen, und fuhr fort, das Abendessen vorzubereiten. Selma blieb bei den Kindern. Diese lachten über das Piepsen der Kanarienvögel, das aus dem Garten heraufdrang, der nach Einbruch der Dunkelheit geschlossen wurde wegen des sehr tiefen Beckens, in dem Fische, in allen Farben, sich albern im Kreis drehten. Selma jauchzte nicht mehr. Heimlich strich sie um den Brunnen herum, als suchte sie im Gras, das gebrannt hatte und wieder gewachsen war, nach der Spur ihres Körpers, niedergestreckt von den Händen des anderen... Wieder dachte sie an Selbstmord. Ein Kopfsprung in den Brunnen. Sie würde ein paar Stunden im Wasser liegen, bis die Feuerwehr käme. Dann würde man sie ausziehen, und sie hätte, obwohl tot, ein Gänsehaut und von der Kälte aufgesprungene Lippen. Und man müßte ihren Sohn, der den Idioten spielte und in die andere Stadt gegangen war, um Philosophie zu studieren, telegrafisch zurückrufen: Mutter sehr krank. Stop. Sofort kommen. Er wäre nur halb überrascht, da er die ganze Sache von Malika erfahren hatte, seiner Tante, die trotz allem ihrer Schwester nie die Gemeinheit verziehen hatte, nach der

Vergewaltigung die Lieblingsfrau des Gebieters geworden zu sein.

Einige Jahre vor der Ankunft der Grashüpfer, die die zum Trocknen aufgehängte Wolle der Matratzen gefressen hatten, war Selma schwer erkrankt. Sie hatte sich nicht ins Bett legen wollen, und der Alte hatte angefangen, sie zu beobachten. Manchmal stürzte er, ohne sich etwas anmerken zu lassen, in ihr Zimmer, nach Art der Blinden die Hände vorstreckend, und betastete ihr Gesicht. Sie lachte nicht mehr, wie sie es in Zeiten des Burgfriedens tat, wenn sich Siomar auf Reisen befand. Da er der Weise war, ließ sie es geschehen und sagte kein Sterbenswort. Seine Stirn war sorgenvoll. Von Zeit zu Zeit roch er an ihr und hielt im Hof geheime Zusammenkünfte mit den Toten ab, deren Seelen angeblich im Haus der Vorfahren spukten, das der Sohn so stark modernisiert hatte, daß es nach nichts mehr aussah. Regelmäßig veranstaltete er Koranlesungen für die Ruhe von Selmas Geist, der fortgegangen war, um in den fernen Landstrichen zu wandeln. Man hatte es mit Räucherungen versucht, die die schwarzen Dienerinnen nach einem präzisen und komplizierten Ritual zu veranstalten wußten.

Anfangs hatte sie alles getan, ihre Krankheit zu verheimlichen. Sie sagte, es sei nichts. Sie habe Kopfschmerzen, die sie dadurch lindere, daß sie ihren Kopf in bunte Tücher wickele. Alle glaubten ihr, nur der Großvater nicht. Und dann hatte sie jenen Kropf bekommen, der ihr nach und nach den Hals verschlang, zusehends anschwoll und jeden Tag etwas härter wurde wie ein Schraubstock, der sie würgte und ihr das Atmen erschwerte. Jetzt, da sie sich häßlich fand, verließ sie nur noch selten ihr Zimmer und sagte der Katze, die an ihrem Schatten schnupperte, nicht mehr: "Geh doch aus der Sonne, du Dummkopf!" Sie fütterte die Schildkröte nicht mehr, die anarchisch zwischen dem Garten und dem Haus herumstolzierte und unter die Betten kroch, sogar in den unter seinem Wellblechdach aufgeheizten Schuppen. Zu jener Zeit hatte es angefangen, daß sie ihren immer perverser gewordenen Liebhaber nicht mehr ertrug. Aber als sie diese Wucherung am Hals bekam, genau in Höhe der Halsschlagader, stellte Siomar seine Werbungen ein und verließ das Land wegen einer langen Geschäftsreise, die ihm höchst gelegen kam.

Die Sonne stachelte die Leidenschaften an, und die im Herbst zahlreicheren Fliegen brachten alle um den Verstand. Die

Dienstboten wußten nicht mehr ein noch aus. Das Haus versank in totaler Anarchie. Die Stille war unerträglich, aber keiner schlief. Die Katzen nutzten es aus, um den Spatzen noch mehr nachzustellen, und fraßen sie diskret, kamen dann mit bluttriefenden Lefzen und Barthaaren und triumphierender Miene zurück. Sie waren abscheulich. Die Zusammenhanglosigkeit und die Krankheit hatten Selma grüblerisch und düster gemacht. Sie vernachlässigte sich und kümmerte sich nicht mehr um die Zeisige und Wellensittiche, die vergeblich in ihren Käfigen plapperten und denen es nicht gelang, das Mitgefühl meiner Mutter zu erregen, die sie bisher mit verschiedenen Körnern gefüttert und verpäppelt hatte. Sie hatte ihnen sogar das Singen beigebracht und stand schon im Morgengrauen auf, um sie bei ihrem ersten Erwachen zu überraschen, mit aufgeplusterten Federn und eher mißtrauischer als verdrießlicher Miene und ihrem Glucksen, das durch das Haus drang, das still war, wenn man absah von dem Quietschen der Seilrolle im milchigen und wohlriechenden Morgengrauen des Sommers, duftend wie etwas Neues, wohlverpackt in seine violetten Farben; denn der Großvater war bereits aufgestanden und schöpfte Wasser für seine erste Waschung. Man mußte sie beruhigen, sie mit leiser Stimme ausschelten, damit sie nicht sämtliche Katzen zusammentrommelten, die im ganzen Haus verstreut waren, abgekämpft von ihrer Jagd quer durch den Garten, bis in den Verschlag des Ölhändlers. In diesem Laden, der an den Garten grenzte, waren die Ratten dick, haarig und grau, mit Bäuchen wie gleich zerplatzende Blasen, ganz zu schweigen von den Weibchen und ihren ständig mit dem letzten Wurf schwangeren Bäuchen und ihren pathetisch rosa und zarten Brüsten. Denkwürdig, die Kämpfe zwischen Katzen und fetten Ratten, denen die Kinder zuschauten, von dem morschen Zaun herab, der sich in so schlechtem Zustand befand, daß man immer meinte, er würde nachgeben unter dem Gewicht der jungen Zuschauer, die der Ohnmacht nahe waren, jedoch ausharrten, um ihre Katzen, die im Begriff waren, sich von jenen mit Olivenöl genährten Ratten auffressen zu lassen, anzufeuern und Steine auf die fetten Nager zu werfen, deren tückische, vom Massaker verengte Blicke der erregten Kinderschar Schauder über den Rücken jagten. Aber sobald sich der Kampf zugunsten der Katze wendete, klatschten alle Beifall, und in diesem Augenblick kamen die Frauen und riefen den siegreichen Kater ins Haus zurück.

Man hatte alles versucht, sie zu heilen. Ohne Ergebnis. Der Greis hatte sein Herz dem Himmel ausgeschüttet. Dschoha, von irgendeinem geheimnisvollen Boten benachrichtigt, hatte ein Dutzend Amulette geschickt, mit denen man sie behängte. Man hatte sämtliche Wahrsager und sämtliche Quacksalber zu Rate gezogen und Mittelsleute bis nach Tunis geschickt! Nichts half. Der Kropf schwoll weiter an und entstellte den legendären Hals von Selma, die sich um nichts mehr kümmerte. Jeden Morgen mußte der Großvater einen zerzausten, vor Kummer (oder vor Hunger oder vor Durst) verendeten Wellensittich begraben. Des Streites müde hatte man einen Arzt konsultiert. Sie erholte sich tatsächlich, erlitt aber sehr schnell einen Rückfall. Sie ging nicht mehr ins maurische Bad und verzehrte sich in wirren, aber heftigen Selbstgesprächen. Sie meinte, mit den Toten zu sprechen, und führte imaginäre Dialoge mit ihrem Bruder, der im Jahr zuvor im Maquis umgekommen war.

Dann sollte ein schwarzer Hahn geopfert werden. Niemand hatte etwas dagegen einzuwenden. Nicht einmal die Kranke, die nicht mehr wußte, woran sie war. Aber dazu mußte Vollmond sein, und an jenem Tag hing zwischen zwei Wolken nur eine Sichel, die der Hexe, die die Zeremonie leiten sollte, nicht geheuer war! Man hatte auf den Mond warten müssen, und als er groß genug war, spielte das Wetter nicht mit. Man mochte noch soviel Lärm machen und gegen einen bronzenen Stößer schlagen, um die Wolken zu verscheuchen, es half nichts. Das schlechte Wetter hielt an, und der Hahn, den man in den Käfig der vor Kummer und Gram verendeten Wellensittiche eingesperrt hatte, wirkte lächerlich in der Erwartung, daß man ihm den Hals abschlüge, angesichts der Behendigkeit der Katzen, die ihm tückische Schnauzen entgegenreckten und unter dem goldenen Käfig auf der Lauer lagen. Er zappelte in seinem Gefängnis, das viel zu eng war für seine Leichenkammer und sein schwarzes Gefieder, mit seinem roten Kamm und seinen starren, stolzen Augen.

Der Großvater, den die Ankunft einer alten Hexe aus dem Kreis getrieben hatte, schmollte in einer Ecke. Er hockte ständig im Hof und pumpte Sonne, aber er hatte nie genug davon und fröstelte weiter, auf dem Gesicht die Spuren der Kälte, die er in seinem Körper und auf der ausgemergelten Haut seines Gesichts angeblich speicherte. Er schmollte und weigerte sich, das Spiel jener Zauberinnen mitzumachen, die sich anschickten, mit großem Pomp einen armen Hahn zu opfern, für den er inzwischen bei all den Widrigkeiten und Verzögerungen Freundschaft empfand. Er fuhr fort, Gott um die Heilung der Kranken zu bitten, und lehnte im voraus jeden der Hexerei zu verdankenden Erfolg ab. Er gab zu verstehen, daß seine Mittel unerschöpflich seien, und senkte Zweifel in den Kopf der alten Frau, die den Ritus leitete. Sie versteifte sich darauf, daß man, um alle Elemente des Erfolgs beisammen zu haben, die Mitarbeit des Alten erwirken müsse. Daher hatte sie beschlossen, ihn aufzusuchen, ihm zu schmeicheln, ihn ehrerbietig auf die rechte Schulter zu küssen und ihm gegenüber das Lob des Alters anzustimmen. Aber der Blinde lachte sich ins Fäustchen und kanzelte sie ab: "Du kommst in die Hölle! Gott liebt die alten Hexen deines Schlages nicht." Er verlangte auch, daß man den Hahn freilasse, der durch diese kein Ende nehmende Situation immer ratloser wurde, und daß man hundert Tage lang die Armen des Dorfs speise. Aber niemand war mit ihm einverstanden, denn es war Tradition, einen Hahn zu opfern, damit in einer von Unglück und Trübsal heimgesuchten Familie wieder Friede und Wohlstand einkehre. Das geflügelte Tier spielte nicht mehr den Hochmütigen, und sein Kamm verlor mit der Zeit seine Arroganz. Im übrigen zog sich der Sommer immer noch hin. Der Großvater versuchte mit seinem Palaver den Schraubstock des Fluchs zu lockern, der über das vor lauter Trauer und Stille unkenntlich gewordene Haus der Vorfahren gekommen war. Die geronnene Zeit und das Zimmer der Kranken und die Agonie des Hahns: alles brachte jene Stagnation und jene bleierne Betäubung zum Ausdruck, die den Personen einen verhängnisvollen Stempel aufdrückten. Malika verhedderte sich in ihren Wörtern und begann angesichts der Starrheit der Dinge und des Kummers des Alten erbärmlich zu stottern. Die um Selma, den Hahn und den Großvater angezettelte Verschwörung verhieß nichts Gutes. Die Ruhestörerin las die Zukunft aus geschmolzenem und in Wasser abgeschrecktem Blei, dessen schwindelerregende Strukturen sie deutete. Es war heiß, aber mitunter regnete es wahre Sintfluten von Wasser und Hagel, und das Warten zog sich hin, jenseits aller Geduld. Sogar die Schildkröten erlagen der Last der Stille und der Regenschauer und kamen ins Rutschen auf dem schlammigen Boden des Gartens, der sich, sanft abfallend, bis zu den Weizenfeldern erstreckte, außerhalb des Dorfs, dessen Leben sich um die Besitzungen Siomars drehte, der weiterhin abwesend war, aus dem Ausland banale und beflissen optimistische Postkarten schrieb und sich nie nach Selma erkundigte, als ob er nicht überstürzt weggefahren wäre, eine dringende Geschäftsreise vorschützend...

Der Großvater bemühte sich jetzt, die Katzen des Hauses im Zaum zu halten und sie daran zu hindern, unter dem Käfig des armen Hühnervogels schreckliche Sprünge zu machen, im Versuch, ihn zu erwischen, sämtliche Krallen zeigend. Letzterer war ganz kleinlaut geworden und siechte dahin. Er verlor seine Federn und stieß Schreie aus, die das ganze Dorf hätten zusammentrommeln können, sobald er den Schatten einer Katze im Hof auftauchen sah. Der Käfig geriet davon ins Schaukeln. Das Entsetzen und der Aberglaube besorgten den Rest. "Es ist ein Witz", sagte der alte Mann, "so kann es nicht weitergehen. Es muß ein Ende haben, so oder so!" Doch als er der Opferung des schwarzen Hahns endlich zustimmte, dessen Blut sich über die bösen Dämonen ergießen und sie unwiderruflich ersäufen sollte, zog die Hexe ein schiefes Gesicht und sagte, nichts habe Eile, es sei besser, auf den Herbst zu warten. Wirklich, sie wollte alle Welt zur Weißglut bringen und die Voraussetzungen für ihren Erfolg schaffen. Mit wilder Miene setzte sie sich ins helle Tageslicht, das Doppelkinn vom Schatten des Halses zerfressen, und schien, in widerwärtiger Reglosigkeit, auf die Flut der Ereignisse zu warten. Jetzt rückte der Großvater ihr ernsthaft zu Leibe und drohte, mit eigenen Händen den schwarzen Hahn zu töten, der seinen Worten nach von einer Krankheit befallen war, die ihn sehr schnell dahinraffen werde. Unentwegt griff er sie an, warf ihr mit schwacher Stimme alle möglichen Schimpfnamen an den Kopf: "Du sollst ihn endlich opfern, deinen verdammten Hahn! Gott schütze uns vor Scharlatanen deiner Sorte!" Auch er verlor den Kopf: er fummelte nicht mehr an seinem Rosenkranz, aß nicht mehr. Von Zeit zu Zeit wachte er am Bett der Kranken, deren Kräfte und Farben immer mehr dahinschwanden. Draußen, trotz dem hin und wieder fallenden Regen: die Hundstage und jener charakteristische Geruch von Datteln, die im gelben Staub reifen, den der Ostwind in Böen aufwirbelt und auf die Gesichter der Passanten schleudert, die lange Hustenanfälle bekommen, so unerträglich ist die Luft, feucht und trocken zugleich, heiß und kalt. "Ein Weltuntergangssommer", sagte der Blinde, von Lethargie befallen und ausgelaugt von der Tyrannei und Geduld der Zauberin, die immer noch auf den günstigen Augenblick wartete. Die Kranke, die sich aus der Schlinge zu ziehen versuchte, verdächtigte ihre Schwester und hatte zum erstenmal gedroht, Siomar zu töten. Angesichts dieser Verschlimmerung der Dinge lächelte die Frauensperson, nach der man lautstark verlangte, damit sie die Toten des Dorfes wasche, vor Mitgefühl und verzog ihr Gesicht ob soviel unnötiger Aufregung. Eines Morgens brach sie in Ju-Ju-Rufe aus, und alle Mägde sowie die anderen Frauen des Hauses eiferten ihr nach. "Gott sei gelobt!" Freude durchdrang ihr aufgedunsenes, schweißglänzendes Gesicht. Sofort hatte der Greis aufgehört zu predigen. "Gott sei gelobt!" Er, der so gerne Reden über die Moral und die Frömmigheit hielt, schwieg und schien vor Verblüffung zu stottern. Wer hätte gewagt, seinen Augen zu trauen? Man mußte die Kranke holen, ihr ein Leinenhemd anziehen, ihr den Kopf mit Olivenöl einschmieren, ihre Glieder mit Fett bestreichen, sie mit zwei Kissen abstützen, sie aus ihrer Schläfrigkeit wecken, sagen, daß Gott groß ist, Kohlenbecken anzünden, Benzoe und andere magische Dinge (Harmelkraut, Alaun, Gummi arabicum usw.) knistern lassen, ihre Augen mit Khol schwärzen, sie wie eine Tuareg-Puppe schminken, sie schütteln, sie herumzerren, ihr gut zureden, damit sie aus der Erstarrung erwache und diesen krankhaften Stumpfsinn ablege. Und dann zwang sie die alte Zauberin, den vor Angst völlig zerzausten schwarzen Hahn anzuschauen, den man zwischen ihre Beine gestellt hatte. Sie war fast ohnmächtig geworden beim Anblick des aufgeregt gackernden armen Tiers, das sich vergeblich sträubte und zu fliehen versuchte, auf seinen kleinen Füßen hüpfend, die man fest zusammengebunden hatte, damit man in aller Ruhe, fast sanft das Messer hineinstoßen konnte, dazu das lächelnde und fast glückliche Gesicht der dicken Frau, die bereits in ihre entsetzliche Trance gefallen war, welche das Haus in seinen Fundamenten erschüttern sollte nach dieser langen Passivität, nach dieser unerträglichen Stille, die das Haus beherrscht hatte, der aufgekratzten Gehässigkeit der fetten Negerin ausgeliefert, einer professionellen Hexe und Leichenwäscherin und Heiratsvermittlerin mit glücklicher Hand und gelegentlich sogar Kupplerin, wenn die Magie nichts einbrachte und das Pech sie überall verfolgte, wo sie hinging, quer durch das Land, wenn sie ein anderes Dorf aufsuchte in der Hoffnung, dem Unglück zu entfliehen, das ab und zu über sie hereinbrach und sie all ihres schmutzigen okkulten Wissens entleerte... Dann hatte die Kranke solche Angst, daß sie an allen Gliedern zitterte. Aschfahl und bleich und wahnsinnig verstand sie nicht recht, was ihr widerfuhr, aus dem Schlaf katapultiert, von neuem an den Marmor des Patios genagelt, die Beine gespreizt, umgeben von Kohlenbecken, Räucherwerk, Qualm, Mägden und Familienmitgliedern; sie war nicht völlig zur Klarheit emporgetaucht und verbarg ihr Gesicht in ihren weißen Händen. Der schwarze Hahn schlug um sich, so gut er konnte, scharrte mit seinen gelben Füßen auf dem Boden, pickte an den Händen der Alten, die darüber vor Vergnügen lachte, bohrte seinen Schnabel in alles, was er fand in diesem umzingelten Raum, begrenzt von den beiden gespreizten Beinen Selmas, die zwei oder drei Frauen aufrichteten, während der Alte mit den Augen rollte und die ganze Szene nur verschwommen wahrnahm, dazu die Sonne, die endgültig zurückgekehrt war, um die halbgrün zwischen den Bäumen des Gartens schaukelnden Granatäpfel reifen zu lassen, und die Katzen, die einen Kreis um das Opfer bildeten, bereit, den ersten Blutstropfen aufzulecken, und die man mit Gewalt würde entfernen müssen, sonst wären sie imstande, fuchsteufelswild zu werden, halb wahnsinnig durch das Haus zu tollen, einhellig zu miauen oder sogar den Schuppen des Ölhändlers aufzusuchen und sich von dicken Ratten fressen zu lassen, die begeistert wären über die unverhoffte Beute und sich daran gütlich täten.

Alle hatten Angst vor diesem Blut, das von neuem die Wände bespritzen würde - als ob die während des Aid-Fests abgestochenen Hammel nicht ausreichten -, die man von neuem mit dicken Schichten weißen Kalks würde bewerfen müssen, deren Glanz den Augen wehtun und den Delirierenden in völlige Blindheit stürzen würde, wo er ohnehin nicht gut sah, einen Sohn gezeugt hatte, der ihn enttäuschte und ihn, die Macht monopolisierend, zum Narren hielt... Als ob all das Blut nicht ausreichte, das die Maquisarden großzügig auf den Bergen des Landes vergossen, auf der rauhen Steppe und den üppigen Ebenen, die unersättlichen Kolonisten in die Hände gefallen waren und die es dem Volk zurückzuerstatten galt, das, in Lumpen, aufgebrochen war, auf der Suche nach der täglichen Nahrung, und das man überall mit Steinen, wenn nicht mit Gewehrkugeln empfing; und es - das Volk - schleuderte Donner und Blitz, reckte seine magere Faust, lachte dem unausweichlichen Schicksal ins Gesicht, das zu schmieden es entschlossen war, stahl Gewehre in den Kasernen und verteilte sie an alle, die weder das Leichenhaus der kleinen Weißen noch den Paternalismus der Liberalen, noch die Raffgier der einheimischen Großgrundbesitzer länger ertragen konnten, die vor allem den Status quo verewigten und möglichst billig Herr des Bodens bleiben wollten. Als ob all jenes Blut nicht ausreichte, das die Wildbäche bizarr verfärbte, während der jähzornige und rachsüchtige Feind zeterte, sie seien eine Bande von Mördern und Banditen; während sie selbst aus den Zuchthäusern jenseits des Meeres kamen, Gesindel, dessen man sich auf billige Weise hatte entledigen wollen und das ins Land gekommen war, um das Massaker zu organisieren, ganze Volksstämme auszuräuchern ("Cavaignac operierte am linken Ufer des Schelif bei den Sbea, die sich in ihre Grotten zurückgezogen hatten. Trotz seinen wiederholten Aufforderungen hatten sie es abgelehnt, sich zu ergeben... Daraufhin hatte der Oberst... den Befehl gegeben, eine der Grotten mit Minen anzugreifen; vor dem Ausgang einer anderen hatte er ein großes Feuer angezündet. Am nächsten Tag hatte das Feuer das Gepäck der Flüchtigen erfaßt. In der Nacht glaubte man... undeutliche Laute zu vernehmen, dumpfe Schreie, dann unterbrach nichts mehr die Stille. Lange vor Tagesanbruch fielen den Wachposten ein paar nach Atem ringende Männer vor die Füße. Die Grotten waren mit so dichtem und beißendem Rauch erfüllt, daß es zunächst unmöglich war, sie zu betreten. Doch sah man hin und wieder unkenntliche Gestalten herauswanken... Als man den erloschenen Glutofen endlich besichtigen konnte, zählte man darin über fünfhundert Opfer" (Oberst Rousset, *la Conquête de l'Algérie*, Bd. lll, S. 22 und 23), die so wagemutig gewesen waren, den barbarischen Eindringlingen Widerstand zu leisten... Der blinde Alte kannte die Geschichte seines Landes, vermochte jedoch nur religiöse Floskeln zu stammeln, um diese sinnlose Vergeudung des Bluts der Tiere zu verhindern und zu verhindern, daß sich vor seinen Augen der pompöse Ritus vollzog... Der Hahn schlug immer noch um sich und kreischte hysterisch, bäumte sich auf in dem gebläuten Raum, der getrübt war von der geballten Hitze und der schlimmen Vision des Großvaters, der sich an andere Massaker erinnerte, die man ihm in seiner Kindheit erzählt hatte, an die Barbarei des Krieges und die Brutalität der Angreifer, die zahlreich gekommen waren, bis an die

Zähne bewaffnet, um - hämisch - Unordnung in dieses friedliche Volk zu tragen, das Bugeaud, als er es aufforderte, sich dem Feuer und dem Pulver zu unterwerfen, mutig antwortete: "Ihr sagt uns, daß ihr eine starke und mächtige Nation seid und daß wir gegen euch nicht kämpfen können. Die Mächtigen und die Starken sind gerecht. Und trotzdem wollt ihr euch eines Landes bemächtigen, das euch nicht gehört. Und wenn ihr überdies reich seid, was habt ihr dann bei einem Volk zu suchen, das euch nur Pulver zu bieten hat? Ihr droht uns auch, unsere Ernten in Brand zu stecken und sie euren Pferden und euren Lasttieren zu fressen zu geben; wie oft schon sind uns ähnliche Mißgeschicke widerfahren. Wir haben schlechte Jahre gehabt, wir haben Heuschrecken gehabt, die Hungersnot, und doch hat Gott uns nicht verlassen... Wir werden uns euch also niemals unterwerfen..." (General Daumas, *les Chevaux du désert*, S. 102-103). Er hatte ihn nie vergessen, diesen Brief an die Eroberer, den seine Vorfahren auswendig gelernt hatten und ihn seine Generation hatten lernen lassen... Jetzt, da er alt war, fand er, die Erde habe genug gelitten unter dem Krieg, dem Blut, den Heuschrecken, die noch letztes Jahr die Wolle gefressen hatten, die im Patio zum Trocknen hing... Diese Opferung des schwarzen Hahns fehlte gerade noch! Und die schauderhafte Zauberin - die nun ein Messer mit funkelnder Klinge in der Hand hielt - mußte jetzt ihre blitzartige Geste ausführen, die sich ins Bewußtsein des Großvaters grub, der nicht klar sah, da er nicht zu nahe herankommen wollte, und alles tat, um die aus dem Schlaf aufgeschreckte Kinderschar und die durch dieses ungewohnte Schauspiel in Panik geratenen Katzen fernzuhalten. Sie durchtrennte zweimal, in einem präzisen Hin und Her, den schlaffen Hals des Hahns, dessen Auge, in all seiner Dummheit und all seinem Entsetzen, das Auge derer anstarrte, die ihn töten sollte.

Sobald der Kopf, im Nu, abgeschlagen war, warf sich der Hahn an die gegenüberliegende Mauer, stieß wie ein Blinder - ohne Kopf - gegen die irrsinnige Weiße des Kalks, der sich mit riesigen und krümeligen roten Blutflecken bedeckte, erstaunlich hartnäckig, unter den spitzen Schreien Selmas, die verstört die Augen aufschlug und tragischerweise ihr Bewußtsein wiederfand, das seit langem von ihr gegangen war. Die Mägde hatten den Befehl der alten Zauberin nicht abgewartet und bereits begonnen, um den Sterbenden herumzutanzen, der sich fünfzig

Zentimeter vom Boden erhob und in einem schwammigen Geräusch von Flügeln und Blut zurückfiel: splasch, splasch! Noch bevor der Hahn zu leben aufhörte, waren alle Frauen in Trance, ihre geöffneten Lippen mit schaumigem Speichel bedeckt, die Augen aus den Höhlen getreten, die Körper von einer hysterischen, ruckartigen und dennoch organisierten Bewegung erfaßt; dann fiel der Chor ein, und alle Welt tanzte in der Sonne und im Blut, während aus dem Hals des Hühnervogels ein bläulicher Geysir, um den Fliegen surrten, durch den Raum schoß und das Gesicht der Kranken überströmte (war es nicht dieses Bild, das der andere, der Schreiber, im Hospital übersetzt hatte, als er sein Leben erzählte und aufschrieb, als ob das von irgendwelchem Interesse wäre, und dann sagte, er habe eine junge Schülerin verführt, die ein Neger mit dem Blut einer schwarzen Ziege besprengt habe, bevor er sie im Meer ertrinken ließ? War es nicht dieses Bild der vom Blut des schwarzen Hahns überströmten Mutter während des Ritus, dem er beigewohnt hatte, als er ein Kind war, und das er, dank einer krankhaften Einbildung, in Ziegenblut verwandelt hatte, mit jener komplizierten Geschichte von einem mitten auf dem Strand errichteten Mausoleum, das die Aussicht versperrte, die Linie des ständig von schwarzen Seeigeln befrachteten Meeres störte, mit dieser Geschichte einer Verrückten - der Frau des Negers -, die schon lange tot war, wie er behauptete? auch mit dieser Entjungferung im Innern des dunklen Mausoleums, in dem die Flamme einer kümmerlichen und gleichzeitig von geronnenem Wachs überladenen Kerze schimmerte? und auch, immer dem Schreiber zufolge, mit jenem Neger, der durch die Luke zuschaute, wie das junge Mädchen vor Lust verging und ihr Blut verlor, usw.? Bestimmt lag hier der Schlüssel zu diesem Vorfall... Sonst wäre das Zusammentreffen etwas zu schön gewesen, etwas zu sehr an den Haaren herbeigezogen, als daß man daran glauben könnte, und sei es nur einen einzigen Augenblick, genarrt, wie man war, von dem Wortschwall dieses so geschwätzigen Simulanten...), die entsetzt dalag, stumpfsinnig, mit blutigen Schenkeln und schnellem Atem. Entgeistert. Verklärt. Leuchtend in ihrer Angst und ihrer Neurose. Und zwischen den Beinen von neuem jene grauenvolle Wärme, Vorzeichen für das Massaker und das Aufbrechen des schmerzhaft durchbohrten Bewußtseins. Sie brüllte, und abermals mischte sie Blut mit Blut (das der Vergewaltigung, das aus ihrem Geschlecht floß, und das des Hahns mit ein paar Federn und gallertigem Flaum darin, besudelt von Blut, dessen höllische Berührung sie Siesten und Nächte lang verfolgen sollte, inmitten der Schlaflosigkeit, die sie zugrunderichtete, immer nahe daran zu kotzen, immer nahe daran, in den Abgrund ihres Wahnsinns zu fallen...), das sie nun endgültig überschwemmen sollte. Die Juju-Rufe durchlöcherten die Luft und sprühten auf in ohrenbetäubendem Lärm, während die Priesterin, vollständig in Trance, das Auge kugelrund und weiß, die Lippen aufgebissen, auf der Stelle stampfte, keuchte, den noch triefenden Hahn schwenkte, der allenthalben sein Blut verlor, als wären noch andere Öffnungen (andere Krater) in seinen Flanken aufgebrochen, in seinen Flügeln usw., und ihn über Selmas Kopf kreisen ließ, aus deren Haar dicke und schwere Tropfen halb geronnenen bläulichen Bluts auf ihr schönes, vom Grauen verklärtes Gesicht rannen. Sie mochte die Lippen noch so sehr zusammenpressen, die Flüssigkeit erreichte ihren Mund und erstickte sie. Sie erbrach sich, aber die Alte zwang sie, alles zu schlucken, und frohlockte im Rauch der Kohlenbecken, im Gekreisch der Babys und inmitten der Blutlachen, die inzwischen getrocknet waren im beißenden Hauch des sengenden Schirokkos, der aus der Tiefe des Landstrichs kam wie eine Feuerzunge. Man warf grobes Salz in die Kohlenbecken, und jedes Knistern wurde mit gesteigerter Erregung und einer Vielfalt spitzer und näselnder Schreie begrüßt, die die Ohren durchstachen. Einzig der Greis hielt sich fern von dem magischen Ritus und erlitt die Zeremonie als eine Entweihung des koranischen Gesetzes und der Tradition der Vorfahren. Er wiegte ein Baby, das einen Blutspritzer in die Augen bekommen hatte und vor Entsetzen brüllte. Das Salz bildete Blasen im Feuer und knatterte erbarmungslos. Der Hof schien unter diesen prächtigen heidnischen Tänzen zu schwanken, indes die Zeremonie sich endlos hinzog. Selma war in den Wahnsinn eingegangen, mit großem Pomp, und die Liturgie, die Riten und die schwarze Magie vermochten nichts mehr für sie. Der Großvater hatte gesagt: "Laßt sie in Frieden sterben! Sie wird den schrecklichen Winter nicht überstehen, der über das Land hereinbrechen wird."

Zermürbt, fiebrig, von Verzweiflung und Groll zerfressen, ging ich durch die Stadt, schlecht rasiert, schlecht gekleidet, schlecht aufgewacht, auf der Suche nach der Geliebten, die hinter ihrem Fenster lauerte, ihren Pantoffel in der Hand, bereit, mich zu zerquetschen, als wäre ich ein Tausendfüßler; dann vor Entsetzen zu kreischen angesichts meines furchterregenden Auges, dessen Schielen ich übertrieb, damit sie in meinen Armen in Ohnmacht fallen könnte. Denn ich mußte ihr nachschleichen und ihr beim Verlassen des maurischen Bads folgen, durch Dünste von Muskat und Rosmarin, so daß ich in ihrem duftenden Kielwasser mit verbundenen Augen bis zu ihrer Höhle hätte laufen können, wo der bereits beunruhigte Wüterich einen bösen Blick auf seine Taschenuhr warf. Er fürchtete, sie könnte in einer Menschenmenge steckengeblieben oder in den behaarten Armen jener männlichen Wesen versunken sein, die Tag und Nacht die Stadt bevölkern und um das Glück der anderen herumschwirren wie Fliegen um einen Tropfen gezuckerten Kaffee, wegen einer Lappalie flennend, eher romantisch als lüstern, die Taschen ausgebeult von den Büchern Omars und den Reden an das Volk, in den Ohren die Stimme von Umm Kulthum, die eine göttliche Sängerin war, aber auch Opium für das Volk, jedenfalls sehr gefährlich für die Jugend des Landes, die ihre Schuhsohlen auf dem Asphalt der Avenue ablief und ständig von einem Trottoir zum andern wechselte. Und dann der andere, mein grauslicher Gefährte, stumm wie ein Karpfen, immer schlank und den Kopf in den Wolken, stolz auf seine von einem weniger knickrigen Freund geborgte Krawatte, der mir nicht von der Seite wich, weil er wußte, daß ich um diese Zeit bald mein Lehrergehalt bekäme; bis ich ihm, des Streites müde, schließlich ein paar abgegriffene Scheine in die Tasche steckte. Er fiel mir auf die Nerven, als er abzulehnen vorgab, stammelte, errötete, auch sagte, er schulde mir so und soviel, sich in komplizierten Berechnungen erging, um am Ende zu sagen: "Gut! Das macht so und so viel..." Dann schoß er davon wie eine Rakete, wobei er, bevor er mich, vorläufig, bis zum nächsten Monat verließ, zu einer schwindelerregenden Beredsamkeit und Geschwätzigkeit zurückfand. Er sagte, er wolle das Geld seiner armen Mutter geben, die verzweifelt sei, ihn ewig arbeitslos zu sehen, aber daß er es bestimmt in den Bars der Altstadt ausgeben würde, mit ihrem Geruch nach Sägemehl und köstlichen gebratenen Fischen, die man mit den Händen aß, knusprig, wie sie waren, und von denen man so viele verschlang, daß man von neuem eine trockene Kehle hatte, und so weiter bis zum Morgen, inmitten des Getöses und der unter den Füßen knirschenden Schneckenhäuser, und im Singsang der Göttlichen, die ihr Liebesleid brüllt, nicht mittels hoher oder tiefer Töne, sondern mittels Perlen, Säufern vor die Füße geworfen, die in Zwietracht und extravaganten Visionen versanken, mit stinkendem Atem, Tätowierungen auf der Haut, in schmerzlicher Verbrüderung, dazu jener Geruch nach geschnittenem, tropfnassem Fenchel auf schmuddeligen, schartigen Tellern... Er fiel mir auf die Nerven, als er, vielleicht angesichts meiner skeptischen oder bestürzten oder trübseligen Miene wiederholte: "Ich werde die paar Scheine meiner Mutter geben. Die Arme! sie weiß nicht mehr, womit sie ein Stück Brot kaufen soll und eine Zwiebel, die sie roh ißt!" - was ich mit eigenen Augen gesehen habe, als ich beide in ihrem schäbigen Haus auf der anderen Seite des Flusses besuchte -, aber daß er alles bis auf den letzten Pfennig versaufen und die Großzügigkeit soweit treiben werde, den Kumpels eine verdammte Runde auszugeben, immer die vorletzte; jetzt, da der Wirt Vertrauen hatte, ihn mit echten Scheinen hatte zahlen sehen, ihm endlich sogar Kredit gab und ihm Schnecken in scharfer roter Soße spendierte, damit er diesen berüchtigten Rachenputzer runterkriegte, reiner Feigenschnaps aus der Berberei... Der bis zur Raserei wiedergekäute Singsang, und die andere, die ihrer verlorenen Liebe nachweint, der Stern des Orients, mit ihrer Stimme einer Koranleserin, ihrem Brio und der Zither, die miaut und klirrt in diesen klangvollen Arabesken, diesem ewigen Hin und Her und diesen Wiederholungen, und abermals der Singsang des tiefen Liedes zu den Texten von Omar dem Verrückten. مَا أَضْيَعَ اليَوْمَ الَّذِى مَرَّ بِي

مِنْ غَيْرِ أَنْ أَهْوَى وَأَنْ أَعْشَقَ Die ganze Bude begann plötzlich zu schwanken beim Klang der Laute, der stellenweise zerkratzten Schallplatte, die knisterte und ihre Ästhetenohren schockierte, trotz der Trunkenheit und der Müdigkeit und den Krabben, an denen sie sich verschluckt hatten, in der schäbigen, verdreckten Spelunke. "Was für ein Elend! mein Bruder! Nicht mal den Strom kann man bezahlen. Alle Gewinne wandern in die Taschen der Polizisten, denen man die gierigen Pfoten schmiert... Ein Abgrund!" jammerte der Wirt und hob die Arme zum Himmel... Genau dorthin wird er gehen, mein Gefährte, der nicht einmal frohlockte, es sei denn heimlich, als er sah, daß ich ihm Geld gab, was er für einen Freundschaftsdienst hielt, während es mir nur darum ging, diesen Blutsauger loszuwerden, der im unpassenden Moment, mitten in der Krise, wie vom Himmel gefallen plötzlich vor mir stand, genau in dem Moment, als ich durch die Stadt ging, von Verzweiflung und Groll zerfressen, und um das Glück der anderen herumstrich. Im übrigen wird er am Ende dort sterben, in jenem Ausschank, wo er bei jeder Rast ein Stück seiner Lungen zurückläßt, die zernagt sind vom Alkohol und vom Hunger und von der Kälte (meist schlief er auf einer Bank im Park der Unabhängigkeit, sich mit alten Pappdeckeln zudeckend, denn er schämte sich, nach Hause zu gehen zu seiner alten Mutter, die zwar ungemein fromm ist, aber so gutgläubig, daß sie alle Märchen, die er ihr auftischt, ernst nimmt), und ich wußte, daß er tausend Berufe ausgeübt hatte, seit man ihn, vor langer Zeit, von der Medersa der Stadt verwiesen hatte; aber er blieb nie lange bei derselben Arbeit. Oft ging er noch vor Ende der Woche, ohne bezahlt worden zu sein. Es kam auch vor, daß er mit der Kasse seines letzten Arbeitgebers durchbrannte und die gestohlenen Dinare in der Hauptstadt verpraßte, in einem Haus, das sich pompös "la Lune" nannte. Er hatte schon alles gemacht. Aus lauter Verzweiflung hatte er, der der Religion mißtraute und die Muftis für Verräter hielt, eingewilligt, sechsmal am Tag auf ein Minarett zu steigen und die Staatsbürger zum Gebet zu rufen. Muezzin! Seine Kumpane hatten gelacht, als sie ihn so ausstaffiert sahen, mit einem traditionellen Gewand, einem geflickten Burnus und einem Fez mit einer Troddel, die an einem Faden baumelte und fast die Straße hinter ihm fegte. Er schämte sich so sehr, daß er es nicht mehr wagte, sich in dem Viertel blicken zu lassen, in dem er am beliebtesten war. Er duckte sich, trug eine dicke dunkle Brille, sagte, er profitiere vom religiösen System, obwohl man ihn sehr kümmerlich bezahle, schlief in der Moschee, die nach dem Abendgebet in eine Taverne zu verwandeln er sich anschickte, als er vom Iman, der erfahren hatte, daß sein Muezzin früher in einer revolutionären Jugendbewegung tätig gewesen war, hinausgeworfen wurde. Also trat er wieder in Erscheinung, sagte soviel Schlechtes über die Religion, daß die Polizei ihn wiederholt festnahm. Jedesmal schor man ihm sein dichtes, lockiges und sehr schwarzes Haar. "Was für ein Elend! Was für ein Elend!" sagte er jedem, der es hören wollte. Aber niemand ließ sich täuschen! Er liebte es zu schmarotzen und wetterte gegen die Turbanträger. Wenn er betrunken war, drohte er sogar, den Imam umzubringen, der ihn vor die Tür seines Minaretts gesetzt hatte, in dessen Kühle er während der Hundstage die Siesta zu halten sich angewöhnt hatte. Wie hatte er es nur fertiggebracht, mein Freund zu werden?

Von seiner Gegenwart und seiner Unterwürfigkeit befreit, begann ich erneut, durch die Stadt zu gehen, um zu vergessen, daß mein Freund sich betrinkt und die Gliebte hinter den Fensterläden hockt, bereit, um Hilfe zu rufen, wenn... So lungerte ich also herum, führte Selbstgespräche, erinnerte mich, die Stimme der Göttlichen im Ohr, die mich jedesmal in Trance versetzt, wenn ich an einem Café vorbeikomme, wo das Volk Domino spielt und sich für die Sache nicht interessiert. In meiner Tasche leert sich der Wecker, den ich als Uhr benutze, um mehrere seiner Zeitabschnitte, und ich habe eine Heidenangst, daß er mitten in der Menge zu klingeln anfängt, die ihr Verhalten mir gegenüber schnell ändern würde und mich nicht aus den Augen ließe; es sei denn, die Kinder halten mich für irgendeinen Clown, zerlumpt wie ich bin, mit meiner finsteren und boshaften Miene, und fangen an, um mich herumzulaufen, zu tanzen und zu lachen...

Die Sonne brennt, und die wenigen, aber überaus folkloristischen Touristen haben Taschentücher auf dem Kopf, einen puterroten Teint und einen erprobten Masochismus. Sie schlendern in der sengenden Hitze herum, machen Fotos, lächeln trotz allem. "Be quite, boy! Smile! Smile!" Und das von all dem Trubel gereizte Kind hat überhaupt keine Lust und auch nicht die Absicht zu lächeln. Achtung! Es wäre besser, sie steckten ihre Kameras weg und trollten sich. Sie fahren in der Kutsche spazieren und essen Kaktusfeigen, ohne sie zu schälen. Au! Au!

Feuer im Mund. Salut dem Ungläubigen! Der Kleinhändler lacht und spricht übertrieben arabisch mit ihnen. Er wurde vor noch nicht langer Zeit geboren. Radebrecht gerade ein wenig französisch, aber deutsch? nein! (*Ja, ja.*) Freundschaft zwischen den Völkern, sagen die Prospekte der Reisebüros. Was für ein Märchen! Wenn sie abreisen, sind sie noch rassistischer als bei ihrer Ankunft. Es ist wie bei den Entwicklungshelfern! Smile, boy! Smile! Zum Glück sind es nicht viele. Und ihre Weibsbilder mit ihrer krebsroten Haut und ihren dicken Hintern in den engen Hosen steigen lasziv die Treppen der Kasbah hinauf und stacheln die Begehrlichkeit des bisher ruhigen Volkes an, das man aufscheucht mit diesem Bus, der die appetitlichen Weibsbilder und ihre mit weinroten Scheschias verkleideten Typen ausspuckt. Heiß, nicht wahr? Hot! Hot! Hot dog. Warmer Hund. Kelb! Der andere streckt die Zunge heraus beim Anblick von soviel sich tummelndem Fleisch und so vielen dicken, schweißtriefenden Brüsten. Du glaubst es nicht! Dschoha wäre im siebten Himmel gewesen! Was machen sie hier? Sehen, schauen, die lateinischen Inschriften im Suk al-Dschesarin lesen. Wie Sie sehen, sind wir keine Wilden. Die griechisch-lateinische Zivilisation, und sogar die Karthager, die Westgoten, die Vandalen und die Byzantiner! Ja, soviel! Trotzdem soll man die Gläubigen nicht beim Fasten stören, mit all diesen aufgegeilten Stuten, an einem Schirokkotag in die Sträßchen und Gäßchen der Kasbah von Constantine gekarrt, fast nackt, die Weiber. Shorts. Krampfadern. Viel Speck. Angesichts der seligmachenden Magerkeit des Volks schäme ich mich für sie. Hot! Hot! Ja, es ist heiß. Sch'hili (Schirokko)! Und wir, ah! Madame, wir haben heißes Blut. Sie brauchen bloß die Gazetten zu lesen. Zum Glück läuft im Landstrich der Tourismus schlecht. Blutrünstige Algerier! Ja doch, sieben Jahre lang haben sie Krieg geführt und nette Kolonisten und rustikale Feldhüter massakriert (Constantine: 20. August 1955. Bei der gigantischen Säuberung gab es Hunderte von Toten, lauter Algerier, mit dem Maschinengewehr niedergemäht von entfesselten und haßerfüllten Europäern, unter dem diskreten Schutz der städtischen Kolonialbehörden...), alle bis an die Zähne bewaffnet, auf Sicht schießend, die Rächer des Far West spielend, aufgebrochen, um auf die bösen Indianer Jagd zu machen. Nur daß die Zeiten sich geändert hatten: aber sie begriffen nichts, empört über soviel Undank seitens der Araber...

Es gibt auch den Erzähler, der alle Welt fasziniert: er sagt Gedichte auf und begleitet sich mit einem Tamburin. Der Mann ist blind. Sein schroffes blasses Gesicht fällt ihm aufs Kinn, ohne jeden Übergang, und verstärkt die Magerkeit des Ganzen. Er ist in einen alten Burnus gehüllt, dessen verwaschene und schwer zu bestimmende Farbe seine Armut unterstreicht, und trägt alte Militärstiefel ohne Schnürsenkel und ohne Farbe, die er vom siebenjährigen Krieg geerbt hat. Sie reichen ihm hoch über die Schienbeine. Im Schneidersitz hockend, psalmodiert er mit seiner heiseren und gleichsam von dunklen Tönen gemarterten schönen Stimme. Der trockene, heiße Wind, der seine Nase entsetzlich ausdörrt, stört ihn nicht. Er lebt mit den Engeln zusammen und vergißt sein Elend. Die Hitze stört auch nicht das Publikum, das vom Wort des Dichters ergriffen ist. Dennoch tragen die im Kreis um ihn Herumsitzenden schmerzvolle Mienen zur Schau; viele übertreiben ihre Leiden, um das göttliche Erbarmen auch wirklich zu verdienen. Sie mogeln, wissen es jedoch nicht. Sie haben knotige und erdfarbene Gesichter, lassen sich aber von einigen Passagen des Virtuosen rühren: "Hört, o ihr Gläubigen!" Er erhebt nicht einmal die Stimme, sucht jedoch hin und wieder tastend nach seiner Ziege, und sobald seine Hand das seidige Fell des Tiers berührt, kehrt er, wieder beruhigt, zurück und schlägt noch kräftiger auf sein Instrument, als wäre ihm die Anwesenheit des Tiers mit den mageren Flanken ein sehr großer Trost. Die Anrufung ist köstlich:

آه يا بلادي يا طويلة القامة
بسبعة سنين ما صليت
بحيث انصلي انسيت السورة
. . . .

Das Publikum zerschmilzt bei solcher Liebesglut (aber wer weiß, ob er nicht vom Krieg erzählen will, der sieben Jahre dauerte und in dem wir gefallen sind in einem großen Schrei, mit geblendeten Augen, wild pochendem Herzen und der Angst, die uns peinigte im Schoß der Scholle, bei der Erkundung des Landes, das wir plötzlich entdeckten, inmitten seines schützenden Maquis, seiner schwindelerregenden Steilhänge, seiner grausigen Klüfte und seiner lachhaften Sakrilegien; auch inmitten der Kugeln und Geschosse derer, die sich, nicht genug, daß sie uns mit Blei durchsiebten, einen Spaß daraus machten, uns mit Napalm zu übergießen aus ihren gelben Flugzeugen, dröhnenden Hornissen, mit ihren Schatten in Form deutlicher, scharfumrissener Kreuze auf der braunen, mit rostroten und grünen und ockerfarbenen Zonen gefleckten Erde?), und der Erzähler fährt fort, sich zu berauschen und sich vor den Streichen in acht zu nehmen, die ihm die Kinder spielen könnten, indem sie ihm seine Ziege klauen; sich auch vor dem Atem der Touristen in acht zu nehmen und vor einigen das Fasten brechenden Gläubigen, die in strategischer Ordnung in der Menge verstreut sind, bereit, sich beim geringsten Alarm aus dem Staub zu machen (wachsam bleiben angesichts der GMC und der Brüder der Religion!), und die sich, mit ausdrucksloser Miene, unter dem weiten und schützenden Burnus diskret einen Schluck aus der göttlichen Flasche genehmigen. Ramadan hin oder her!

Als ich so durch die Adern und Plätze der Stadt wanderte, hatte ich den Eindruck, meinen Kummer zu ersäufen, aber der Erzähler hatte mich mit seinem Katzenjammer angesteckt, als er seine schönen Liebesgedichte aufsagte. Er hatte wenigstens seine Ziege; ich dagegen war von meiner Dulcinea verraten worden, die hierher gekommen war, um ihre Ferien bei ihrem Onkel zu verbringen, und der ich in diese Stadt gefolgt war, wo ich einen Teil meiner Kindheit und Jugend verbracht hatte, zwischen dem franco-muslimischen Gymnasium und der Medersa Ben Badis pendelnd, die ich am Abend aufsuchte und wo ich meinen Gefährten kennengelernt hatte, jenen, der soeben weggegangen war, nachdem er mich um ein paar Scheine erleichtert hatte, um sie in einer zwielichtigen Taverne zu versaufen, wo die Geranien in Bierflaschen wachsen, sie zuweilen sprengend, im Frühling oder wenn man sie zu lange in die Sonne stellt, wegen des plötzlichen Wachstums der Pflanze mit ihrem ungestümen dichten Laub, die die Hitze trinkt und zusehends wächst unter den spöttischen und verdrießlichen Blicken der Trunkenbolde, die nicht dulden, daß ihre Blumen anfangen, ihnen Streiche zu spielen und sie in Verwirrung zu stürzen... Jawohl! Sie hatte mich verraten, indem sie mir Geschichten erzählte über ihre Bewegungsfreiheit in der Stadt, in der ihr Onkel wohnt, und über dessen Duldsamkeit. Sie hatte mich ermuntert, hierher zu kommen, weil es - sagte sie - einfacher wäre, uns hier zu sehen, während da unten, wiederholte sie, keine Rede davon sein könne, weil das Gymnasium geschlossen sei und sie keinen Vorwand mehr habe, das Haus zu verlassen, und keine Möglichkeit, die alte Amme zu bestechen, die ihr als feindselige Anstandsdame diente, außerstande, das geringste Mitleid mit der Horde zu empfinden, die das Unschuldslamm mit ihrer Liebe verfolgte... Ich mochte noch so oft vor dem Haus ihres Onkels vorbeigehen, sie versteifte sich darauf, nicht zu erscheinen, hinter ihrem Fenster lauernd, bereit, um Hilfe zu rufen, falls ich mir einen Weg zu ihr bahnte; nicht, weil sie sich vor mir fürchtete, sondern um ihren Vormund nicht hinters Licht zu führen - so schrieb sie in einem hastig gekritzelten Brief. Letzterer ahne etwas, zumal sie seine Gastfreundschaft nicht mißbrauchen wolle, usw. Diese ganze groteske Inszenierung, während wir uns gerade erst kennengelernt hatten, vergällte unsere Beziehungen. Ich wurde eifersüchtig, mürrisch und bösartig, bei dieser Einsamkeit, die mir die Lungen austrocknete, diesem Verrat der Geliebten und vor allem dieser Unfähigkeit, die Erinnerungen wiederzufinden, die ich, vor etwa zehn Jahren, in der Stadt ausgestreut hatte. Unmöglich - blockiertes Gedächtnis? -, jenen Eindruck von Freiheit wiederzufinden, von dem ich so lange geträumt hatte. Ich hatte mir sogar eingebildet, es würde genügen, wenn ich in Constantine aufkreuzte, damit alle Erinnerungen und alle Eindrücke, die ich in mir bewahrt und vielleicht entstellt hatte, über mich hereinbrächen, mich packten und mich buchstäblich berauschten. Aber nichts! Ich hatte einen Moment lang sogar gedacht, daß Samia nur ein Vorwand sei und daß ich vor allem deshalb in diese Stadt zurückkehren wolle, um eine bestimmte Atmosphäre wiederzufinden, der ich auf allen meinen verschiedenen Wanderungen unaufhörlich nachgetrauert hatte. Ich hatte meinen Besuch in dieser meinem Gedächtnis verhängnisvollen Stadt immer wieder aufgeschoben, so wie man die Verlockung eines zu großen Glücks von sich weist, weil man Angst hat, von der Wirklichkeit enttäuscht zu werden, indes die Einbildungskraft ihrem Wahn nachhängt und alles übertreibt. Ich hatte mich von Anfang an bemüht, mit meinen Freunden Kontakt aufzunehmen, die nie weggezogen waren, auch wenn sie hier erstickten und davon träumten, in die Hauptstadt auszuwandern; und da war ich nun auf jenen grauslichen Gefährten gestoßen, der stumm war wie ein Karpfen, immer schlank und den Kopf in den Wolken, stolz auf seine leuchtende Krawatte mit blauen Blumen, die ihm nicht gehörte.

Die Straßen hatten ihre Namen geändert, aber das störte mich überhaupt nicht, ich habe mir Straßennamen nie merken können. Ich habe mich immer an den Häusern, den Läden und den Squares orientiert. Nein, das störte mich überhaupt nicht, und ich frohlockte sogar insgeheim, wenn ich neue Schilder mit neuen Namen sah. Es gab sogar eine Straße, die den Namen des in der Stadt geborenen und jetzt toten Wahrsagers trug, der am Rand eines Wäldchens begraben war, in der Nähe des Meers, ohne Leichentuch, nur sein malvenfarbenes Hemd und alte abgewetzte Bluejeans auf dem Leib... (Aber, würde mein Freund sagen, der saufen gegangen war, das ist eine andere Geschichte, und du nervst uns mit deinen Abschweifungen, die weder Hand noch Fuß haben!) Wie dem auch sei, es fiel mir schwer, meine Jugend wiederzufinden. Nichts! Weder Bilder noch Gerüche, weder Orte noch Gestalten! Die fruchtlose Suche nach meinen Phantomen erwies sich als schmerzhaft, und ich fluchte unentwegt auf diese plötzliche Armut meines Gedächtnisses, von dem ich Besseres gewöhnt war und dem ich im allgemeinen mißtraute, weil es dazu neigte, die Phänomene der Vergangenheit zu übertreiben, aufzublähen und unkenntlich zu machen... Aber hier - keine reale Möglichkeit, mir die Erinnerungen zurückzurufen, die ich doch wirklich erlebt hatte in dieser Stadt, die sich an ihren Felskegel klammerte und die Ebene ringsum bewachte, die sich bis nach Setif erstreckt. Mein Gefährte, nach einem außerordentlichen Besäufnis wohlbehalten zurückgekommen, sagte, ich hätte einen Mondstich auf den Kopf bekommen, wegen meiner Liebe zu Samia. Er plagte sich ab, mich meine Vergangenheit wiederfinden zu lassen, und erzählte sogar Dinge, die wir gemeinsam erlebt hatten, und stellte mir Personen vor, angeblich lauter Kameraden aus der Zeit der heroischen Zeit, der des korsischen Oberaufsehers (er nannte ihn "Viertel nach zwölf", während sein richtiger Spitzname "Viertel vor zwölf" lautete. Er war alt geworden, mein Gefährte, er ging nicht mehr richtig...), an den ich mich nicht mehr erinnerte. Im übrigen halfen mir meine ehemaligen Bekanntschaften nicht bei meiner Arbeit und hatten sich Brillen mit Goldrand zugelegt, hängende Schnurrbärte, schlaffe Wänste, verantwortungsvolle Posten, Frauen, Scharen von Kindern und noch andere Dinge... Wie also sollte ich unter diesen Wohlhabenden die Gören von einst wiederfinden, unvergleichliche Wildfänge und notorische Agitatoren? Auch sie erkannten mich nicht wieder. Ich hätte mich also ebenfalls verändert! Ich hatte es nicht bemerkt. Nur mein Gefährte aus der Medersa, der Ex-Muezzin, hatte mich auf der Stelle wiedererkannt, während die anderen vorgaben, mich nicht zu kennen. Ich hatte auch jene nicht identifiziert, die er mir im Laufe unserer Begegnungen vorstellte. Was also über die Stadt sagen? Auf den Kopf gestellt, wie sie war, mit neuen Straßennamen, neuen Squares, neuen Tauben, neuen Moscheen und neuen Einwohnern, die aus den Bergen geströmt waren in einem schmerzhaften und rachsüchtigen Exodus, die Bourgeois in Schrecken versetzend, die abgekapselt in den ehedem von den Europäern besetzten Wohnvierteln lebten.

Da ich Samia nicht sehen und alte Eindrücke nicht wiederfinden konnte, die ich in der Stadt zurückgelassen hatte, war ich schließlich meinem Freund gefolgt, der, weil er sich nicht besaufen konnte, von neuem durch die Straßen und Gassen ging. Er hatte es sich in den Kopf gesetzt, daß meine Erinnerungen allmählich zurückkommen würden; daß man sich einfach gedulden und der Stadt Zeit geben müsse, mich erneut mit ihrem Geruch und ihrer besonderen Atmosphäre zu durchtränken. Ich hatte eingewilligt, ihm zu folgen, aber es ärgerte mich, daß er mir ständig prüfende und ängstliche Blicke zuwarf: "Na, kommt's? Bringt es was? Versuch's nochmal...", als wäre ich ein unheilbar Kranker und litte an schwerem Gedächtnisverlust. Er war größer und beugte sich dauernd zu mir herunter: "Na, na!..." Ich wagte nicht, ihm zu sagen, daß sein Getue mich ermüdete, denn es war mir klar, daß er es aufrichtig meinte und versuchte, mich auf sich einzustimmen, damit wir unsere gemeinsamen Erinnerungen wiederfänden und, je nachdem, darüber lachen oder weinen könnten. Dabei war die Stadt wirklich da, zwar nicht ganz dieselbe, aber sie hatte noch immer eine besondere Note, in der sich jene, die sie gekannt hatten, nicht täuschen, vor allem in der oberen Stadt. Mit ihren Erzählern, ihren Wahrsagern und ihren Scharlatanen blieb sie unversehrt und bis zur Konfusion von Menschen und Dingen belebt. Mein Gefährte fuhr fort, mich über die Plätze zu führen, als wäre ich vorübergehend mit irgendeiner Blindheit geschlagen; und wieder stießen wir auf den Troubadour, der noch immer abwesend wirkte, ständig das seidige Fell seiner Ziege streichelte, die ihn mit ihrer Milch ernährt und ihn statt des Kamels in sein

Elendsviertel führt, und wieder zurück. Er hatte lediglich sein Tamburin durch eine Leier ersetzt, falls es überhaupt derselbe war; sie sehen alle gleich aus! Aber mein Freund war sich ganz sicher. Er sagte sogar, daß er schon vor zehn Jahren hier gewesen sei, als wir die Medersa besuchten. Er rief mir in Erinnerung, daß wir einmal versucht hatten, ihm seine Ziege zu stehlen, und daß er es bemerkt hatte. Er hatte uns mit seinem dicken Stock geschlagen, blindlings. Die Menge war uns gegenüber sofort feindselig gewesen und hatte uns daran gehindert, wegzulaufen. Sie hatte dem Erzähler sogar geholfen, uns zu verprügeln, und gebrüllt: "Beni Kleb! Beni Kleb!" Nein! da war er sich ganz sicher, und ich mußte mich einfach an diese schreckliche Episode erinnern, als wir mißhandelt worden waren. "Aber wir hätten ihm auch seine Ziege nicht stehlen dürfen! Ah! die Kindheit", säuselte der Ex-Theologiestudent.

Da war auch der Zahnausreißer! Oh, den da, sagte mein Gefährte, den kannst du nicht vergessen haben! Er jagte uns solche Angst ein. Nein, ich hatte ihn nicht vergessen. Einen makellos weißen Turban auf seinem bis zum Zerspringen aufgedunsenen Ebenholzkopf, läßt er den Patienten auf einem Stuhl Platz nehmen, lobt seine Kunst in den höchsten Tönen, ganz ungeniert und ohne Mitleid mit dem Unglücklichen, der vor Angst bibbert, wenn er ihn so sieht, über ihm aufgerichtet, das sterilisierte Instrument zückend. Und hat er dann seine Nummer abgezogen und die Zuschauer von der Notwendigkeit überzeugt, ihm ihre Münder anzuvertrauen, damit er sie von den faulen Zähnen befreie, ruft er Gott und den Propheten an, entzündet Räucherwerk, verpestet die Luft und stochert schließlich im Mund des bleichen und nervösen armen Teufels herum. Und während er arbeitet, fährt er fort, der Menge die Ursachen des Zahnschmerzes zu erklären, läßt sich Zeit, gestikuliert und schwingt in einem fort seine Zangen, die uns früher so erschreckt hatten. Und wenn er dann sieht, daß der Mund in schlechtem Zustand ist, fängt er an, den Patienten zu schelten, brüllt ihn geradezu an, bekommt Wutanfälle, an die wir uns noch erinnern, ich und mein Gefährte. Fürchterlich! Und der Kranke weiß nicht mehr, ob er davonlaufen, in Ohnmacht fallen oder den Helden spielen soll. Wie dem auch sei, er bleibt da, den Kopf dicht am Wanst des Mannes aus der Sahara, dessen kräftiger Arm ihn festhält, mit offenem Mund, vor Schmerz verdrehten Augen, das Gesicht von kaltem Schweiß überströmt, bereit, mit den Zähnen zu klappern oder den Zahnarzt zu beißen, der fortfährt, die Menge und die Propheten und auch Gott zum Zeugen anzurufen: "Sucht mich nicht auf, wenn es zu spät ist. Um so schlimmer für euch! Ich habe euch gewarnt." Die gläubige Menge scheint tatsächlich beunruhigt zu sein und schlägt die Augen nieder unter der heftigen Schmährede des Quacksalbers, der den Finger zum Himmel reckt und sagt, daß Gott groß ist. Jetzt, da er sich seines Publikums sicher ist, überspannt er den Bogen, er ist grausam, merkt es jedoch nicht. Zwei oder drei Burschen sehen sich gegenseitig in den Mund und biegen sich vor Lachen, aber der Zahnausreißer tut so, als sähe er sie nicht, aus Angst, die Fassung zu verlieren: "Seht genau her, meine Brüder, dieser Elende hat zu lange gewartet! Und jetzt kommt er zu Sidi Saad. Ich werde ihm alle Zähne ziehen müssen..." Die Menge nickt und gibt, beschaulich sadistisch, ihre Einwilligung. Bei diesen Worten windet sich der Kranke, stammelt, er wolle nicht mehr... Aber der Quacksalber wird ihn nicht einfach so ziehen lassen, vor allem, weil man hier im voraus bezahlt. Er ist mißtrauisch, Sidi Saad. Man legt ihn nicht so einfach herein... Er sagt, er sei schlau wie ein Fuchs, und lacht wie ein pausbäckiger Cherub. Aber zu guter Letzt zieht er endlich den verdammten Zahn und zeigt ihn stolz an der Spitze seiner Zange herum. Er begibt sich sogar in die Menge, damit jeder ihn sieht und Vorkehrungen trifft, bevor es zu spät ist. Der Patient aber brüllt und krümmt sich vor Schmerzen vor dem plötzlich mitfühlenden Publikum, das sowohl der Leistung des Zahnausreißers wie dem Mut des Kranken stürmisch Beifall klatscht... Wir hatten eine Heidenangst, wenn wir ihn unter uns herumstolzieren sahen. In diesen kritischen Augenblicken saßen wir nie in der ersten Reihe, die überließen wir den Voyeuren. Wir waren weiter hinten, auf dem Sprung, das Weite zu suchen, falls den Saharer die Lust überkäme, uns die unseren auszureißen, unter dem Vorwand, wir hätten ihm die Zunge herausgestreckt! Weiter hinten, ein wenig nervös angesichts des Backenzahns, dessen blutige Wurzel auf zehn Meter stank. Und da erinnerte ich mich an den anderen Saharer. Sollte mein Gedächtnis zurückkehren mit all jenen Eindrücken der Vergangenheit, die mich überschwemmen und in die verblaßte, in ausweglose Undurchdringlichkeit versunkene Zeit zurückversetzen würden? "Wer weiß?" sagte mein Gefährte, froh über den Glücksfall und seine Begabung, mich in den Strom meiner Erinnerung zurückzuversetzen. Er fand seine Vertraulichkeit wieder und schlug mir auf den Rücken, zum Zeichen seiner Euphorie. Derjenige, der Pflanzen verkaufte, war absolut kein Scharlatan. Nachdenklich. Er kannte den Koran und die traditionelle Pharmakopoe. Er war ein vollendeter Gelehrter. Unter seinem Zelt verkrochen, das ihn vor den Unbilden der Witterung schützte, ließ er seinen Bart wachsen und erweiterte sein Wissen, indem er handgeschriebene alte Bücher las. Wenn man sich seiner Auslage näherte, roch es gut. Im Schneidersitz hockend, bot er alles mögliche feil, Thymian, Harmel, Benzoe, Schwefel, Alaun, Ambrosia-Wermut, Lindenblüten, Weihrauch, Gummi arabicum, Steckenkrautharz, Gewürznelken, getrocknete Minze, Zimt, Safran in Pulver und in Stücken, Ingwerpfeffer, getrocknete Chamäleons, Fuchszähne, Seeschildkrötenpanzer, lebende Eidechsen, Orangenblütenwasser, Rosenessenz, Jasminblütenblätter, Moschus, Ambra, Pflanzen und Parfums... Mein Gefährte hatte mir gesagt, er sei während des siebenjährigen Kriegs umgekommen, als er Bomben für die Revolution bastelte. Ein Märtyrer! sagte er, und verschwiegen wie keiner! Hatte man eine Straße nach ihm benannt? Wahrscheinlich nicht. Er schwieg einen Augenblick, hob dann wieder an: "Das ist gar nicht möglich, man bräuchte viel mehr Straßen, als es gibt, um das Andenken aller Widerstandskämpfer in Ehren zu halten. Ah, wenn es mir bloß gelänge, einen dreckigen Bourgeois an einer Straßenecke in die Finger zu kriegen, dann würde ich ihm bestimmt, so zäh er auch sein mag, soviel aus der Tasche ziehen, daß ich zwei Liter kaufen kann! Du wirst schon einen mit mir trinken! Auf dein Wohl! Ich an deiner Stelle würde es entführen, dieses junge Mädchen, um dessentwillen du hergekommen bist und dich in dieser Stadt herumtreibst... Gib zu, daß du ganz scharf drauf bist, sie zu entführen, daß du deswegen sogar unsere schönen Pennälererinnerungen vergessen hast. Gib's zu..." Er kam vom Hundertsten ins Tausendste. Aber er hatte trotzdem recht, mein armer, immer durstiger Gefährte.

Meine Geliebte, eben jene, von der ich später, am Tag des Sonnenstichs, auf dem verfluchten Strand jede Spur verlieren sollte, wäre sogar fähig zu jaulen, nur um ihren alten Onkel hinters Licht zu führen, den sie nicht allzu sehr mißbrauchen will, trotzdem ließ sie mich durch die Stadt hecheln, zermürbt und fiebrig, indes ich nach und nach jene Atmosphäre entdeckte, die ich jahrelang mit mir herumgeschleppt hatte, während meines Exils (vor allem muß man sich vor dem Heimweh in acht nehmen. Das Allerschlimmste! Unter dieser Scheußlichkeit hatte ich mehr als einmal gelitten, als ich in den fremden Städten trübsinnige Nachmittage durchlebte... Grauenhaft, dieses Heimweh! "Alles Schwindel", sagte Céline, "du willst mich verlassen, du willst gehen, und da erzählst du, daß du Heimweh hast... Du hast es satt, mich zu sehen, das ist alles!" Sie war immer sehr merkwürdig aufgeputzt. Anfangs wagte ich nicht, sie meinen Kameraden vorzustellen. "Him...mel... Herr...gott... was für ein... Busen", hatte der Stotterer gesagt, "wo hast du... die... denn her?" Und schon stotterte er nicht mehr. Vor Aufregung. "Hat sie vielleicht eine Schwester, eine Kusine, notfalls eine Tante? Du weißt, die Titten, das liegt in der Familie!" Er hatte mich gekränkt. Am liebsten hätte ich ihn verprügelt, aber wir waren aus demselben Dorf, in einer fremden Stadt, und sammelten Geld für den Maquis im Landesinnern. Das Heimweh machte mich friedfertig. Ausgeschlossen, mit dem Stotterer eine Schlägerei anzufangen. Ich war bereit, wegzugehen und ihm Céline zu überlassen. Vorausgesetzt, er könnte sie bequatschen. Ich war nicht mehr jener Kraftprotz. Zeugungsmäßig erschöpft, mein Bruder! Aber Céline war zäh. Verliebt! Vorausgesetzt, er könnte sie einwickeln. Erschöpft, mein Bruder. Ich gäbe alles darum, wenn ich in die Stadt zurückkehren könnte, in der ich meine Kindheit und meine Jugend verbracht hatte. Ich schleppte mich bloß noch dahin... Am Ende hatte der Stotterer Céline verführen können...), in jenen vielen Städten, die ich jetzt in meinem Gedächtnis verwechselte. Aber ich besaß ein unfehlbares Mittel, sie einzuordnen: die Farbe ihrer städtischen Autobusse! Ich erzählte die Geschichte meinem Gefährten, der immer einen Freund suchte, den er anpumpen, oder einen Geldsack, den er überfallen könnte! "Ich, ich hätte sie an ihren Kneipen wiedererkannt!" Er lachte. Was für ein Elend. "Ach, mein Bruder, was für ein Elend! Im Grunde", sagte er, "habe ich gar keine Lust zu trinken... Ich möchte bei dir bleiben, aber hör auf, traurig zu sein." Er schwieg lange. Dann fing er wieder an. Meine Busgeschichte beschäftigte ihn. "Aber wenn nun zwei Städte, in denen du gelebt hast, Busse von derselben Farbe haben, wie kannst du sie dann wiedererkennen?" Daran hatte ich nicht gedacht. Jedenfalls bringe ich alles durcheinander... Barcelona, Amsterdam, Moskau... Die Leute sind traurig hinter den Fensterscheiben eines Autobusses. Er war nicht überzeugt und kratzte sich am Kopf, als rechnete er damit, daß ich ihm einen üblen Streich spiele. Skeptisch! Inzwischen hatte ich noch immer Samia nicht gesehen, die ein weiteres Mal eingesperrt war; wo sie auch hingeht, immer muß man sie einschließen. Ich erzählte ihm, daß sie schön sei. Er antwortete: "Es ist normal, mein Alter, daß der Clan sie eifersüchtig bewacht. Das ist normal! Du bist es, der verrückt ist. Entführe sie! Sonst kriegst du sie nie." Er hinkte zwei Jahrhunderte hinterher. Ich träumte davon, den Zug zu nehmen und weit wegzufahren. Aber ich traute mich nicht. Ich hatte Angst, es später zu bereuen. Vielleicht konnte die Dulcinea ihrem Onkel ja doch noch entwischen. Unmöglich indes, dazubleiben.

Mein Gefährte redete unentwegt. Er sagte, in seiner Geburtsstadt sei der Klassenkampf hinterhältig. Die Bourgeois hätten begriffen. Sie seien nicht blöd! Sie hätten begonnen, in die Nahrungsmittelindustrie zu investieren, das ist sicherer als der Stahl. Diese Art der Produktion überließen sie dem Staat, in der Hoffnung, daß er am Ende Bankrott macht, sich an sie wendet und ihnen das ökonomische Getriebe anvertraut. Ihre als Technokraten verkleideten Söhne täten ein übriges und träten in die Partei ein, um die Interessen ihrer Eltern besser vertreten zu können. "Ja, und dann braucht man bloß noch nachzuhelfen. Was für ein Elend, mein Bruder! Unterdessen fahren sie Mercedes und BMW!" In Wut geraten, begann er auf die Reichen, die GMC, die Muftis und die Richter zu schimpfen. "Die Notabeln haben begriffen. Sie halten den Mund und gehen ihren Geschäften nach, die trotzdem Gewinn bringen. Im Gegensatz zu mir, der nicht einmal einen Freund hat, den er anhauen kann. Alle sind arbeitslos." Als ich ihn so sah, war ich drauf und dran, ihm noch ein paar Scheine zuzustecken, aber dann hätte ich womöglich nicht mehr genug Geld für die Heimreise gehabt. In Wirklichkeit spielte er Komödie und versuchte, mein Mitleid zu erregen: "Was für ein Elend, mein Bruder!"

Als wir uns so in der Stadt im Kreise drehten, kamen wir schließlich an unseren Ausgangspunkt zurück: unter die Fenster der Schönen. "Was für ein Miststück!" Ich fand, daß er übertrieb, mein Gefährte, Samia so zu beleidigen; aber er hatte ein gutes Herz. Ich würde mich doch nicht über eine solche Lappalie ärgern! Am Ende unserer Geduld, landeten wir in einer Spelunke, wo er mir die Geschichte von Amar Bô erzählte.

Die alte Hure bekam den Schluckauf, so sehr lachte sie über die Schilderung meines Gefährten, der von Amar Bô erzählte. Mein Kumpan, völlig betrunken, nutzte das aus, um sie auf ihre fleischigen Lippen zu küssen, wobei er etwas ekelhafte Geräusche machte. Er ging sogar soweit, ihr sadistisch in die Titten zu kneifen, nach denen er unter dem tief ausgeschnittenen Kleid suchte, auch wenn ihn die Schlaffheit des Busens ein wenig anwiderte. Jedesmal, wenn die Matrone in irres Gelächter ausbrach, ergriff der Ex-Muezzin die Gelegenheit, mir ins Ohr zu flüstern, er brenne darauf, eine der Miezen des Hauses aufzureißen, aber er sei blank, und außerdem habe er Mitleid mit der Alten, die ihm immer große Dienste erwiesen habe. Ich hatte ihn im Verdacht, daß er nicht die Wahrheit sagte. Log er, um mich hinters Licht zu führen und meine Sarkasmen nicht ertragen zu müssen? Sicherlich log er. Er hatte schon immer Geschichten erzählt, zumal seine Freunde mir nicht danach ausgesehen hatten, als wüßten sie, daß er einmal Muezzin in einer Moschee der Stadt gewesen war. Sie ließen sogar durchblicken, daß er diese Legende erfunden hatte, um sich besser als Opfer der Religion aufzuspielen und sie nach Belieben und guten Gewissens angreifen zu können. Aber jetzt übertrieb er, wenn er seine schmutzigen Geschäfte mit diesem Wrack machte, deren wackelnder Bauch den Tisch zum Schwanken brachte, an dem wir saßen, mit den Musikern hinter uns, die ihren Singsang herunterleierten, ohne sich allzusehr zu beeilen. Es sei denn, er interessierte sich für die goldenen Armreifen, mit denen sie vor seiner Nase klimperte und die er dauernd betrachtete! Bestimmt zerbrach er sich den Kopf mit komplizierten Berechnungen, um herauszufinden, wie viele Besäufnisse er sich für den Preis eines einzigen dieser Armreifen leisten könnte. Hatte er den Eindruck, daß ich diese ganze dreckige Sache in seinem Kopf las? Jedenfalls hörte er nicht auf, mir zuzuzwinkern, als wollte er mich nicht nur zum Komparsen, sondern zum Komplizen machen, der ihm bei seinem burlesken Verführungsversuch beistehen würde. Inzwischen fuhr er fort, Wein zu bestellen und zu trinken, mit jener unsagbaren Traurigkeit in den Augen, die kein Rausch je vertreiben könnte; als verlöre er immer mehr den Boden unter den Füßen, ohne den Versuch zu unternehmen, sich an irgend etwas zu klammern, sadistisch von dem Wunsch besessen, sich vollends zu zerstören. Aber in seinem Kopf war keine Verzweiflung, nur das Verlangen, betrunken zu werden, auf welche Art auch immer. Ihn daran zu erinnern, daß wir kein Geld hatten und eine Lösung finden mußten, die Wirtin zu bezahlen, wäre ihm so befremdlich vorgekommen, daß er imstande gewesen wäre, mich einen Feigling zu schimpfen. Wo er doch schon ständig über die Gründe, die mich in diese Stadt geführt hatten, und über meine Abstinenz spottete, wobei er seinem Frauenzimmer die Ellbogen in die Seite stieß, damit sie gegen mich Partei ergriffe, und nicht aufhörte, sich über meine Unbeholfenheit zu mokieren und über meine Unfähigkeit, auch nur den kleinsten Tropfen Wein zu trinken, bloß wegen dieser fixen Idee, die mich umtriebe: sei ich nun in diese Stadt zurückgekommen, um Samia nachzulaufen, oder aber um zu versuchen, den Eindruck wiederzufinden, den ich von ihr behalten hatte? Ich sei nicht einmal verliebt, und meine ganze Aufregung rühre - wer weiß? - von jener Sturheit des Clans her, seine Tochter vor den Tollheiten eines Flegels zu schützen, eines gefährlichen Agitators, Bewußtseinserweckers und Angsthändlers, zu einer Zeit, da die Bauern nicht genug zu essen hätten und statt Metaphysik und hoher Philosophie vor allem eine anständige Agrarreform brauchten, wo sie keine willigen Marionetten wären, sondern bewußte Aktivisten.

Die Alte war geschmeichelt, sie ließ ihn in den Falten ihres flockigen und warmen und feuchten Körpers stöbern und sagte, sie sei in ihn verliebt. "Er ist mein Verlobter!" wiederholte sie. Von sentimentaler Raserei ergriffen, attackierte sie mich sogar: "Ein Spielverderber, dein Kumpel! Solltest ihn nicht mehr mitbringen, mein Kleiner, er zieht den Katzenjammer hinter sich her und setzt eine eklige Leidensmiene auf; es würde mich nicht wundern, wenn ihn die Reue zerfrißt und er am Ende seiner Tage als Mufti endet und das Volk verdirbt mit seinen Flausen und seiner Religion. Soll er doch abhauen!" Und während sie so redete, leckte sie ihm das Gesicht mit einer Zunge, die um so widerlicher war, als sie unentwegt einen Kaugummi kaute und ihn vulgär zwischen den Zähnen schnalzen ließ. "Halt die Klappe", sagte ich zu ihr und versuchte, wütend zu werden, "du hältst mich davon ab, über die Probleme des Staats nachzudenken. Amar Bô ist schließlich kein Schwindler. Er ist ganz einfach ein Karrierist." Sie lachte nicht mehr. Sie sang: "O Amar Bô! O Amar Bô!", wobei sie in die Hände klatschte und sich auf ihrem Stuhl in den Hüften wiegte. Nach und nach schlossen sich weitere Mädchen unserer Gruppe an, und der Chor verstärkte sich: "O Amar Bô! O Amar Bô!" Mein Gefährte dirigierte den Choral, und die Musiker hatten angefangen, uns mit ihren Instrumenten zu begleiten. Der Habgierige hatte es geschafft, Stimmung in diese schäbige Spelunke zu bringen, und war sich fast sicher, den Armreifen zu kriegen, für den er sich solche Mühe gab, während er, mit Wein angefüllt, nahe daran war, zu kotzen, in all diesem weichen und feuchten Fleisch zu wühlen und diese fetten Lippen zu küssen, knallrot von dem in mehreren Schichten aufgetragenen Lippenstift, so daß die Vorderzähne davon völlig verschmiert waren.

Doch als der Radau den Höhepunkt erreicht hatte, kam die Wirtin und flehte meinen Gefährten an, die Anwesenden zu beruhigen. Um sich bei der Hausbesitzerin lieb Kind zu machen, gebot er dem Trubel geschickt Einhalt und fing wieder an, die Geschichte von Amar Bô auszuschmücken, einer Person, deren noch ganz frische Legende die ganze Stadt kannte, dank meinem Freund und vor allem dank Dschoha, der die Dinge etwas übertrieben hatte, um auf die Karte der Subversion setzen und die Bourgeoisie in Verruf bringen zu können. Und so sorgte er dafür, von neuem die Peripetien dieser närrischen und dennoch wahren Geschichte erzählend, daß die alte Hure abermals den Schluckauf bekam und ihn erregte, indem sie ihre zahllosen Armreifen klirren ließ.

(Er hatte in seinem Leben alles gemacht, Amar Bô! Er hatte auch alles verpfuscht! Er war rothaarig, vierschrötig und ruhig. Man hatte ihn nie die Stimme erheben hören. Friedfertig! Er trank nicht. Er rauchte nicht. Er kaute nur. In Maßen. Er hatte alles ausprobiert, und er hatte alles verpfuscht. Er wollte Boxer sein, aber da er nicht streitsüchtig genug war, ließ er sich vom Publikum, das ihn in Verdacht hatte, sich von sehr viel wohlhabenderen Feinden kaufen zu lassen, weidlich auspfeifen. Das Volk brauchte keine Marionette, die jeder Hergelaufene nach Belieben manipulieren konnte. Es verlangte vielmehr nach einem großen Champion, der imstande war, der Sache des Nationalismus zu dienen und in die Metropole zu gehen, um den europäischen Boxern, die die Volksmythologie als feige und völlig haltlose Hampelmänner beschrieb, Lektionen zu erteilen. Dazu ist zu sagen, daß der Boxsport damals in der Krise war in dem Land, das es gewohnt war, daß seine Kinder übers Mittelmeer fuhren und vor den Augen der verhaßten Kolonialmacht die Titel einheimsten. Doch Amar Bô hatte überhaupt kein Talent und ließ sich von sämtlichen Hünen der benachbarten Duars schlagen. Er hatte keinerlei Chance, es in der edlen Kunst zu etwas zu bringen, trotz den Aufmunterungen der Nationalisten, die lange an ihn geglaubt hatten. Als er die Täuschung nicht länger aufrechterhalten konnte, wechselte er das Dorf und den Beruf. Er wurde Schauspieler in einer Laientruppe, die ihm als Gegenleistung für seine Dienste gestattete, in ihrem Lokal zu übernachten. Der Truppe des "Erfolgs", wie sie sich abergläubisch nannte, fehlte es grausam an Frauen, so daß die weiblichen Rollen von jungen Transvestiten gespielt wurden. Als Amar Bô es satt hatte, untröstliche Dulcineas zu spielen, kam er auf die Idee, seinen einstigen lokalen Ruhm, seine gebrochene Nase und sein feuerrotes Haar einzusetzen und durch die Bordelle zu ziehen, zu dem Zweck, Mädchen für die Truppe zu rekrutieren. Seine Idee hatte einigen Erfolg, und eines Tages kehrte er in das Lokal zurück, flankiert von zwei oder drei aufgescheuchten verschleierten Frauen, die in der friedlichen Theatergemeinde für Aufregung sorgten. Und Amar Bô, zum Glanzlicht seiner Kollegen geworden, erwarb große Autorität und wurde der Direktor der Truppe, die zu bewundern man von sehr weit angereist kam, um die zwei oder drei Nutten, die sie besaß, sich zur Schau stellen zu sehen. Der Erfolg war überwältigend, bis zu dem Tag, an dem diese, statt in der Truppe von Amar Bô im Elend zu sterben, eine nach der anderen von reichen Bauern verführt wurden, die sie in schönen Häusern unterbrachten und überaus großzügig aushielten. Wieder wendete sich das Blatt, und mit ihren Frauen verlor die Truppe auch all ihr Ansehen, verfiel und verschwand schließlich ganz, einige Jahre vor Beginn des siebenjährigen Kriegs. Diesmal kehrte Amar Bô dem Dorf nicht den Rücken. Er ließ sich dort als Kohlenhändler nieder, in einem kleinen Laden, der auf die Hauptstraße ging. Da ihm der Ruf eines Künstlers, Boxers und Philosophen vorauseilte, zog er die gesamte beschäftigungslose Jugend in sein Lokal und verwandelte sich in einen geachteten Meister, auf den man hörte, trotz seinem großen Elend, seiner verheerenden Zeugungskraft (mit fünfunddreißig Jahren befand er sich an der Spitze einer Familie, die aus zehn ausgehungerten Kindern sowie einer zänkischen Gattin bestand, die ihm unablässig seine Vergangenheit als Boxer und Amateurschauspieler vorwarf) und seiner politischen Verworrenheit eines nervtötenden Autodidakten. Er verkaufte wenig Kohle, verbreitete jedoch Neuigkeiten, vertrieb die Zeitungen der Hauptstadt und zog - voller Groll - alles ins Lächerliche. Seine drei Niederlagen (das Boxen, das Theater und die Ehe) hatten ihn jedoch nicht allzu sehr verbittert. Er blieb seiner philosophischen Theorie der Passivität und Untätigkeit treu, konkret verwirklicht im Warten auf irgendein Ereignis, von dem er nie sprach, das ihn jedoch von innen mystisch erleuchtete. Im Dorf hatte Amar Bô einen schlechten Ruf! Um Kohle zu kaufen betrat niemand seinen dunklen Laden, der von den Leibern derer überquoll, die hier - gratis - die Nacht verbrachten, da sogar die maurischen Bäder für ihre gewissermaßen nicht vorhandenen Geldbeutel zu teuer waren. Aber der Kohlenhändler war mit allen gut Freund: er nahm die aus dem Gefängnis entlassenen Kämpfer auf, beherbergte sie und riet ihnen von dem Weg ab, den einzuschlagen sie beschlossen hatten. Er sagte immer wieder, daß er Gewalt nicht möge, und von seiner einstigen Boxertätigkeit hatte er paradoxerweise einen unglaublichen Pazifismus bewahrt! Er empfing auch die Gendarmen und die Spitzel und mahnte sie zu mehr Milde gegenüber den Kämpfern, die sie verfolgten oder denunzierten. Ein gutes Herz, dieser Amar Bô!)

Mein Gefährte, der seine Frau verstoßen und seine Kinder der öffentlichen Fürsorge anvertraut hatte, um mit seiner Mutter in einer Mansarde der Altstadt zu leben, fand es empörend, daß Amar Bô seine zehn Kinder behielt: "Man hätte sie irgendeinem Wohltätigkeitsverein anvertrauen sollen oder einem impotenten oder zeugungsunfähigen reichen Kaufmann!" sagte er jedem, der es hören wollte. Die alte Hure nickte und lachte lauter denn je. Von Zeit zu Zeit verschwand sie mit einem Freier und kam schnell zurück, um sich wieder neben meinen Freund zu setzen, der - während ihrer Abwesenheit - die Leute davon abhielt, sich auf ihren Stuhl zu setzen. Zwei- oder dreimal hatte ich einschreiten müssen, um zu verhindern, daß er sich umbringen ließ, er, der so schmächtig und halb schwindsüchtig war, wie ein Mops bellte und armselige, zitternde Fäuste reckte. Jedesmal, wenn die dicke Frau zurückkam, begann er erneut, ihr die Geschichte von Amar Bô zu erzählen, wobei er vergaß, daß ich ihm nur deshalb in dieses Bordell gefolgt war, weil er versprochen hatte, sie mir zu erzählen, mit aller Würze, deren er fähig war. Während er jetzt idiotisch aussah und nicht aufhörte, Süßholz zu raspeln, die Handgelenke des armen Wracks zu bewundern, ihr zu sagen, daß er so schlanke und zierliche noch nie gesehen habe, während er bestimmt den heftigen Wunsch unterdrücken mußte, schon bei der Berührung dieses gallertigen weichen Fleischs schleunigst das Weite zu suchen. Auch sie, bereift, zwitschernd, in ihre seidigen und malvenfarbenen Klamotten gezwängt, hörte nicht auf, überzufließen, zu sabbern und zu schwitzen, so zufrieden war sie mit sich. Sie lachte lauter als die anderen über die dämlichen Schwänke meines Kindheitsfreunds, den nichts mehr halten konnte, jetzt, wo er sicher war, daß er sein Besäufnis beenden konnte, ohne sich um die Rechnung Gedanken machen zu müssen, da sein altes Liebchen bei all ihren Göttern schwor, sie werde niemals zulassen, daß er bezahle, vor allem weil sie wisse, daß er arbeitslos sei und seit Jahren nichts gefunden habe. Auch er schwor bei all seinen Göttern, er könne eine Frau nicht für sich zahlen lassen, das würde ihn in seiner Ehre treffen und er wolle sich nicht zum Gespött der ganzen Stadt machen. Er übertrieb. Er faselte. Er verallgemeinerte. Aber er war sich seiner sicher! Er wollte ganz einfach, daß sie ihm heimlich einen großen Schein rüberschob und ihn die Rechnung der Wirtin bezahlen und den Rest einsacken ließ, mit dem er den Rausch des nächsten Tages bestreiten könnte. Jetzt, da er wußte, daß sie willig war, stellte er seine Bedingungen, machte sie besoffen, soweit er nur konnte, und klopfte ihr auf den Rücken, als wäre sie ein störrisches Pferd oder eine wackere Kuh. Um sie vollends zu verführen, hatte er angefangen, ihr meine Mißgeschicke zu erzählen, daß ich Schreiber sein wolle und daß das Unterrichten der Philosophie mich einigermaßen langweile. Sie war nun weniger gehässig und etwas besänftigt. Ich sah, wie sie mich verstohlen anschaute, und nach einer Weile gab sie mir ihre Hand, damit ich ihre in den Mäandern ihrer Handfläche eingeschriebene Zukunft lese. Sie hielt mich für einen Wahrsager oder einen Astrologen. Wohin die Philosophie doch führt! Angesichts meines Leugnens und meiner wiederholten Weigerungen, schmollte sie: "Was nützt es, Philosoph zu sein, wenn du nicht mal die Glückslinien lesen kannst! Am besten, du bringst dich um oder suchst dir einen anderen Beruf, Scharlatan!" Sie kanzelte mich ab, erdrückte mich mit ihrem Wanst; sie schnaufte und roch aus dem Mund... Ich wurde ganz kleinlaut und wußte nicht, was ich sagen sollte. Und mein Gefährte jubelte: "Du verdienst es", brüllte er, sich die Seiten haltend, "du spielst dich zu sehr auf mit deinen Diplomen, deinen Liebschaften, deiner Revolution und deinem Gedächtnis, das nicht imstande ist, unsere alten Erinnerungen wiederzufinden in dieser Stadt, die wir in allen Richtungen durchstreift haben und in der wir soviel gelacht haben. Der Bruder betrinkt sich nicht, und er wagt zu behaupten, er sei in eine siebzehnjährige Göre verliebt. Was für ein Irrer! Los, lies der Dame aus der Hand. Du bist uns genug auf den Wecker gegangen!" Während er sprach, versetzte er mir unter dem Tisch ständig Fußtritte und blinzelte mit dem Auge, dem rechten, demjenigen, das ich sehen konnte, weil ich nicht einmal wissen konnte, ob er das andere noch hatte, dieser dreckige Taschenspieler, den ich getroffen hatte, als er gerade seinen Katzenjammer ersäufte, im Bahnhof. Und ich, der plötzlich auftauchte, völlig unerwartet, da er dachte, ich sei im Maquis den Heldentod gestorben oder Minister geworden oder Ministerpräsident, und könnte demnach nicht den Zug nehmen, sondern käme mit einem Sonderflugzeug in meine ehemalige Stadt, ja im Hubschrauber, wie all die anderen Technokraten, die es immer eilig haben, herzukommen, um die Angelegenheiten des Volks zu regeln, und so schnell wie möglich wieder abzureisen, und die so tun, als wären sie überbeschäftigt, von der Vorsehung geschickt und unersetzlich... Und da lief ich ihm über den Weg, rettete ihn aus seiner Not, lieh ihm Geld, erzählte ihm beschämt, ich sei nur ein Lehrer, von den Regierungskreisen ebenso weit entfernt wie die Erde von der Sonne; und mein Gefährte, aufrichtig erfreut, mich wiederzusehen, verblüfft über meine Ankunft und meinen geringen Erfolg in der Demokratischen Republik, blinzelnd in der blendenden Sonne der Avenue, wo der Bahnhof anfängt und die Stadt und ihre legendäre Schlucht endet, wollte seinen Ohren nicht trauen. Ich verstand nicht, warum er auf mir herumhackte, um einer gichtigen alten Nutte zu gefallen, die ihre Krampfadern unter weiten, langen und auf dem Boden schleifenden Kleidern verbarg. Dann, als er sah, daß ich unglücklich war über soviel Verrat, bestürzt über diesen blitzartigen Sinneswandel, plagte ihn schließlich sein Gewissen, und er erklärte mir mit leiser Stimme die Sache mit den Armreifen, nach denen ihn gelüstete. Und da er nicht mehr wußte, was er tun sollte, nahm er die unbeschreibliche Geschichte des außerordentlichen Aufstiegs von Amar Bô wieder auf, des Kohlenhändlers mit den zehn Kindern, der dank Gottes Güte eine hochangesehene Persönlichkeit geworden war. Er nahm die Stimme der Troubadoure an, wenn sie den Titel eines Märchens ankündigen, das sie erzählen werden, um die Gaffer ins Bild zu setzen, die in der Pause woanders hingegangen und erstaunlich schnell zurückgekehrt waren.

(Er empfing alle Welt und bot denen, die in seinen Laden kamen, immer Tee an. Er verhinderte nichts. Er gab Ratschläge, die man befolgen konnte oder auch nicht. Er ließ die Kämpfer Komplette schmieden und Reden an das Volk verfassen, das nie aufgehört hatte, auf die Losung für den Beginn des Aufstands zu warten; so wie er auch die Gendarmen und die Spitzel spionieren und ihre schmutzige Arbeit tun ließ. Ständig wiederholte er, er sei jedermanns Freund, aber die Nationalisten mißtrauten ihm und hielten sich bereit, ihn zu liquidieren. Nach und nach drang der Ruf des Kohlenhändlers über die Kreise hinaus, in denen die Arbeitslosen verkehrten, und gelangte bis zur Jeunesse dorée, die sich mit den Elenden des Dorfs gemein machte und sich mit ihnen verbündete, gegen die Mitglieder der Autorität, die in dem Maße, wie der Ausbruch des Krieges nahte, reizbar und düster wurden. Einige, sehr wenige, schlossen sich den Militanten an und wählten den Maquis im Laden des Kohlenhändlers, wo niemand sie festzunehmen wagte, um die Arbeit der Spitzel nicht zu beeinträchtigen, die sich unter den künftigen Maquisarden und den künftigen Terroristen recht behaglich fühlten. Unterdessen vegetierte die Familie des ehemaligen Boxers weiterhin im Elend. Letzterer beschwerte sich über die Flaute und lag den Behörden in den Ohren, damit sie ihm monatlich etwas zahlten für das Nachtlager, das er ihren Denunzianten gewährte. Vergeblich, denn höheren Orts hatte man den Kohlenhändler im Verdacht, der Anführer einer politisch-militärischen Zelle zu sein, getarnt hinter einer zur Schau gestellten Biederkeit. Das stimmte nicht, und Amar Bô war über soviel Undank erbost. Lange schwankte er und geriet in die schreckliche Versuchung, seine Dienste den Militanten anzubieten. Aber angesichts der Skepsis und der Sarkasmen dieser letzteren wahrte er einen vorsichtigen Status quo und schwamm weiterhin zwischen zwei Wassern. In Wirklichkeit nahm niemand ihn ernst , und er fiel den meisten Personen, die seinen Laden umlagerten, auf die Nerven. Man kam hierher, um kostenlos die Zeitungen zu lesen, und die Analphabeten ließen sich ihre Liebesbriefe von jungen Leuten schreiben, die aus dem Gymnasium geflogen oder von zu Hause weggelaufen waren. Tag und Nacht herrschte ein außerordentlicher Trubel in dem Laden, dessen Ruhm über die engen Grenzen des Dorfs hinausdringen sollte, um sich in den anderen Dörfern zwischen Setif und Suk Ahras zu verbreiten...)

Das ganze Volk kannte die Geschichte von Amar Bô, der es verstanden hatte, die Lacher auf seine Seite zu bringen, aber der Oberasket sah es nicht gern, daß sie den Troubadouren der Stadt zu Ohren kam, die begonnen hatten, sie zu erzählen, indem sie sie ein wenig abwandelten, um die Aufmerksamkeit der GMC nicht auf sich zu ziehen, von denen Dschoha sagte, sie seien in der Menge getarnt, verkleidet als Bettler, Blinde, Zuschauer und sogar als öffentliche Erzähler: "Hört zu, gute Leute, und traut euren Ohren! Hört die unbeschreibliche Geschichte des Aufstiegs von Amar Bô, einem notleidenden einfachen Kohlenhändler, der ein Potentat der Republik geworden ist, dank seiner List und seinem Optimismus, so daß er versuchte, die Regierung zu stürzen und ganz allein die Macht zu ergreifen, unterstützt von einigen Komparsen. Hört, gute Leute, die Geschichte von Amar Bô, Erzfeind von Dschoha dem Einfältigen und seinem Gefährten, dem Ex-Muezzin, möge Gott ihn verdammen und das Unheil von euch fernhalten, meine Brüder. Hört!..."

Die Menge scharte sich in absoluter Stille um den Greis, denn die Sache war ernst, und man wollte diese phantastische Geschichte von Amar Bô und seinem Versuch der gewaltsamen Machtergreifung verstehen. Man kam, um zu erfahren, wie er es angestellt hatte, und schwieg erwartungsvoll. Der Erzähler, dem die Ungeduld der Leute bekannt war, beeilte sich überhaupt nicht. Damit erhöhte er die Spannung und schlug unerträglich lange Minuten auf sein Tamburin. Aber es drang keine Klage an sein Ohr. Er fühlte sich sehr wohl. In aller Ruhe ließ er die fest gespannte Haut seiner Trommel ertönen; dann, in dem Augenblick, da alle Welt erwartete, daß er mit dem faszinierenden Abenteuer von Amar Bô beginnen würde, ergriff er das Wort, um das Lob der Freigebigkeit anzustimmen, und bat jeden der Umstehenden, einen Obolus in die Scheschia des kleinen Jungen zu legen, der gleich herumgehen und sammeln werde. Dann begann der listige Erzähler abermals, ausführlich den Titel seiner Geschichte anzukündigen, den alle Welt kannte: "Hört zu, gute Leute, und traut euren Ohren! Möge der Prophet mir das Licht meiner Augen rauben, wenn ich lüge! Möge er mir die Tollwut und den steifen Hals schicken! Möge er mir den Tod geben! Hört die unbeschreibliche Geschichte des Aufstiegs von Amar Bô, einem einfachen notleidenden Kohlenhändler, der eine hochangesehene Persönlichkeit der Demokratischen Republik geworden ist, dank seiner legendären List und seinem ewigen Optimismus, so daß er versuchte, die Macht des Oberasketen zu stürzen, um sich an seine Stelle zu setzen und die Ämter und die Ehren an seine Komparsen zu verteilen."

Er hätte den ganzen Vormittag so weitermachen und sich im Kreis drehen können, während das vom Warten gereizte Volk die Geduld zu verlieren begann und kein Geld mehr hatte, um es in die Scheschia des kleinen Jungen zu legen, der bei seiner siebten Sammlung angelangt war, lange bevor die Geschichte tatsächlich anfing, denn der Erzähler beschränkte sich weiterhin auf die Vorrede: "Hört, gute Leute! Glaubt nicht, daß ich euer Geld stehlen will, aber die Sache ist ernst, und ihr werdet eingeweiht in das Geheimnis der Großen dieser Welt und der Mächtigen dieses von Gott und seinem Propheten Mohammed gesegneten Landstrichs... Solltet ihr aber zufällig meinen, meine Geschichte sei es nicht wert, daß man sie so teuer bezahle, dann steht es euch immer noch frei, euch euer Geld zurückerstatten zu lassen und sofort wegzugehen, den Kreis dieser Gemeinde guter Muslime zu verlassen, die seit ihrer Pubertät kein einziges Gebet versäumt haben..." Er hatte nichts zu befürchten, denn keiner hätte es gewagt, seinen Obolus zurückzuverlangen, zumal eine derartige Geste Unglück bringen könnte. Und wer könnte außerdem die Geschichte von Amar Bô nicht aus dem

Mund des berühmtesten öffentlichen Erzählers der Stadt hören wollen, der eine ganz außergewöhnliche Beredsamkeit und Wortgewalt besaß? Niemand. Nicht einmal die paar Ungläubigen, die gekommen waren, um das Gedächtnis des Erzählers zu verwirren, ihm tückische Fragen zu stellen, ihn zum Schwafeln zu bringen und ihn an der Nase herumzuführen vor einem Auditorium, das nach Wortgefechten gierte und sich ihnen am Ende anschließen würde. Nicht einmal die GMC, die bereit standen, um bei der geringsten Anspielung auf die politische Lage einzuschreiten. Nein, niemand war imstande, den Greis zu stören, denn die Geschichte war zu aufregend. Amar Bô war im Begriff, sogar den berühmten Dschoha in den Schatten zu stellen, den Vater jenes geistesgestörten Gelehrten, der gekommen war, um eine junge Gymnasiastin mit seiner Beharrlichkeit zu verfolgen, die Nichte einer angesehenen Persönlichkeit der Stadt, und den man überall hatte herumschleichen sehen, zermürbt und fiebrig, manchmal quasselnd, andere Male mit erhabener Stummheit geschlagen, in Begleitung des völlig besoffenen Ex-Muezzins...

(Während des berühmten siebenjährigen Krieges sorgte Amar Bô dafür, daß er für beide Seiten Passierscheine bekam. Die Maquisarden wußten, daß sie ihn dulden konnten, und die Kolonialarmee glaubte in ihm einen brauchbaren Gesprächspartner zu haben. Er aber narrte alle Welt und wahrte seine Neutralität. Zum Schluß hatte er Geschäfte gemacht und Geld verdient. Nicht übermäßig, gerade soviel, wie er brauchte. Er legte viel zu großen Wert auf seine Gemütsruhe und seine Sorglosigkeit, als daß er sich an die Spitze eines großen Vermögens setzen wollte. Der Wohlstand verdrehte ihm nicht den Kopf, seine Frau dagegen wurde immer anmaßender, so daß sie innerhalb von drei Jahren zweimal Zwillinge gebar. Sie sagte zu ihren Nachbarn, die kamen, um sie zu bedauern: "Amar Bô ist jetzt reich! Davon muß man so viele wie möglich profitieren lassen..." Sofern sie nicht brüllte, sah ihr Gatte über ihre wundersame Fruchtbarkeit hinweg. Gelobt sei Gott! Der Landstrich brauchte alle seine Kinder in der Stunde des Massakers und der Grausamkeit der Armeen, die gekommen waren, um die Berge und die Wälder zu durchkämmen, auf der Suche nach ehemaligen Freunden von Amar Bô, jenen, die er nie ernst genommen hatte und die erprobte Partisanen und solide Politkommissare geworden waren. Aber der einstige Kohlenhändler, jetzt Vater von vierzehn Kindern, wagte seine Befürchtungen nicht allzu laut zu äußern. Seine Frau spornte ihn an, sich zu bereichern und auf beide Seiten zu setzen, und trotz seinem natürlichen Widerwillen gegen die Agitation und übermäßige Arbeit hatte er sich nach und nach verändert und den reichen Grundbesitzern, die in Tunesien Schutz gesucht hatten, Ländereien abgekauft.)

"Hört, gute Leute! Friede sei mit unserem Propheten Mohammed, und der Dämon sei verflucht! Lacht nicht über die Abenteuer von Amar Bô, der dank der Güte Gottes Wesir wurde. Strengt euren Geist nicht an! Reißt eure Augen nicht auf! Mögen eure Ohren bleiben, wo Gott sie hat wachsen lassen! Warum euch beeilen, meine Brüder? Der Tag ist noch lang und die Kanone, die das Ende des Fastens verkündet, wird noch nicht feuern... Betet für die Seele des Propheten und habt Mitleid mit einem Fastenden, dessen Speichel abnimmt, je stärker die Sonne brennt; helft ihm in seinem elenden Leben... Der Junge wird herumgehen, zum letztenmal... vielleicht... Entledigt euch eures Geldes zugunsten eines notleidenden Meddah, Oberhaupt einer kinderreichen Familie denn steht nicht im heiligsten aller Bücher geschrieben, daß die Reichen den Armen geben sollen? Betet und seid freigebig... Danach werde ich euch erzählen, wie Amar Bô sich auf den Gipfel des Ruhms geschleudert sieht und Berater unseres Asketen wird, Gott möge ihn schützen, ihm ein langes Leben geben und seine Macht über uns verewigen, uns armselige Fischer und hartnäckige Sünder..." Das Publikum murrte ob der Habgier des unersättlichen Knauserers. Sollte man ihn am Ende lynchen? Nicht, bevor man das Ende der Geschichte kannte! Das mit dem Sammeln beauftragte Kind streckte denen, die sehr wenig gaben, die Zunge heraus und meldete jene, die gar nichts gaben, dem Erzähler. Dieser begann sie abzukanzeln, sie Geizhälse und Ungläubige zu schimpfen, sie gröblich zu beleidigen, und drohte ihnen schließlich mit seinem Stock, damit sie anderswohin gingen und den Kreis der Brüderlichkeit verließen, taub für ihr Argument, sie seien Arbeitslose, die kein Geld mehr hätten. Wie sehr sie ihre Hosentaschen und die Kapuze ihres Burnus auch drehten und wendeten, der Menge mißfiel diese Störung, die sie davon abhielt, den wahren Kern der Geschichte von Amar Bô zu erfahren. Der öffentliche Erzähler geruhte erst dann, mit seiner Erzählung fortzufahren, als alle Eindringlinge, die keinen Obolus in die Scheschia legen konnten, das Weite gesucht hatten, verfolgt von den Kindern, die sie bis zu den Randbezirken der neuen Stadt mit Steinen bewarfen.

Mein Gefährte, der Amar Bô regelmäßig aufgesucht hatte in der heroischen Zeit des Ladens, in dem jedermann die Nacht verbringen und die mit dem Mittagszug aus der Hauptstadt gekommenen Morgenzeitungen lesen konnte, trank weiter. Aber er war so blau, daß die Traurigkeit, die er auf dem Grund seiner klaren Augen zu verbergen suchte, schließlich zum Vorschein gekommen war. Er schluchzte jetzt, den Kopf im Schoß der alten Prostituierten, die ihn zu trösten versuchte: "Ruf nicht nach deiner Mama, ich ersetze sie dir..." Aber er weinte nur noch mehr und verlangte weiter nach Wein. Er war nicht mehr in der Lage, allein zu trinken, und seine alte Freundin fühlte sich verpflichtet, ihm die göttliche Flüssigkeit in den Mund zu gießen, direkt aus der Flasche, zwischen die Lippen des Ungläubigen geklemmt, der gleichzeitig seine Tränen trank. Er hörte nicht auf zu reden und alle, die ihn umringten, um Verzeihung zu bitten. Ich fürchtete, am Ende werde er der dicken Frau noch beichten, daß er im Laufe des Abends auf die Idee gekommen war, sie um ihren Schmuck zu erleichtern, mit dem sie bestimmt rechnete, um leben zu können, wenn man sie vor die Tür dieses Hauses gesetzt haben würde, in dem die der unglaublichen Landflucht zu verdankende Ankunft kaum mannbarer junger Mädchen ihre Lage immer schwieriger machte. Im übrigen konnte sie schon jetzt nur noch mit einer kleinen Kundschaft von Perversen rechnen, die ihre Häßlichkeit ausnutzten, um ihre masochistischen oder sadistischen Neigungen zu befriedigen.

"Hört, gute Leute! Bald wird der Muezzin das Ende der Fastenzeit verkünden. Doch bevor ihr nach Hause geht, laßt mich euch erzählen, wie der phantastische Aufstandsversuch von Amar Bô scheiterte! Bevor ich meinen Bericht fortsetze, bitte ich euch, für die Seele unseres Propheten zu beten, möge Gottes Friede ihn überströmen!, und dem Jungen, der zum letztenmal herumgehen wird, eine kleine Münze zu geben. Enttäuscht ihn nicht! Enttäuscht mich nicht und vergeßt nicht, daß ihr das Volk seid, das Gott auserwählt hat, damit es in seinem Paradies wohne." Diesmal gab es keine Proteste mehr. Alle waren am Ende und setzten eine leidende Miene auf, wie ein Krieger seinen Schild heben würde: sehr aggressiv. Niemand wollte es sich bei Gott verscherzen noch den Epilog des außerordentlichen Aufstiegs von Amar Bô verpassen, nachdem man so oft für das Recht bezahlt hatte, diesem inspirierten Erzähler zu lauschen, bei weitem dem besten der Stadt, aber - leider! - auch dem knickrigsten. "Als sich die beiden Teile der Armee gegenüberstanden, befahl der Oberasket, die aufständische Fraktion zu bombardieren, und alles kam wieder in Ordnung. Es gab viele Tote, auf beiden Seiten. Ein General, Freund von Amar Bô, beging Selbstmord, und der Anführer des Aufstands wurde verhaftet! Hört, gute Leute, und betet für den Heiligen der Stadt, Sidi M'Cid den Tapferen. Was, glaubt ihr, widerfuhr Amar Bô? Nach einem Jahr wurde er freigelassen und mit großem Pomp vom Oberasketen empfangen, der ihm in Anwesenheit der Würdenträger, des Diwan und des Mufti seine Revolte verzieh. Amar Bô wollte nichts versprechen, aber das Oberhaupt unserer Republik, dessen Güte und Großmut jedermann kennt, bewilligte ihm einen Betrag von hunderttausend Dinar und entließ ihn über die Maßen freundlich. Amar Bô erwarb ein großes Kaufhaus und ließ sich als Möbel- und Haushaltswarenhändler in der Hauptstadt nieder, wo Hochzeiten ebenso häufig waren wie Scheidungen. Hört zu, o meine Brüder, die ihr an Gott glaubt und an seinen Propheten, vergeßt nicht, die Seele von Dschoha dem Pfiffigen zu verdammen, der das Gerücht in Umlauf brachte, der Asket setze die aufständischen Karrieristen in Freiheit, während er die bösen Kommunisten, Atheisten, Verbündete des Dämons und einer ausländischen Macht, im Gefängnis vermodern lasse. Hört nicht auf Dschoha! In unserem Landstrich werden am Ende alle politischen Gefangenen freigelassen und mit einem Betrag von hunderttausend Dinar bedacht, um es ihnen zu ermöglichen, wieder vorbildliche Staatsbürger zu werden, und dem Binnenhandel neuen Auftrieb zu geben."

Der Chor hatte wieder eingesetzt: "O Amar Bô!" Mein Gefährte hing verrückten alten Träumen nach. Das Morgengrauen überzog die Gesichter mit grünlicher Farbe. Er sah nicht schön aus, eingenickt wie er war, den Kopf auf dem ausladenden Bauch der alten Frau, die direkt auf dem Boden eingeschlafen war, mit über wulstigen, weißlichen Schenkeln hochgerutschtem Kleid, das Geschlecht im Freien - gräuliche Schwellung ohne ein einziges Haar wie eine genarbte Beule auf dem Rücken eines alten Elefanten; sie schlief fest, sabberte auf die von einem weniger armen Kameraden geborgte Krawatte meines Jugendfreundes eine zweifelhafte Flüssigkeit, die stellenweise bereits getrocknet war. Die Musiker waren schon lange weggegangen, und das kalt gewordene und nach ausgedrückten Zigaretten stinkende Bordell sah so schauerlich aus wie ein abgeschminkter alter Schauspieler. Und ich, zwischen zwei Mädchen eingequetscht, die sich den letzten Freier streitig machen wollten, wußte nicht, was tun, hin und hergerissen zwischen dem Wunsch zu kotzen und dem Wunsch, einem schrecklichen Wutanfall nachzugeben, der dazu angetan wäre, die armen Mädchen trübselig zu stimmen, denen ihr Charme und ihre Unschuld geraubt worden waren von Scheusalen meiner Sorte, die nichts anderes im Kopf haben, als die Frauen zu verführen und sie dann fallen zu lassen wie einen alten Pantoffel, genau demjenigen ähnlich, den die Dulcinea am Anfang meiner Reise nach mir geworfen hatte, um ihren Onkel hinters Licht zu führen, zu dem sie gefahren war, um vor der unerträglichen Aufsicht ihres Vaters Zuflucht zu suchen. Letzterer hatte sie verdächtigt, verliebt zu sein, und nicht gezögert, sie von mir zu entfernen, indem er sie in den Ferien in jene Stadt schickte, in der ich nun gestrandet war, die Stadt meiner Jugend und der Zeit, da ich ein unversöhnlicher Rebell war, darin unterstützt von meinem Gefährten, der sich zu dieser Stunde auf dem Körper einer sehr traurigen und sehr unglücklichen, dem Trunk verfallenen und gichtkranken alten Prostituierten wälzte, die ihre letzten schönen Tage in einem Bordell verlebte, wo sie sich hin und wieder mit ihm besäuft, weil sie ihn heimlich liebt und es ihm nicht zu sagen wagt aus Angst, daß er ihr ins Gesicht lacht. Sie hatte keinen Schluckauf mehr. Sie schlief, mit ihren beiden nackten Handgelenken, der goldenen Armreifen beraubt, die in die Tasche meines Freundes gewandert waren. Ich hatte nicht einmal den Mut, ihn anzuzeigen. Wozu auch!

Ich mußte mich aus dem Staub machen. Diese Spelunke verlassen. Ich hatte das Bedürfnis, mich zu duschen, bevor ich den Zug nähme, um nie mehr wiederzukommen, ich Tölpel, der ich auf mein eigenes Spiel hereingefallen war, außerstande, mit der von neuem eingesperrten Geliebten in Verbindung zu treten, außerstande, den Gefährten daran zu hindern, die Armreifen der armen Frau zu stehlen.

Warum war ich ihm in das Bordell gefolgt? Ich kannte doch die unbeschreibliche Geschichte des Aufstiegs von Amar Bô ebensogut wie er: einem ehemaligen Boxer, ehemaligen Schauspieler, ehemaligen Kohlenhändler, Berater des Oberasketen und später ehrenwerten Besitzer eines Möbel- und Haushaltswarengeschäfts, nach dem unglücklichen Versuch eines Staatsstreichs.

Ich bewahrte von diesem Besuch in der Stadt meiner Kindheit einen unvergeßlichen Eindruck. Sinnlos zu versuchen, ihn auf den Haufen erloschener und fader Erinnerungen zu werfen! Und mein Gefährte hatte alles getan, mich in jene Vergangenheit zurückzuversetzen, in der ich mich an keinen einzigen entbehrlichen Tag erinnere, verbunden mit Klingelzeichen in meinem Kopf, die mich aus meiner Betäubung aufrütteln würden. Aber von der Stadt selbst blieb mir nichts mehr. Irgendeine Struktur, verschwommen und so komplex, daß ich entsetzliche Kopfschmerzen davon bekam. Wozu also meine Vormittage mit Träumen bevölkern, wenn sich Schreckgespenster am Tor jener undurchdringlichen Zone drängen, an der mein Gehirn sich trübt wie eine Fensterscheibe, auf die ein Geflecht von Blutstropfen regnet? Ich war nie aus dem Krankenhaus hinausgegangen. Im Grunde fühlte ich mich hier nicht schlecht! Nadia behelligte mich nicht mehr. Sie schmollte endgültig, und ich brauchte mir in dieser Beziehung keine Sorgen mehr zu machen. Ich konnte in aller Ruhe schreiben. Mit Dschoha plaudern. Eine Orange schälen. Die blaue Lampe betrachten, deren schwarze Punkte ich hatte zählen können, ohne mich von der Stelle zu rühren, nach mühsamen Übungen zur Lockerung meines Halses, den ich jetzt in alle Richtungen zu drehen vermochte, ohne die Aufmerksamkeit der anderen Kranken zu erregen. Wenn ich in niedergedrückter Stimmung war, sang ich ein altes Gefangenenlied: "Mutter, die Mauer ist hoch...", in das im Chor der ganze Saal einfiel. Aber da gab es diesen Müll an Erinnerungen, der mir das Glück verdarb, das ich mir durch viele Konzessionen, Lumpereien und Schmiergelder organisiert hatte. Immer mußte ich irgendwo in meinen Zwangsvorstellungen herumstreunen mit jener alles beherrschenden Angst vor dem Blut, aber die Eindrücke aufeinanderzutürmen führte dazu, daß ich schließlich alles verwechselte! Wie also das Schwafeln vermeiden? Einzig der öffentliche Schriftsteller, der in mir schlummerte, erlaubte mir, aufzutauchen, mich nicht allzu sehr in grotesker Hektik zu verausgaben wie die Fliegen meiner Kindheit, über die ich leere Tassen stülpte und in den Porzellanwänden einsperrte, gegen die sie einige bange Minuten lang stießen, bis sie allmählich träge wurden und wie hilflose Schlafwandler auf ihren Beinen krabbelten. Genau in diesem Moment hob ich die Tasse, aber sie flogen nicht gleich weg; sie verharrten einige Sekunden reglos, unschlüssig und geblendet; als wären sie mit einemmal blind geworden. Ich wollte sie nicht töten, sie nur schwindlig machen, sehen, wie sie torkeln, dann auffliegen, zuerst mühsam, dann immer schwungvoller, bis sie ungreifbar wurden und so kühn waren, meine auf dem Frühstückstisch liegenden Hände zu streifen, während ich angewidert war vom Geruch der dicken sahnigen Milch, die meine Mutter in meine Untertasse goß... Ich mußte also schreiben, wollte ich nicht ersticken wie die armen Fliegen an den kühlen Morgen meiner Kindheit; ganz zu schweigen davon, daß ich mir am Ende mit einer Rasierklinge die Adern aufschneiden könnte, sobald ich auf dem Höhepunkt der Depression angelangt wäre, die mir seit geraumer Zeit auflauerte. Was aber schreiben, wenn nicht Erinnerungen? Immerhin würde ich es nicht so weit treiben, die präzise, blitzartige und leuchtende Strecke des Zugs im Gedächtnis zu behalten, der mich, nachts, von der Stadt, in der ich meine Liebste zu treffen gehofft hatte, in die Stadt zurückbrachte, in der ich wohnte. Was blieb davon? Nichts! oder fast nichts.

Jedenfalls hatte ich zurückfahren müssen. Mein Gefährte hatte mich enttäuscht, und ich hatte es grausam gefunden, wie er den Schmuck der alten Prostituierten stahl, die das brutale Gewühl tausender entfesselter Ruten zwischen ihren Beinen ertragen hatte, um sich ihre Armreifen kaufen zu können. Auch die Stadt hatte mich enttäuscht, trotz ihrer schwindelerregend über der Schlucht hängenden eisernen Brücke, die zwischen den beiden Teilen des Felsens in der Luft auftauchte... Ich hatte zurückfahren müssen. Die Nachrichten, die ich über meine Mutter erhalten hatte, waren alarmierend. Sie hatte eine kritische Schwelle erreicht, die nicht zu überschreiten sie sich bemühte, und verharrte in einem stationären Zustand, als hätte sie Angst vor der Leere und zöge es vor, zwischen zwei Entscheidungspolen zu segeln. Freilich war die Wahl begrenzt. Was wählen zwischen Schmerz und Tod? Sie war klug, meine Mutter. Sie wollte sich nicht entscheiden. Hatte sie auf ihrem Krankenbett nach mir verlangt? Meine Tante wagte nicht, sich zu äußern. Sie sagte metaphorisch, es herrsche Unordnung im Kopf ihrer Schwester, und die verschiedenen Opferungen schwarzer Hähne und weißer Hühner hätten nicht die erhofften Ergebnisse gebracht. Als ich in das Haus zurückgekehrt war, in dem meine Mutter im Sterben lag, war mir die Verwahrlosung aufgefallen, die in der Wohnung herrschte. Siomar war noch immer nicht zurück und schickte weiterhin von Zeit zu Zeit buntglänzende Karten mit aggressiven Farben, Plätzen und Straßen, Berge und Seen, Strände und Fischer aus fremden und fernen Ländern darstellend. Auf die Rückseite jeder Postkarte kritzelte er ein paar lakonische Wörter, deren Bedeutung doppelsinnig war, es sei denn, sie hatten keine und ich war es, der sie erfand. Er sagte nichts in bezug auf Selma, aber man spürte anhand der verwendeten Wörter oder der durchgestrichenen Wörter oder der Gedankenstriche, daß er ein wenig beunruhigt war! Es sei denn, er war ganz einfach ungeduldig bei dem Gedanken, daß meine Mutter so lange brauchte, um zu sterben, und hätte es vorgezogen, seiner Geschäfte wegen so schnell wie möglich zurückzukehren. Was genau wollte er? Vielleicht die Rückkehr so lange hinauszögern, bis Selma tot und begraben war.

Die Stille in diesem Haus, in dem jeder stets für unglaublichen Wirbel gesorgt hatte, war schwer zu ertragen. Die von draußen hereindringenden Geräusche waren unwirklich: mekkernde Stimme des Muezzins, erschöpft von der Luft seines Minaretts, das zwischen Himmel und Wolken schwebte; dumpfe Hustenanfälle alter Lungenkranker; klägliche und psalmodierende Stimmen tückischer Bettler in den Gassen, in denen ihre Litaneien durch das Echo noch eindringlicher klangen; traurige und langgezogene Flötentöne des beinlosen Krüppels, der an der Straßenecke auf dem Rücken lag, die beiden Beine wie zwei gemarterte Pfähle den Passanten entgegengestreckt, den Horizont zerschneidend. Und der Geruch des maurischen Bads verlieh den öltriefenden, schwammigen Krapfen einen Vorgeschmack von verschimmeltem Haar im fahlen, eiskalten Morgen, genau zur Stunde, da die Markthallen aufmachten und ihre monströsen Reichtümer den in fruchtlosem und gefährlichem Geschiebe von Raserei ergriffenen Menschenmengen feilboten.

Im Innern des Hauses verkroch sich jeder in seinem Zimmer, und meine Tante Malika rannte im Zickzack über den Patio, als wüßte sie nicht mehr, was tun. Wenn es meiner Mutter sehr schlecht ging, rief sie nach mir, und gemeinsam versuchten wir, den Sinn ihres immer mörderischeren Deliriums zu verstehen, denn sie sprach davon, Siomar zu töten, fragte mich, ob ich beim Scherenschleifer die große Axt abgeholt hätte, die gewöhnlich dazu diente, die Köpfe der Aid-Hammel zu spalten. Sie behauptete, sie habe sie mir anvertraut, um ihre Schneide schärfen zu lassen! Sie delirierte. Man durfte ihr nicht widersprechen. Man mußte allem beipflichten, was sie sagte, und gleich darauf fiel sie in einen komaähnlichen Schlaf. Sie schlief dann viele Stunden in der säuerlichen Lebhaftigkeit einer kranken Frau, die halluzinierte wegen jenes Schuldgefühls, das sie nach und nach gewebt hatte seit dem Tag, an dem sie vergewaltigt worden war von Siomar, meinem Vater, der weder mir noch meinen Geschwistern gegenüber je seine Vaterschaft anerkennen sollte. Sie verzehrte sich in diesem Schuldkomplex, während der wahre Schuldige auf den Trottoirs der großen Avenuen spazierenging, in den großen Städten, in denen es keine Sonne gibt und schon ab vier Uhr nachmittags das Neonlicht brennt, die Müdigkeit der Gesichter und die braunen Ringe unter den Augen der feinen Herren verstärkend, die immer in Eile sind und denen Siomar die Hand drücken mußte, die aus ihrem gelben Lederhandschuh herauszuziehen sie wahnsinnig viel Zeit kostete... Meine Mutter hatte Angst vor der Hölle und lehnte sich von Zeit zu Zeit auf, als käme ihr plötzlich die Ungerechtigkeit zu Bewußtsein, in der sie seit ihrem sechzehnten Lebensjahr eingesperrt gewesen war, ohne ihr entrinnen zu können. Jetzt, in ihrem Delirium, verlangte sie, man solle ihr den Schuldigen überlassen, damit sie ihn töte, mit der Axt, und er anderen Frauen kein Leid mehr zufügen könne. Sie sagte mit sanftem und zugleich höhnischem Lachen, er werde keine Geschäfte mehr machen können in den Metropolen, in denen sie nie gewesen war; er werde nicht mehr den Schwerenöter spielen können. Manchmal flüsterte sie mir ins Ohr, damit ihre Schwester es nicht höre, sie habe eine große Inszenierung vorbereitet, um Siomar nach seiner Rückkehr zu beseitigen. Doch sie war außerstande, mir die genauen Einzelheiten ihres Plans mitzuteilen, denn sie habe sie vergessen - sagte sie -, aber ich sei ja da und würde ihr helfen, sich an dem abscheulichen Patriarchen zu rächen. Sie sagte nicht, daß er mein Vater war und sie vergewaltigt hatte. Ich durfte es gar nicht wissen. Meine Tante sagte, trotz der Halluzination und der Unordnung sei sie schamhaft geblieben.

Das einzige Mittel, dieser Fäulnis der Lebewesen und Dinge zu entrinnen (wer sagt mir, daß der Küchenschrank, wo gewöhnlich das Gemüse aufbewahrt wird, nicht voller Kartoffeln ist, deren Keimung schon sehr weit gediehen ist, voller Karotten, deren orangerote Farbe ins Blaugrau umschlägt, mit jenem pelzigen Flaum, der sich um das Gemüse legt, wenn es verfault, voll aufgeplatzter Tomaten mit ihrem eingedickten Saft rings um die verschrumpelte und mit flachen und gelben runden Kernen übersäte Schale?), bestand darin, soviel wie möglich zu schlafen; und wenn ich aufwachte, blieb ich lange Vormittagsstunden auf dem Bett liegen, das Gesicht dem Fenster zugewandt, dessen Läden meinen Körper mit Licht- und Schattenstreifen schraffierten: sich überlagernde braune Flecken auf meinem Gesicht, meinen Händen und meinem Bauch, die mehr und mehr verblaßten, je stärker es hinter den Scheiben loderte, und draußen die verschiedenen Geräusche, die ich durch den Raum hindurch erriet, an mein besorgtes Ohr gedrungen, das bereit war, die leiseste Wehklage meiner Mutter zu vernehmen, Geräusche, die manchmal gedämpft waren, andere Male kurz, in der trockenen Luft knackend, je nachdem, ob schönes Wetter war oder nicht, ob viel Sonne auf der Straße die nackten Beine der wenigen entschleierten Frauen überflutete oder ob ein Regenguß die Passanten durchnäßte, deren Burnusse lange nach feuchter Wolle riechen würden: ein typischer Geruch, stark und süßlich zugleich. Ich hatte keine Lust, den blassen und grantigen Gesichtern der Frauen des Hauses zu begegnen, die jede Aggressivität ihrer Gangart einbüßten, die sie dank ihrer Angewohnheit erworben hatten, auf den kühlen Fliesen barfuß zu gehen. Ich zog es vor, mich auf meinem Bett zu verzehren, klamm und gereizt, eine Zigarette nach der andern rauchend, während draußen die Straßenbahnen im geräumigen Morgen, den die Menge noch nicht mit ihrem Geruch, ihrem Trubel, ihrem Staub getränkt hatte, zu den zahlreichen Stränden ausschwärmten. Vielleicht drangen alle diese Eindrücke gar nicht zu mir vor, wenn ich, aufgewacht, das bange Warten auf den Tod meiner Mutter durchlebte, die ich immer Selma genannt hatte, weil sie mir nie alt genug vorgekommen war, um den Namen Mutter zu verdienen; sondern schlüpften in meinen Schlaf und setzten sich fest, bis ich aufwachte, und dann wußte ich nicht mehr, ob ich sie in dem Augenblick dunkel wahrgenommen hatte, als ich, noch schlafend, jenen Schraubstock der Müdigkeit, der meinen Kopf umklammerte, zu lockern begann, oder erst später, das heißt in dem Moment, als ich, völlig erwacht, mit offenen Augen an die Decke gestarrt und eine Zigarette geraucht hatte... Einerlei, denn ich blieb viele Stunden auf meinem Bett liegen, die Lider geblendet und gerötet von der Helligkeit, die übergangslos hereinfiel und die Struktur des Zimmers aufwühlte, in dem die Gegenstände (Stühle, Tische, Bücher usw.) starr und trostlos im Feld meiner Wahrnehmung auftauchten, die mehr als verschwommen war durch die Kopfschmerzen und die Wut, nichts tun zu können, um meine Mutter von diesem Zerfall zu befreien, der sie ihres Lebens entleerte.

Meine Mutter war sich ihres unerträglichen Schmerzes durchaus bewußt, deshalb quengelte sie in einem fort über die Enge ihrer Revolte, wollte plötzlich alles auf den Kopf stellen in ihrer verzerrten Weltsicht und ihrem vom Delirium und vom ständigen Sieden der Atmosphäre aufgeweichten Gedächtnis, mit dem durchbrochenen Dach, das sich wie eine orangefarbene klaffende Wunde in der Weiße der lackierten und zugleich rauhen Wände öffnete, in jenem Zimmer, in dem sie, wie sie wußte, sterben würde. Dem Zusammenbruch nahe, nutzte sie jene Zeitspanne zwischen der völligen Erschöpfung und der kurzen, aber heftigen Neubelebung, die sie zum Gipfel des Hasses auf den Gebieter katapultierte, der weiterhin Postkarten schickte, wie zum Hohn auf ihre schwankende Vernunft, ihren abgemagerten Körper und ihre nebelhaften Chimären, um sich ein wenig zu verwirklichen. Sie wollte ihn töten! Ich hatte überhaupt nichts dagegen, aber ich wußte, daß sie, sobald sie vor ihm stünde, es nicht einmal wagen würde, die Augen zu heben, so sehr hatte er sie unterjocht. Ihr zu sagen, daß sie nicht fähig wäre, ihn zu ermorden, und daß sie diese Atmosphäre des Tags vor dem Verbrechen übertrieb, versetzte sie in so fürchterliche Wut, wie ich sie vor ihrer Krankheit nie bei ihr erlebt hatte. Ich zog es vor, in ihren klaren Momenten ihren Haß auf meinen richtigen Vater zu schüren, aber dann beschuldigte sie alle Männer, Satyrn zu sein, und nahm keinen aus; nicht einmal Dschoha, der in ihren Augen die Rolle des Komplizen spielte.

Ich versuchte nicht, ihn zu verteidigen. Er verdiente ihren Zorn! Sie kochte, und wer könnte es ihr verübeln? Müde, keuchend verließ sie manchmal ihr Bett und ging eine Weile in den Hof, wenn die Stimme des Muezzins einen besonderen Klang hat, der andeutet, daß der Abend kühl werden wird. Mit vor Kummer hängender Lippe, wallendem schwarzen Haar wirbelte sie im Patio herum, und ihr Fleisch schien zu knistern, so sehr brauste sie vor tausend Schmerzen und tausend unterdrückten Rachegelüsten. Wie weit war sie mit der Verwüstung gediehen? Sie konnte die Worte nicht finden, es mir zu sagen, und ließ mich in einer Ungewißheit, die an meinen Nerven zerrte. Man mußte sie von ihren Sätzen befreien, sie eine Weile taumeln lassen, bis sie erneut in die Starrheit einer Verrückten fiel, in Ewigkeit tätowiert von den Streifen der Gewalt, die sie im Alter von sechzehn Jahren erlitten und zwanzig Jahre lang ertragen hatte, trotz jenem orangeockerfarbenen Gewimmel, das sich hin und wieder zwischen ihre vor Verblüffung verengten Augen bohrte. Was tun? Gefangen zwischen ihrer Unterwürfigkeit und ihrer vulkanischen Revolte, war sie dazu verurteilt, vor Ermattung zu sterben in der Wüste ihres Gehirns, das nur noch zeitweilig antwortete. Lärmend, mit ihrem unaufhörlichen Palaver, das langsam und synkopiert immer weiter anschwoll, trommelte sie, verrückt wie sie war, sämtliche Katzen und sämtliche Schildkröten zusammen und nährte sie in ihrem Schoß mit rohem Fleisch.

An manchen Tagen war ihr Gesicht aufgedunsen und dennoch nicht häßlich, mit ihren geweiteten Augen und ihrer üppigen Brust, die sich hob und senkte im Rhythmus ihres Bluts, das über den Landstrich zu vergießen sie zu träumen wagte. Doch konnte sie die unwandelbare Ordnung der Dinge umstoßen? Sie glaubte es, denn sie vergaß, daß sie eine Frau war, die - im Augenblick - nicht viel ausrichten konnte gegen die Besitzergreifung der Männer, der Kadis, der Demagogen. Durch ihre geschwollenen Lider hindurch, bleich, belauerte sie uns und bedrohte uns manchmal mit ihren Sarkasmen, rasch vergessend, daß sie wieder einen Rückfall bekommen und erneut in jene komaähnliche Lethargie sinken konnte, die nichts mit jener verbalen Sintflut zu tun hatte, die sie einen großen Teil der Nacht wachhielt, die Beine unter einer Decke mit Spinnwebmuster versteckt, die untere Hälfte des Körpers bequem zusammengerollt, die andere angenehm der Kühle ausgesetzt, die unaufhörlich zunahm, je tiefer die Nacht wurde. Selten, in einem Stöhnen, bekam sie wieder ein Gefühl für die Wirklichkeit, und glücklich stieß sie den brüchigen Schrei ihrer letzten Obsession aus, ohne von mir zu sprechen und ohne von meinen Schwestern zu sprechen, die seit langem verheiratet waren und woanders lebten, in fernen Gegenden! Aber ihr Kopf blieb voll von Strudeln, und sie kehrte sehr schnell zu den Dimensionen der Unordnung zurück. Dann sprach sie von einem Geier, der über ihr schwebte, als sie sechzehn war, und der ihr mit seinen Federn die Schenkel liebkost hatte, während sie, über den Brunnenrand gebeugt, an einem feuchten und ausgefransten Seil einen Wassereimer heraufzog. Sie hatte gesagt, der Geier sei jung gewesen und habe mehrmals versucht, sich unter ihr Kleid zu drängen; jedesmal habe er ihr mit seinen sanften, leichten Federn die Schenkel gekitzelt. Sie sagte auch, daß sie deswegen in denkwürdiges Gelächter ausgebrochen sei und vor lauter Lachen fast ertrunken wäre. Aber der Geier sei schließlich unter ihr Kleid geschlüpft und habe, erschrocken über die dort herrschende Dunkelheit, aufgeregt gezappelt, gekrächzt und ihre Beine und Schenkel blutig gepickt. Sie habe aufgehört zu lachen und eine Todesangst gehabt wegen der Panik des immer verzweifelteren armen Tiers. Sie hatte - nachdenklich - gesagt, ihr sei ein wenig Blut an den Beinen heruntergeflossen, und sie habe zum Schluß den kleinen Geier bändigen können, ihn in einen Käfig gesteckt und versucht, ihn zu zähmen. Aber das konnte sie nicht lange tun, denn er machte nachts einen solchen Lärm, daß Siomar ihn schließlich befreite und sagte, Gott liebe es nicht, daß man die Vögel in Käfige sperre, und daß ein Geier außerdem ein Unglückszeichen sei. Man hatte ihn also so schnell wie möglich loswerden müssen.

Malika schob diese Phantasie auf den Wahnsinn und seufzte zwei- oder dreimal, bevor sie ihren Bernsteinrosenkranz knetete, den Siomar vor zwei oder drei Jahren aus Mekka mitgebracht hatte. Dann blieb sie so sitzen, steif und reglos. Ihre Starrheit brachte mich schließlich in Rage. Jetzt wußte ich über alles Bescheid. Meine Tante lehnte sich nicht auf, aber im Grunde zürnte sie ihrer Schwester ein wenig. (In der Stadt gehen die Männer spazieren und reinigen sich die Zähne, nachdem sie gut gegessen und das Abendgebet verrichtet haben. Sie durchqueren die Jasmingerüche so vorsichtig wie Fallsüchtige und so behutsam wie Lungenkranke, die den Zigarettenrauch, den Schwindel und den Ekel fürchten; aber der Beschlag auf den Gläsern, in die man den schäumenden heißen Tee gießt, ruft Zuckungen in Höhe ihrer Nasenlöcher hervor...) "Sie sind alle gleich", sagte Malika. Ich fühlte mich ganz klein. Dschoha soll so ungeschickt gewesen sein, Beifall zu klatschen und den Aufstand der Frauen anzuführen. Er würde so tun, als verstünde er nicht, falls ich ihm sagte, daß er wohl kaum berufen sei, so zu handeln.

Selma sagte mit matter, eintöniger Stimme: "Man muß sich vor allem in acht nehmen. Auf der Hut sein. Nicht nur vor den Männern muß man sich vorsehen. Auch vor dem Geruch des Jasmins, den Schildkröten, den kleinen Geiern, die man törichterweise zähmen will. Auch vor dem Rest: den Bildern! Sie sind schlimmer als alles andere, die Bilder! Tatsächlich machten die Halluzinationen sie kaputt. Selma sagte mir immer wieder, die Spitzen ihrer Brüste täten ihr weh, und das sei das Zeichen für das Unglück, das an ihre Tür klopfen werde... (morgen, die Straße wie ein Gewimmel von Zeichen in allen Farben, aber das Braun und das Blau werden gleichsam Risse in den Augen der Passanten bilden, die sich frisch gemacht haben, angetan mit ihren am Vortag gewaschenen Kleidern; und über die Augen meiner Mutter, die sie hinter den Läden ihres Fensters belauern würde, wird ein Schatten huschen, als beneide sie das banale, alltägliche Glück dieser unbeständigen, amorphen Masse.) Ihre schwarzen Augen wurden noch dunkler, wenn sie ihren Kummer wiederkäute, und es blieb mir nichts anderes übrig, als mir ihre unerschöpfliche Trance vorzustellen, mit dem Hin und Her des Küchenmessers in der Kehle meines richtigen Vaters, dieses prächtigen, in seinen weiten, farbenfrohen Kleidern steckenden Burschen, mit seinem weichen Fleisch eines Lebemannes, fett und schwammig wie jene heißen Krapfen, die wir frühmorgens bei einem grindigen Händler am Hafen aßen, bevor die Krabbenfischer zurückkamen. Es blieb mir nichts anderes übrig, indes ich angesichts dieses entsetzlichen Grauens an Händen und Füßen fror, als mir das Blut meines Vaters und den Urin meines Vaters vorzustellen, die sich vermischen und ein Rinnsal von so zweifelhafter Farbe bilden würden, daß nicht einmal die Katzen es aufleckten; sie würden nur kommen, um daran zu schnuppern, ihre rosigen Nasenspitzen hineinzutunken, und sich dann wieder trollen... Und meinen Vater, der jäh aufhören würde zu sprechen, wenn er das Messer sähe, das die völlig verrückt gewordene Selma zückte... Würde er Angst haben? Ich wußte, daß er tapfer war und so fanatisch durchdrungen von seinem guten Recht und dem guten Recht des lieben Gottes, daß er imstande wäre zu lachen, sein grobes rauhes Lachen zu lachen, mit seinem schlaffen, prallen Bauch.

Warum sagte Selma, sie friere an den Spitzen ihrer Brüste, und das sei das Zeichen des Unglücks, das an ihre Tür klopfen werde. Ein einziger Schlag: tock! Abergläubisch? Das war sie! Und wer wäre fähig, ihr zu sagen, sie phantasiere, sie sei außerstande, eine Fliege zu töten, ein Männerkopf sei kein Hammelkopf, den man mit einer Axt zertrümmert, um - vor aller Augen - das zarte und rosige und blaugestriemte Hirn herauszupulen, das man den schwachsinnigen Kindern zu essen gibt, damit sie in etwa so intelligent werden wie Siomar, der im Augenblick in großen Städten spazierengeht... Splasch! in den weichsten Teil des Bauches voll von schlechtem und dickem Blut... Das Hin und Her des Messers... Furchtbar. In jener töricht menschlichen Kehle; zumal die Tür des Schranks (in dem ich früher große Tomatenmarkdosen versteckte, ihres Inhalts entleert und mit dicken Tierchen angefüllt, die ich im Winter vergeblich zu zähmen versucht hatte; während ich im Frühjahr andere große Dosen in den Schrank stellte, in deren Deckel ich Dutzende kleiner Löcher bohrte und die ich mit Seidenraupen anfüllte, denen ich gern zusah, wie sie Maulbeerblätter fraßen und fett wurden, dann geduldig ihre Kokons spannen und sich darin einschlossen...), die versehentlich offenstand - aber in Wirklichkeit ging dieser Schrank nie richtig zu -, fortfahren würde zu quietschen und wie wild zu schlagen. Und ich, der ich die Szene in dem pendelnden Spiegel betrachten würde, hätte den Eindruck einer außergewöhnlichen, weiten und regelmäßigen Bewegung... Und Siomar, der sich, statt ruhig zu sterben, ob dieser unerträglichen Bewegung ängstigen würde. Es könnte sogar sein, daß die Fotos, die Selma dort zu verstecken pflegte, aus dem offenen Schrank fallen und sich verstreuen: Fotos von Vorfahren, sagte meine Mutter, aber es gab auch Fotos von Katzen und Hunden, ja sogar von Schildkröten, die ihrer Mutter gehört hatten. Und ich, der ich nie zugelassen hatte, daß Selma mich fotografierte, weil ich mich auf einer Fotografie immer beengt fühlte, endgültig eingeschlossen in der Zeit und im Raum, erstarrt in alle Ewigkeit, als würde ich nicht mehr altern und nie mehr diesen oder jenen Dekor verlassen... Erstarrt wie eine auf einer kalkweißen und körnigen Wand zerquetschte Kellerassel, mit ihren nach allen Seiten sich verziehenden Beinen und dem Schatten des zermatschten und seltsam verrenkten kleinen Körpers, mit Blut gezeichnet wie ein Double seiner selbst... Ich hatte alle Fotos aus meiner Kindheit verbrannt, zur großen Verzweiflung von Selma, weil ich mich darauf zu häßlich und zu dick fand... Ich hatte auch ihre Fotos verbrannt, auf denen sie immer in einer Haltung überrascht worden war, die zum Lachen reizte, im Begriff, die Augen zuzukneifen oder sich auf die Lippen zu beißen oder auch ihren Kropf zu verbergen. Ich mußte oft lachen, nicht über all diese Dinge, die eher traurig waren, sondern weil meine Mutter immer den Eindruck erweckte, als wäre sie am Einschlafen, gleichsam hypnotisiert von dem großen Auge des Fotoapparats.

Was für eine Idee zu glauben, meine Mutter, die so mager geworden war, wäre fähig, Siomar zu töten! Man mußte sie faseln lassen... Als könnte sie mit einem einzigen Messerstich diese tausendjährige Unterwerfung der Frauen ihres Standes beseitigen. Sie war unfähig, jemandem etwas zuleide zu tun, aber sie enthemmte sich, und ich mußte sie reden lassen, durfte sie nicht unterbrechen, trotz der Kälte, die meine Füße betäubte. Es war Zeit, schlafen zu gehen, und es blieb in mir nur noch ein säuerliches Gefühl kühlen Schattens, unglaublicher Enge und einer sehr niedrigen, methylenblau angestrichenen Tür. Als ich dann plötzlich aus diesem unwandelbaren Traum wieder emportauchte, schwelgte ich im Schlaf und träumte, ich würde alle Kater und alle Katzen des Viertels zerstückeln, weil ich sie verdächtigte, brünstig zu sein, und würde die Körper der Schildkröten aus ihren Panzern holen und sie einem neugeborenen Geier zu fressen geben, der mit seinem Schnabel Löcher in ihr gallertiges Fleisch hackte, wobei er kreischte, als habe man ihn bei lebendigem Leib gehäutet.

Das war mein letzter Aufenthalt im mütterlichen Haus vor dem Sonnenstich, der meinen Geist so sehr verwirrte, daß man mich in ein Hospital einsperrte, wo mir mein angeblicher Vater Dschoha den Tod meiner Mutter mitteilte, deren Fotos ich als Kind zerrissen hatte.

Nadia hatte so getan, als rührte sie mein Schicksal, und hatte ein dubioses Wiederannäherungsmanöver eingeleitet, um sich meine Verwirrung zunutze zu machen, mich zum Verhandeln zu zwingen und mich von neuem zu verschlingen wie eine Schlange, die glucksen würde, nachdem sie einen kleinen Vogel geschluckt hat. Sie nutzte meinen Gesundheitszustand aus, der erbärmlich war, seit ich mir diesen unseligen Sonnenstich auf dem Strand zugezogen hatte, dem Zufluchtsort des Negers und seiner allzu verwöhnten Katze. Meine Mutter war vor einigen Tagen gestorben, und ich unternahm nichts, um zu ihrer Beerdigung zu gehen. Ich hätte die Kraft haben müssen, jene zu bekämpfen, die die Autorität, die Papiere, die Stempel und die Genehmigungen besitzen. Genau in diesem Moment strich sie um mich herum, zuerst in weiten, dann immer engeren Kreisen, um mich zu blenden, mir Kopfschmerzen zu bereiten, mich im Flug zu schnappen, sich dann die Lefzen zu lecken und leise zu kichern, in der Besenkammer, die entschieden ihr Lieblingsort geworden war für das große Nachdenken über ihre Mösenprobleme! Die Menschenfresserin wartete auf diesen Tag der Schwäche, um zu jauchzen und ihre gemeine Fresse zu ziehen, als wollte sie mir nicht den geringsten Aufschub gewähren, und rief es mir durch diese trübselige Miene in Erinnerung, die sie sie sich geschwind auf ihre Oberschwestervisage geklebt hatte. Dabei stimmt es, daß meine Mutter gestorben ist! Sie hatte die Nachricht kolportiert, als hätte ich in der staatlichen Lotterie irgendein märchenhaftes Los gezogen; und ich sah die Leute auf mich zukommen, die aussahen, als gingen sie durch einen dichten Nebel, bevor sie in meine Arme sanken. Dann mußte ich sie umarmen, aber sie hörten nicht auf, mir auf den Rücken zu klopfen zum Zeichen der Solidarität und des Trostes. Ich mußte sie auch beruhigen, denn sie trieben den Eifer soweit, an meiner Schulter in Schluchzen auszubrechen, während ich, der Sohn der Verschiedenen, trockene Augen hatte. Je mehr ich sie tröstete, desto mehr schluchzten sie, und über ihren kranken Köpfen sah ich die weiße und kahle Mauer des Parks (die ich mit einer anderen weißen und kahlen und glatten und von der Julisonne erhitzten Mauer verwechselte; einer Mauer, wie es sie nur noch im Gedächtnis von Leuten gibt, die nie so recht hatten erwachsen werden können; und auf ihr eine Eidechse, die über die rissigen Rillen der durch die Hitze und - vielleicht - den schrillen Lärm der Zikaden abgeblätterten Kalkschichten huschte, zwischen den musizierenden Fliegen (bzzz...), die mit zischelndem Flügel herbeigeschwirrt waren, um sich von dem reglosen Saurier, dessen Schwanz zuckt und dessen Augen sich vor ungesundem Genuß verengen, verstohlen schnappen zu lassen; auch ihr Körper, der sich ausstreckt, sich dehnt, sich in konzentrischen Wellen und fast unerträglicher Regelmäßigkeit bewegt, dann plötzlich in schmerzhafter Erwartung innehält; während hinter dem Leinenvorhang der Großvater schläft, mit kreuzförmig ausgebreiteten Armen und offenem Mund), dessen herrliche Flora der Stolz unseres Direktors war. Sie beeindruckten mich nicht übermäßig! Einerlei, die Menschenfresserin wartet, ein bösartiger Skorpion von zwielichtiger Rasse; sie reckt auch den Hals, wie die Eidechse den Kopf reckt, um mich und meine Gefährten zu beäugen, die gekommen waren, mir ihr aufrichtiges Beileid auszusprechen, nicht ahnend, wie gefährlich es für sie war, sich in unsere Angelegenheiten zu mischen, jetzt, da meine Mutter tot und der letzte Versuch, mich in meine Wärterin zu verlieben, endgültig gescheitert war. Ich vergaß nicht, daß ich mich damals abgemüht hatte, dieses Loch des Schreckens zu verwüsten, grau-grünes-Auge-rot-und-geschwollen-in-seinen-sirupösen-und-sauren-Furchen (daß einem davon die Kehle schmerzt: koh! koh! koh!), das ich mit der Hand hatte dehnen müssen wie ein Chagrinleder, das man unbedingt am Schrumpfen hindern muß, will man nicht endgültig erdrosselt werden; vor allem weil ich, um das zu bewerkstelligen, den Finger in jenes Gewirr feuchter und zusammengerollter Haare gesteckt hatte; und da die Menschenfresserin nicht einmal gestöhnt hatte, war ich genötigt gewesen, mich noch tiefer in die Höhle zu drängen, das Hin und Her zu mimen, während sie sich, fröstelnd, in alle Richtungen abgerackert hatte, als wollte sie ihre Filzläuse fangen oder sich in der Abrittsgrube erleichtern, so sehr hatte sie sich aufgebäumt, falls ich nicht, von meiner Stellung ermüdet, aus dem Gleichgewicht und halb auf meinen zitternden Haxen sitzend, beschlossen habe, so zu tun als ob und mich durch das pralle Fleisch zu tasten, das von einem breiten roten Streifen gestriemt war, Spur des Porzellans, auf dem sie saß; während sie - den Kopf zwischen den Beinen, um ihre eigene Penetration besser sehen zu können - das Wesen ihres Schmerzes und ihrer Unfruchtbarkeit meiner gierigen Tollheit preisgegeben hatte. Daß ihr jegliches Schamgefühl abhanden gekommen war, hatte ihr nicht ausgereicht! Und nun fing sie wieder an, mich zu bedrängen über dem Gewühl meiner Brüder, die gekommen waren, mich über den Tod meiner Mutter zu trösten. Sie hörte nicht mehr auf zu schnattern und mir zu raten, ein paar Tage wegzugehen, an der Beerdigung teilzunehmen und schnell zurückzukommen, um mich ihr zu ergeben. Menschenfresserin! Ich spuckte ihr meinen Schrei ins Gesicht. Sie nahm keinen Anstoß daran und bedachte mich mit einem herablassenden Blick, wie um zu sagen, daß sie einen solchen Ausbruch verzeihen könne, der normal sei bei jemandem, dem man soeben - telegrafisch - den Tod seiner Mutter mitgeteilt hat. Aber sie war nicht die einzige, die wollte, daß ich die Begräbnisfeier leite, da man auf Dschoha nicht bauen konnte, der lediglich imstande wäre, den Trauerzug durcheinanderzubringen, den Koran rückwärts aufzusagen, an den Füßen zu stinken und alle Welt zu verstimmen. Er wäre imstande, irgendeinen Schelmenstreich auszuhecken, um seine Solidarität mit jener Frau zu bekunden, die ihm nie gehört hatte, indes er heimlich in sie verliebt war und, während seiner kurzen jährlichen Besuche, seine Tage damit verbrachte, zuzuschauen, wie sie sich in der Sonne bewegte, zwischen den Wäscheleinen, die ihr Gesicht mit einem geradlinigen Schatten zerschnitten, und dem in seinem sommerlichen Sieden blockierten Himmel.

Sie kamen immer noch zu mir, um mich über den Tod meiner armen Mutter zu trösten, hager und blaß und blutleer mit zwischen den Windungen ihrer Gehirne oszillierendem Verstand, zerbrechlich im Schatten, der sie schluckte, nachdem die Sonne sie aus dem Garten, den sie mühsam durchquerten, taumelnd und zerlumpt, in den Saal katapultiert hatte, wo ich ihr Beileid entgegennahm. Sie alle wollten, daß ich den Sarg meiner Mutter trage, aber wie ihnen erklären, daß ich kein Verlangen danach hatte, ihren von der Julisonne aufgeweichten Leichnam zu sehen, der in der Feuchtigkeit schon blau zu werden begann, indes eine alte Frau, neben dem in seinem Grabtuch aus grünem Samt ausgestellten Körper auf dem Boden sitzend, sich abplagen würde, ihr die Augen zu schließen, deren Lider ihre Geschmeidigkeit eingebüßt hätten? Wie ihnen überdies erklären, daß ich Angst hatte, das schöne Gesicht meiner Mutter wiederzusehen, das der Aussatz des Todes bereits zerfressen, aufgebläht und wächsern und unkenntlich gemacht haben würde: fettige Lippen, an den Rändern durch die Angst vor der Agonie grün geworden, und vor allem die Hände, durchsichtig, mit jener unwirklichen Weiße. Ich hatte kein Verlangen danach, ihren weichen Bauch zu sehen, ihr rechtes oder linkes Auge, das sich bemühte, sich nicht zu schließen, trotz den Anstrengungen der alten Leichenwäscherin, die insgeheim wütend war über dieses Treiben der Toten, bereit, darin irgendein okkultes Symbol der Verdammnis und der Verwünschung zu sehen (denn das ganze Dorf wußte, daß sie die Konkubine ihres Schwagers gewesen war), das nur sie zu entziffern vermochte, an ihren Rosenkranz geklammert, den sie eher krampfhaft als friedlich durch die Finger gleiten ließ; denn im Grunde war sie aschfahl und hatte Angst vor dieser sonderbaren Toten, einer unbußfertigen Sünderin, die zu stinken begann. Warum hingehen und zuschauen, wie die alte Frau Selmas Leichnam beweihräuchert und sich abquält, ihr den Mund zu schließen, bis sie, entnervt, aber stets ihr heuchlerisches Lächeln aufsetzend, ihr schließlich einen Ballon unter das Kinn schiebt, um die beiden Kiefer abzustützen, als wollte sie sie zum Schweigen bringen, während sie doch zwanzig Jahre lang im Schweigen gelebt hatte! Nein, ich hatte nichts zu tun mit diesem Leichnam, umringt von jenen unermüdlichen Frauen, die schrille Schreie ins Getümmel schleudern würden, die auf die Umstehenden niederfallen und sich wie metallene Blitze in ihr Fleisch bohren würden. Die Klageweiber würden sich überschlagen und so tun, als schäumten sie vor Schmerz, zumal der Sommer die somnambul gewordene Stadt zermalmen würde in einer torkelnden, blendenden Bewegung, synkopiert von den Gesängen, die man rückhaltlos über die Verblichene ausgösse... Ich hatte auf den Besuch von Dschoha warten müssen, der dem Begräbnis beigewohnt hatte, um mir eine genaue Vorstellung von dem Lärm und dem Chaos zu machen, das um das Grab meiner Mutter veranstaltet worden war. In aller Eile zurückgekommen, um mich ins Bild zu setzen, erging er sich in Lobeshymnen über die Herrlichkeit der Zeremonie und behauptete sogar, Selma sei nie so schön gewesen. Ein schwacher Trost für mich! Was für eine schauderhafte Person! Er fühlte sich wie befreit und machte es mir unumwunden zum Vorwurf, daß ich an der Trauerfeier nicht teilgenommen hatte. Er nannte mich einen Feigling. Er hatte mich sogar beschuldigt, diese Krankheit simuliert zu haben, um der Fron der Beerdigung zu entgehen, und in Wahrheit ins Hospital geflohen zu sein, um in aller Ruhe hier zu leben, bis alles zu Ende wäre. Ich hatte ihm gesagt, daß er kaum dazu berufen sei, mir Lektionen in Moral zu erteilen und daß die Toten mich in keinem Fall interessierten, denn einem Leichnam gegenüber könne man nur ein Gefühl abgeschmackten Mitleids empfinden, das um so wirkungsloser sei, als man seinen eigenen Tod und nicht den Tod der anderen beklage. Ich hatte ihm auch gesagt, daß er besser daran getan hätte, Siomars Schandtat nicht zu decken, selbst wenn er dafür eine Zeitlang im Gefängnis hätte sitzen müssen - trotz seiner Angst vor den Taranteln, die er nie verhehlt hatte -, es zum Skandal kommen zu lassen und damit dem Großgrundbesitzer zu schaden, trotz aller Freundschaft, die er zu seinen Gunsten hätte ins Feld führen können. Er war Komplize gewesen! Mein Wutausbruch schien ihn zu überraschen, aber er flehte mich an, die Stimme nicht allzusehr zu erheben. Dann antwortete er mir, niemand habe gewollt, daß es zum Skandal komme, nicht einmal Selma, der in keiner Weise daran lag, daß die Sache ans Licht gebracht und der üblen Nachrede der Stadt zum Fraß vorgeworfen werde, die in jedem Fall Siomar recht gegeben hätte, so sehr fürchtete sie ihn... Ich wußte, daß er recht hatte, aber ich wollte nicht, daß er abermals ungeschoren davonkäme und in der ganzen Hauptstadt herumerzählte, daß meine Mutter das schönste Begräbnis gehabt habe, das man je gesehen hätte seit dem von Wallada, der Frau von Harun al-Raschid, Emir des islamischen Reichs im 8. Jahrhundert. Ich durfte ihm keine Zeit lassen, ein gutes Gewissen zu haben...

Jedenfalls war ich erschöpft von all den Leuten, die kamen und mir mein Verhalten vorwarfen, so daß ich mich gefragt hatte, ob ich meine Mutter wirklich liebte! Und er fuhr fort zu reden, mich mit seiner ruhigen Stimme einzulullen. Er sagte: "Als man die Tote gewaschen, sie mit Moschus und mit Kampfer parfümiert hatte, ordnete sich der Trauerzug unter der Leitung von Siomar, der sofort herbeigeeilt war, als er die Nachricht vom Tod seiner Konkubine erhalten hatte. Er erwartete sie, diese gute Nachricht, denn er fürchtete, sie könnte ihn in seinem schweren, tiefen Schlaf ermorden. Aber wider Erwarten nahmen die Frauen, von Malika über die Beziehungen informiert, die Siomar zu der Toten unterhielt, die Dinge in die Hand und beschlossen, sich um alles zu kümmern. Sie bräuchten niemanden, sagten sie, mit einer Selbstsicherheit, die dem bislang unangefochtenen Hausherrn die Sprache verschlug. Die Kadis und die Muftis widersetzten sich dieser Fronde der Frauen und gaben bekannt, daß es ihre Pflicht sei, die Weiber daran zu erinnern, daß die Religion ihnen jede Einmischung in die Begräbnisfeiern untersage, selbst wenn eine der Ihren beerdigt werde; daß man seit Muslimengedenken noch nie einen Leichenzug gesehen habe, der aus Frauen bestand, sondern nur aus Männern, und daß, falls sie die Absicht hätten, die Tote zum Friedhof zu begleiten, die Männer an der Zeremonie nicht teilnehmen würden. Trotz dem Geprahle der Kadis und dem Eingreifen des Polizeikommissars, der gedroht hatte, jeden Zug aufzulösen, in dem sich auch nur eine einzige Frau befände, setzten sie sich darüber hinweg und organisierten die Bestattung. Das Volk schien erbost und zugleich entzückt zu sein. Das Schauspiel lohnte die Mühe. Kein Kadi weit und breit! Kein Koranleser! Nur Frauen, in ihre schwarzen Schleier gehüllt, schweigsam, die in geschlossenen Reihen vorwärtsgingen, würdig und ruhig, ohne auf die provozierenden Witzeleien des Pöbels zu antworten, der so nah wie möglich herankam, um ihre Gerüche gramgebeugter Frauen zu schnuppern, die sich gegen Siomars Gebaren auflehnten..." Übertrieb Dschoha, als er erzählte, daß der Kommissar in seinem Automobil von weitem dem Zug folgte, vorsichtig wie ein Sheriff auf der Spur bösartiger Sioux? Er sagte, nein, der Polizeichef habe sich sogar verkleidet, um sich nicht der Verachtung des Volks auszusetzen, aber in dem Maße, wie sich der Zug dem Friedhof näherte, habe er diskret seine bis an die Zähne bewaffneten und als untröstliche Frauen kostümierten GMC eingeschleust, die jedoch nervös den Finger am hastig geölten Abzug hatten, bereit, bei der geringsten Störung zu schießen. Man befürchtete eine Reaktion der Männer, die diese Maskerade, bei der man ihre Vorherrschaft über die Frauen in Frage stellte, nicht länger ertragen könnten, ebensowenig wie diese Verletzung des religiösen Brauchs und des göttlichen Rechts. Dschoha sagte lachend - aber er brachte mich nicht im geringsten zum Lachen -, daß der Trauerzug eher komisch war: "Man muß gerecht sein! Die Frauen waren es nicht gewohnt, hinter einem Sarg herzugehen, das ist eine Kunst, die man nur beherrscht, wenn man sie lange geübt hat. Stell dir einen Kadi vor! Der ist sehr viel lockerer hinter einem Leichenwagen, trotz seinem mit Wasser gefüllten Wanst und trotz der am Tag einer Beerdigung unter schlechten Bedingungen gehaltenen Siesta. Ein Kadi ist sowas gewöhnt! Er lebt nur deswegen! Ohne Beerdigungen besäße er keinerlei Wert. Wenn die Leute ihn achten, dann nur deshalb, weil sie ihn mit dem Tod verbinden. Weiter nichts! Man muß gerecht sein, sie waren der Sache bei weitem nicht gewachsen, Selmas Freundinnen!"

Jetzt, da er von seinem Spiel gepackt war, ahmte er die Gebärden der Frauen des Trauerzugs nach, lachte rückhaltlos, vergaß, daß meine Mutter erst vor einer Woche gestorben war und daß ich vom Argwohn meiner Gefährten umringt war, die Nadia gegen mich aufgehetzt hatte, weil ich ihr nicht erlaubt hatte, das Unglück, das über mich hereinbrach, auszunutzen, um wieder mit ihren Herzensergüssen anzufangen und mit einem Schlag das ganze Mißverständnis und das ganze Unbehagen auszustreichen, das unsere seit jener Sache mit den Monatsbinden (Madame, Tripax...) ohnehin nicht sehr glänzenden Beziehungen verdorben hatte. Aber ich kannte ihr gegenüber keine Skrupel, da ich schon lange vor der enttäuschenden Erfahrung wußte, daß sie mit den GMC unter einer Decke steckte, die vielleicht für ihre Beförderung gesorgt hatten, mit jenem hochtrabenden Titel, den sie so gerne zwischen ihren biestigen Zähnen schnalzen ließ: Oberschwester! Ich wußte seit langem, daß ihr Haß einen kritischen Punkt erreicht hatte und daß sie mich bei der ersten günstigen Gelegenheit nicht verfehlen würde. Menschenfresserin! Sie arbeitete für die Polizei, und jeder fürchtete sie, sogar der Arzt mit der Nuttenbrille, in deren Gläsern ich mich gern gemütlich spiegele, schöntue, trompete, den Clown spiele, zum großen Nachteil des Idioten, der dicke Bücher wälzte, in denen die gesamte Wissenschaft schwarz auf weiß geschrieben stand, so daß er nur darin zu lesen brauchte... Jeder fürchtete sie, denn man wußte um ihren vertrauten Umgang mit anrüchigen Typen, die von Zeit zu Zeit hier herumschnüffelten oder das Haus durchsuchten, wobei sie mit dicken Colts protzten, mehr um zu gefallen und bewundert zu werden, als um Angst einzujagen. "Wunderbar, Ihre Pistole, Kaliber? Herstellungsjahr? Wunderbar!" Es bedurfte eines Nichts, um sie kirre zu machen, sie übers Ohr zu hauen und ihnen sogar - vorläufig - ihre garstigen Waffen zu entwenden, die ihnen soviel Sicherheit und Dünkel verliehen. Ich scherte mich wenig um diese ganze Affäre: GMC, Nadia, sogar Dschoha! Alle dasselbe Pack. Das Wesentliche war anderswo! Ich hatte meine Mutter verloren und mir war bang beim Gedanken an die Einsamkeit, die über mich hereinbrechen würde, ein im Chaos der schlaflosen Selbstgespräche verwüsteter Baum, hin und her gerissen zwischen mehreren nicht zu vereinbarenden Wünschen, die ich zudem von vorn bis hinten erfunden hatte, um einen Grund zum Leben zu haben, verurteilt, darauf zu warten, daß Samia mir ein Zeichen gibt, mir schreibt, mich im Krankenhaus besucht, um mir zu sagen, daß sie am Leben ist, daß sie am Strand nicht dem Zauber des Negers erlegen ist, daß sie nicht versucht hat, mir in Constantine aus dem Weg zu gehen, wohin sie mich bestellt hatte, daß sie auch nicht mit Gewalt verheiratet worden ist vom Clan der Orangenbäume, dessen Häuptling und unangefochtener Tribun ihr Vater ist, daß sie nicht besudelt worden ist von meinem Überschwang, ständig auf der Haut der Frauen herumtasten zu wollen, auf der Suche nach einem Lichtstrahl, der mich vor der Vernichtung und vor dem Selbstmord retten würde. In Wahrheit wußte ich nicht mehr, was tun, und blieb in diesem Saal eingeschlossen, an dieses Bett gefesselt, alle tröstend, die kamen, um den Tod meiner Mutter zu beklagen. Ich war in dem Wirbelsturm gefangen und wußte nicht, wann und wie ich dieser Komödie Einhalt gebieten sollte. Ich beschimpfte sie, bis meine Stimme erlosch. Ich war kein Mörder, auch wenn Nadia mich der schlimmsten Verbrechen bezichtigte, sondern ein einsamer Mensch, ausgelaugt von der Bosheit der anderen, außerstande etwas anderes zu tun, als zu delirieren, um eine Art ursprüngliche Reinheit wiederzufinden, da für die große Umwälzung die objektiven Bedingungen noch nicht ganz gegeben waren. Trotz meinen Bemühungen war in mir das Gefühl der Unwirklichkeit vorherrschend, denn die durch die Fensterfront eindringende Sonne verlieh den Dingen und Personen eine Art Passivität, die mehr der Betäubung glich als dem Traum; und die Struktur der an meiner flackernden

Netzhaut aneinandergereihten Formen verstärkte jenes Gefühl der von Possenreißerei angehauchten Mattigkeit. Gekreisch der Oberschwester. Wachtraum und deftige Phantasmagorie von Dschoha. Fast magische Reaktion der anderen Kranken, die nicht aufhörten, meine Mutter zu beweinen, als hätten sie ihr Leben lang nur auf dieses Signal gewartet, um auf die weißen Marmorfliesen des Hospitals (eines ehemaligen arabischen Palasts, flankiert von einem Flügel in reinstem Rokoko-Spätgotik-Neokolonial-Neunzehntes-Jahrhundert-Stil-wie-der-Dekor-einer-hispano-kubanischen-Villa-in-einem-schlechten-Yankeefilm) alles Wasser auszugießen, das sie in ihren scheinbar trockenen und nervösen Körpern gespeichert hatten. Sogar der Paralytiker, der schändliche Mörder, der dürftig über eine alte Liebe zu jammern pflegte, war mit Leibeskräften dabei.

Der Zirkus dauerte zwei oder drei Wochen, genau so lange, wie die GMC brauchten, um erneut in Erscheinung zu treten und mich zu verfolgen, während ich noch nicht allen Schmerz, den ich in meinem abgemagerten Körper beherbergte, verscheucht hatte. Sie wollten weder sagen, was sie herführte, noch zugeben, daß Nadia sie alarmiert hatte. Jedesmal, wenn ich ihnen eine Frage stellte, antworteten sie stereotyp, daß nicht ich es sei, der Fragen zu stellen hätte. Ich wußte, daß sie an das Berufsgeheimnis gebunden waren, aber ich wußte auch, daß sie nur Hampelmänner waren, denen man Fallen stellen können muß. In diesem Augenblick erinnerte ich mich an Dschohas unübertreffliche Lektionen und schmeichelte ihnen, sosehr ich konnte. Sie lächelten vor Behagen und ließen sich zu einigen vertraulichen Mitteilungen hinreißen (Pst, nicht wiederholen. Top secret! sagten sie mit einem vom Kaugummi verzerrten Akzent!). Sobald ich sah, daß sie sich etwas entspannten, hielt ich ihnen den wunderbaren und schicksalhaften Rosenkranz unter die Nase, ein Geschenk Dschohas, meines Vaters, auch wenn meine Sohnesbande zu ihm zweideutig und fragwürdig waren. "Gott ist groß, meine Brüder!" Sie waren gezwungen, meinem Beispiel zu folgen und Koranverse aufzusagen, um nicht unwissend zu erscheinen. Ich berichtigte sie nebenbei, rügte sie, ermunterte sie und wurde sogar ärgerlich. "Gott liebt es nicht, daß man sein heiliges Wort entstellt, meine Brüder. Die Hölle lauert euch auf, meine Brüder!" Verdutzt, außerstande, schnell nachzudenken, beunruhigt über die Anwesenheit aller meiner bis zum Delirium fanatisierten Gefährten um mich herum, verstanden sie nicht, was ihnen geschah, und stellten mir keine Fragen mehr. Nur ihre Waffen, die sie verstohlen streichelten, gaben ihnen ein wenig Sicherheit. Sie waren sprachlos, als sie mich den langen Rosenkranz aus weißen Kügelchen mit unerhörter Lässigkeit handhaben sahen, und um sie vollends zu verwirren, legte ich ihn ihnen nacheinander in die Hände und befahl mit Stentorstimme, sie sollten seine tausend Kügelchen zählen, jeder von ihnen. Sie konnten sich nicht weigern und verhedderten sich beim Zählen. Ungeschickt und dumm lachten sie über ihre Unbeholfenheit, um das Gesicht nicht zu verlieren, und genau in diesem Augenblick rissen wir ihnen die falschen Bärte und Schnurrbärte vom Gesicht, damit wir sie erkennen konnten. Überrumpelt blieb ihnen nichts anderes übrig, als ihre Pistolen zu ziehen und in die Luft zu schießen, um ihre Flucht zu decken, im unbändigen Gelächter der anderen Kranken, die sich freuten über die Abwechslung, die es ihnen erlaubte zu vergessen, daß meine Mutter gestorben war, und aufzuhören, sie jeden Morgen zu beweinen, um mir ihre Zuneigung zu beweisen, mir, dem Schreiber, der ihnen lange Briefe an ihre Familien schrieb (Mach ihn so lang wie du kannst, wir vertrauen dir, erzähle irgend was, wenn es ihnen bloß Eindruck macht), die nicht länger grollten.

Sobald sie gegangen waren, packte mich erneut die Angst. Die Zeitungen hatten begonnen, vom Verschwinden eines jungen Mädchens zu sprechen, dessen Beschreibung, von einigen Nuancen abgesehen, derjenigen meiner Geliebten entsprach. Wie lange würde ich durchhalten und ihren Klauen entgehen können? Ich wußte genau, denn ich kannte sie, daß sie am Ende die Geduld verlieren und alle Mittel aufbieten würden, mich des Mordes an Samia zu bezichtigen; im übrigen war die Oberschwester jetzt fast davon überzeugt. Jedenfalls steckte sie mit den Ermittlern unter einer Decke und beteiligte sich an der Repression. Sie nutzte den Sonnenstich aus, den ich mir zugezogen hatte, meine Verwirrung, meine seit dem Dahinscheiden meiner Mutter immer größere Einsamkeit, um mir hinterhältige Fragen zu stellen. Sie war entschlossen, mich zum Sprechen zu bringen. Am Ende machte ich ihr unanständige Vorschläge, erregte sie, indem ich ihr sämtliche erotischen Stellen der arabischen Poesie des sogenannten goldenen Zeitalters aufsagte; der von Abu Nuwas und Baschar Ibn Burd. Nichts zu machen! Der Rosenkranztrick funktionierte bei ihr nicht, er war verbraucht!

Sie wußte Bescheid, obwohl ich nie etwas darüber hatte verlauten lassen. Sie in Verlegenheit bringen! Sie ersticken! Sie erwürgen! Schließlich wollte ich sie nicht nach ihrem Belieben handeln und mir einen Mord aufhalsen lassen, nein! Vielleicht wäre sie mit einem neuerlichen Versuch auf der Ärzte-Toilette einverstanden. Die ist sauber. Auch um zu vermeiden, daß ich auf den Behälter stieße, jenen, der für das Blut der Frauen da ist (Madame, Tripax hat an Sie gedacht, usw.). Man brauchte bloß auf die Männer-Toilette zu gehen. Da gibt es keinen Ekel! Keine Übelkeit! Die Lust auf deinem Gesicht einer frigiden Aufseherin... Hmm! Da, schau meine Zunge an... Ich werde sie dir reinstecken, wo du willst. Du brauchst es mir bloß zu sagen... Nein! Werde nicht rot... Wo du willst... Stell dir doch vor, großer Gott... Diesmal wird's klappen... Ich könnte dir sogar die Brust entblößen und diesen grauenvollen Unterschied betrachten (das darf ich nicht sagen... pst!). Diesmal werde ich mutiger sein, ausdauernder... männlicher! Na los, laß es dir machen... (Sie zögert ein wenig.) Einverstanden auch mit deinem Speichel einer alternden Frau mit kranker Leber und immer flauem Herzen (bah)! Einverstanden auch mit deinem verdammten süßsauren Speichel... Die Wut kratzte mir im Kopf, als wanderte ein rostiges Stück Eisen darin herum, körnig wie eine Feile vielleicht... Ich werde deinen schlaffen Bauch abtasten... Wer in seiner Kindheit Esel gesehen hat, deren Glied anschwillt und die dann das Straßenpflaster mit einem tosenden Sturzbach durchlöchern... Geruch nach Salz, falls es nicht deine Achselhöhlen einer Petzerin sind. Dein Bauch, weich wie eine weißgestreifte rote Molluske, die man nur unter den Spülsteinen der Elendsquartiere findet, wo die Sonne nie hinkommt. Pulsieren deines dreckigen Herzens, wie kann es nur so wild schlagen, wo du mich doch bei der Polizei verpfiffen hast? Wie kannst du wollen, daß ich in dich eindringe, daß ich dir überall die Zunge reinstecke, daß ich das rechte Auge schließe, um deine in der Trübung meiner Kurzsichtigkeit ertrunkene linke Brust nicht zu sehen? Ich mußte sie verlocken, verlocken. Die einzige Möglichkeit, meine Haut zu retten. Ich werde es dir besorgen, wie immer du willst... Ich werde dich in Nöte stürzen, daß du den lieben Gott für einen harten Stock hältst. Na los, laß es dir machen. Eine Frage des Überlebens. Auch für dich! Bevor sie wiederkommen. Na los! Ich werde dir sagen, daß du in deinen Flanken einen fabelhaften Springquell birgst. Du brauchst ihn nur fließen zu lassen... Aber sie ging nicht darauf ein. Sie zierte sich und brachte mich zur Weißglut, wenn sie mir zu beweisen suchte, daß das eine Falle sei, in die ein weiteres Mal zu gehen sie sich weigere. Daß ich verloren sei wegen meiner Angst vor dem Blut. "Erledigt!" Sie unterstrich die Worte mit einer Geste. Ich konnte nicht mehr über sie herziehen. Sie in Verlegenheit zu bringen, machte mir keinen Spaß mehr. Sie zog sich in sich zurück, und als tollwütige Hündin wollte sie mich als vom männlichen Geruch getränkte Beute, aber ihr Traum war vor allem, mich am Galgen zu sehen. Die öffentliche Hinrichtung. Mit Pauken und Trompeten! (Sadistin! Im Grunde hast du bloß eine armselige Klitoris, die dir mitten in dem Geschwür baumelt, das dir als Geschlecht dient, und die du nicht mal zum Vibrieren bringen kannst, um zum Höhepunkt zu kommen. Nichts! Petze bist du, Petze bleibst du.)

Zwischen dem Tod meiner Mutter und Nadias Unnachgiebigkeit wußte ich nicht mehr, welchen Gott ich anrufen sollte. Meine Tage waren gezählt. Ich war sicher, sie würden mich zur Strecke bringen. Aber sie werden mich nicht zerstückeln. Ich werde ihnen lange vorher unter den Händen zerplatzen! Guten Abend! Nicht vergessen, ihnen die Zunge herauszustrecken. Ich habe Samia nicht getötet. Sie wissen es so gut wie ich. Aber das ist Politik! Sie wollen mich beschmutzen. Ich werde ihnen ins Gesicht explodieren, genau in dem Augenblick, wo sie am wenigsten darauf gefaßt sind. Splasch! Blutige Blume. So heftig, daß sie minutenlang geblendet sein werden. Rings um mich erhebt sich das Geschrei von allen Seiten, aufgerichtet wie etwas Festes und Schneidendes (Stahlmantel oder Zinkblech?), das in der endgültig strukturierten Luft durch jenen Schild stagnierender Hitze hindurch vibriert, die meinen Raum phantastisch verkleinert. Ich war verloren. Wo mich verstecken, wenn die psychiatrischen Krankenhäuser kein guter Unterschlupf mehr sind? Was tun? Wenn nur Samia wieder auftauchen könnte, wenn der Neger sie nicht besoffen gemacht hätte mit jenem Ziegenblut, das gegen ihren Willen zu schlucken sie gezwungen worden war, dann würden sie vielleicht nicht wagen, mich zu verhaften, mich zu foltern. Was für eine Geschichte wegen einer unvorschriftsmäßigen Entjungferung! Wozu diese Flucht? Schon die Sonne ist eine Repression, die uns von außen widerfährt, uns aufschürft, uns auswringt... Zu Drahtseilen gewordene Nerven, gespannt zwischen Angst und Jubel. Wirrnis der Wörter, der

Töne, der Glocken, der Wecker, der Klingeln der Richter, der Schellen der schwarzen Ziegen, die den Strand verwüsten, wo ich elend-vor-Liebe-vergangen-bin. Draußen auch: die Sonne, die Kabel der Straßenbahn, die Kräne und Winden im Hafen, das Flimmern der Helligkeit... Hier! Die Sonne! Das durchbrochene Dach. Das Wasser der Putzfrauen schäumt, und ich liege noch immer auf dem Grund meiner Bitterkeit. Meine Mutter ist tot. Schwankendes Wasser. Quellender Schmerz. Das grüne Wasser. Das blaue Wasser. Ich habe Angst. Die üblen Gerüche. Der Schaum. Das Salzkraut. Der weiße Würfel des Mausoleums, in dem der Alte seine schmutzigen Geschäfte treibt. Der Geruch (wonach?). Meine Augen mit den doppelten Lidern, und die anderen, die plappern. Wenn ich nur sanft Schluß machen könnte. Sanft!

Sag!
Gewohnheit meines Alters
Ich bin eine wurmstichige Treppe hinaufgestiegen
Die in der Tiefe durchbohrt war von einem Wurm auf der Suche nach Sägemehl
Ich bin durch schmierige Flure gegangen
Mit scharfen Ecken die dich überfallen ohne daß du sie kommen siehst
Ich habe in stinkenden Zimmern gewohnt
Ich habe Karbidlampen ausgeblasen die der neben mir liegenden Toten
Rosa und rußbraune Färbungen gaben trotz der Blässe ihres Gesichts
Ich habe gehurt nach Leibeskräften
In klaffenden Höhlen
Starrend vor Dreck
Sag!
Was faselst du?
Der schmerzhaft durchbohrte Raum
Und unter Mathematikbüchern versteckt die Zither...
Keine Seerosen für meine Schöne!
Sie hat kein Loch mehr in ihrem Geschlecht
Nicht einmal einen Spalt

Nichts!
Ich habe alles verstopft mit meinen fröstelnden Händen
Trotz den Strömen von Blut
Und dem Leid der Bauern
Schreiber! halt die Klappe
Soll der Schlaghammer
Deine Wut zertrümmern
Es gibt keine Bäume mehr
Auch nicht den Schatten der Bäume
Du redest, Schreiber!
Das Volk treibt gedankenlos durch die Gassen es hustet es stirbt tagtäglich und unterschreibt noch immer mit dem Daumen
Kleine Fische... (?!)
Die Kugel die meine alte morsche Ader zerfetzen wird
Jene zwischen den Augen die in meiner Schläfe schlägt
Wie ein alter Hammer auf einen schönen Amboß
Haltet das Maul!
Und auch du Schreiber
Mach bloß den Mund nicht auf
Du schluckst die Sekunden der Lust
Wie ein schwuler alter Fisch
Oder wie eine grauhaarige Spinne die ihren Bauch schleppt
Und in Panik gerät zwischen ihren eigenen klebrigen Fäden
Schlimmer als der Speichel einer fetten Kröte
Oder der Samen eines Mistkäfers der sich um sich selbst dreht
Und darauf wartet daß ein Schrei aus dem Nebel stiebt und auf ihn fällt
Und ihn knirschen läßt im Mittagsgetöse
Sag!

O wenn ich nur könnte...

Aber die verbogenen Fenster wollen sich nicht
entflammen.

Eine Ratte! Eine einzelne Ratte jagt einen Schmetterling mit zischelnden Flügeln; und das hungergraue Kind zerreißt die schäbigen Vorhänge in der Küche seiner Mutter. Du redest! Wozu nützt mir meine Zunge? Als könnte ich mit meinem restlichen Speichel Sozialwohnungen bauen... Ruckartiges Gewühl in den Suks, gedämpft von den durchbrochenen Dächern (und ich, der ich ihr von einem Laden zum andern folgte, betört von ihren nackten geschmeidigen Beinen. Wo war ich ihr begegnet? Sie kaufte hier und da Blumen und Krabben und Kirschen aus Miliana. Geschmack nach Eisen im Mund, als überquerte man die Straße der Kesselflicker. Dann der Geruch brauner Wolle, die die Händler verbrennen, um den nörgelnden Kunden deren gute Qualität zu beweisen. Höhlung. Der Teufelskreis. Sie vorneweg. Und ich hinter ihr. Meine Kleine! Geheime Jungfrau! Wie soll ich es dir sagen. Nein, ich bin kein Bär; aber ich fürchte, daß ich einem zerlumpten Affen ähnele. Scham, die jedesmal mit Süßigkeiten verdrängt wird, wenn man durch den botanischen Garten geht. Sie vorneweg. Und ich hinterher. Das Getöse der Sätze, die mein Gesicht peitschen, in dem ich einen Damm aus tödlichem Haß errichtet habe, ist überhaupt nicht komisch. Außer daß ich, brünstig hinter dem Frauenzimmer herlaufend, mir schließlich die Lippen aufgebissen habe vor lauter Verkrampfung. Sie prustete los, und schon fühlte ich mich verraten wie während meines Aufenthalts in Constantine... Vor lauter Verkrampfung. Zu Tauen gewordene Adern, auf denen sie, wenn sie wollte, laufen könnte, ohne herunterzufallen, wie eine Seiltänzerin - ich würde keinen Mucks von mir geben! Meine hartnäckige Vision jener Spur unter dem Sommerkleid aufblitzen lassen, das durchtränkt war vom Geruch deiner Achselhöhlen und mit großen Blumen bedruckt, von denen die Fliegen und die Naiven sich skrupellos würden fressen lassen. Du weißt, jene großen gelben Blumen, die du mir nicht schenkst, denn du besuchst mich nicht im Krankenhaus, wo ich eine mit der Muttermilch getrunkene Melancholie kuriere. Du gingst hierhin und dorthin, um all jene schönen Dinge zu kaufen: Früchte und Fische des Sommers, während ich hinterhältig nach deinen Formen spähte, den Formen einer Frau, die jede unvorschriftsmäßige Annäherung abwehrt. Aber ich folgte dir, und nichts trennte mich von dir außer deinem Schatten, so daß ich abends, wenn ich wieder zu Hause war, zermürbt und fiebrig, beschämt war über den Schmerz in meinen Hoden... Bei all jener Sonne und jener schlaffen Bewegung der Schattenflecken, die die Gesichter der alten Männer verdunkeln, die unter den Torbögen der Wohnhäuser sitzen, Reklamewänden gegenüber, die sie nicht zu entziffern vermögen (Erwerben-Sie-einen-Safe-in-Ihrer-Volksbank-und-Sie-sparen-Geld!)... Und wenn die Schildkröten plötzlich anfingen, statt dieses uneleganten Panzers den runden Ball der Sonne zu tragen, um die Libellen zu betören und vor Behagen kreisen zu lassen!)

Meine Mutter tot; Nadia im Mittelpunkt der Verschwörung, die meine Hartnäckigkeit bezwingen würde; Samia verschwunden oder eingesperrt oder gegen ihren Willen verheiratet; mir blieb nichts mehr. Ich mußte warten, daß die Ereignisse über mir zusammenschlagen und mich nach dem Willen meiner Henker fortreißen. Ich brauchte ihnen nicht einmal zuvorzukommen. Ich wollte sie lediglich überraschen.

Nein! Ich bin nicht dein Vater!" sagte Dschoha. Er war vollgepumpt mit Kif, er hatte einen Schluckauf, und Tränen, von seiner extravaganten Heiterkeit hervorgerufen, liefen ihm über das Gesicht, dessen gegerbte und ausgeglühte Haut wie zerkaut und abgeschlafft wirkte. Er konnte gar nicht mehr aufhören zu lachen. Ein guter Witz! Noch dazu in einem Krankenhaus! Ihm war nichts Besseres eingefallen, als mir diesen Streich zu spielen: "Ich bin nicht dein Vater... Nein... überhaupt nicht..." Er bewegte fiebrig seinen Zeigefinger, so ostentativ, daß ich in blinde Wut geriet. Es wäre falsch von mir, es ihm zu zeigen, denn er wäre imstande, sich noch mehr zu erregen, vulgär zu werden, abgeschmackte Gebärden zu machen, sich die Hose auszuziehen und meine Saalgenossen zu erschrecken. Vollgepumpt mit Kif. Vollgepumpt mit Wein. Er watschelte auf und ab und stank nach gebratenen Sardinen. Nadia paßte auf, aber mit ihrer verkniffenen Miene und ihren Augen, die sich in alle Richtungen bewegten, sorgte sie dafür, daß er noch mehr lachte, sich sogar vor Lachen so schüttelte, daß er ausgiebig schwitzte. Was konnte sie tun angesichts dieses grotesk verrenkten Hampelmanns? Sie konnte den Unfug nicht verhindern. Kam sie in den Saal, um uns zu belauern? Sie kam vor allem, um mich im Auge zu behalten (Angst, daß ich ausbreche? Warte nur, meine Hübsche. Ich habe eine Überraschung für dich, die ich in meinen Gehirnwindungen schön warm halte. Niemand weiß etwas davon. Nicht einmal der Hanswurst, den ich viele Jahre lang für meinen Vater gehalten habe. Ausbrechen? Ich? Nein! Nein! Das wäre zu einfach. Du würdest mir sofort deine Freunde auf den Hals hetzen. Ich weiß..: ich weiß.... Sie haben ja so schnelle Wagen! Und sogar Flugzeuge und sogar Hubschrauber, die in einem Taschentuch landen können...) und nachzusehen, wie es um meinen Sonnenstich stand (sagte sie). Es geht besser... weniger Fieber.... Weniger Kopfschmerzen.... Dann der andere, der in dem Moment durch die Tür geschossen kam, als ich am wenigsten darauf gefaßt war, mit einer Autorität versehen, wie ich sie noch nie an ihm erlebt hatte, selbstsicher und dünkelhaft, die Oberschwester in Schach und die anderen Kranken in Atem haltend, die ihn noch nie so aufgeregt gesehen hatten. Er, so sanft, so friedfertig. Es ist die Mischung, die ihn zu Fall bringt: der Wein und das Gras. Es ist zuviel, mein kleiner Vater. Zuviel...

Jedesmal, wenn er sich mit opaker Träumerei aufgetankt hatte, fing er wieder damit an: "Ich bin nicht dein Vater!" Und er fiel mir auf die Nerven, wenn er seinen mageren, zitternden, klammen Finger auf mich richtete und mir seinen sauren Atem ins Gesicht blies. Er hatte vergessen, daß ich Bescheid wußte, schon lange bevor er es mir sagte, siebenmal die Zunge im Mund herumdrehte, faselte, würgte und endlich ausspuckte, was er für sein furchtbares Geheimnis hielt. Trister Possenreißer! "Aber du kannst mich weiter Vater nennen", fügte er edelmütig hinzu. Und wenn ich plötzlich nicht mehr so genau wüßte, wer nun wirklich mein Vater war, er, der schlottrige Clown, dem ich eine wahrhaft abgöttische Verehrung entgegenbrachte, zumal ich seiner subversiven Philosophie völlig beipflichtete, oder aber Siomar, der mich gezeugt, aufgezogen und in die Schule geschickt hatte? Und da sah ich, daß er in der Falle saß. Drauf und dran, seine Erregung abzustellen, zögerte er dennoch, wieder ernsthaft zu sein, nüchtern zu werden, aufzuhören, das Leben in rosigen Farben zu sehen. Warum sollte ich diese Geschichte glauben, die meine Tante Malika mir erzählt hat, als meine Mutter in einem Nebenzimmer im Sterben lag? Schließlich hatte ich das Recht, zwischen beiden denjenigen zu wählen, dem ich mich am meisten verwandt fühlte... Außerdem hatte ich nie wissen wollen, wer nun wirklich mein Vater war. Ich habe nie einen Vater gehabt! Und ich will auch keinen haben. Sieh an! Jetzt wirst du nicht mehr den Verrückten spielen! Er sah ganz niedergeschlagen aus... Die Träume waren ihm vergangen. Es gab nichts mehr, woran er sich klammern konnte. Nichts mehr! "Du kannst deinen Firlefanz woanders erzählen. Nadia, setzen Sie mir diesen Störenfried vor die Tür!" Ich hatte meine Stentorstimme wiedergefunden. Ich hatte nichts mehr zu verlieren. Dschoha flehte mich an, ihn bleiben zu lassen. Er wollte mit mir reden und versprach mir, sich manierlich zu betragen. Er ängstigte sich nämlich bei dem Gedanken, daß ich an diese Geschichte der erzwungenen Vaterschaft nicht mehr glauben wollte. Niemand hat meine Mutter vergewaltigt. Nein, niemand! Nicht einmal Siomar. Jeder in dem Dorf, in dem ich geboren worden bin, wird schwören, daß Siomar ein Mann von Ehre ist, gut und großzügig, der mit seinem eigenen Geld eine Moschee gebaut hat, ohne jede staatliche Unterstützung. Wer könnte Dschoha ernst nehmen? Alle Welt weiß Bescheid: er ist hinterlistig und nicht ganz richtig im Kopf. Er taugt gerade noch dazu, das Volk zum Lachen zu bringen und am Hafen schöne Fische zu verkaufen. Er saß in der Klemme, mein Vater, und wußte nicht mehr, wie er sich herauswinden sollte. Daraufhin war Nadia türknallend wieder gegangen. Sie blickte nicht mehr durch. Dschoha dachte, das sei ein Manöver von mir, um die Krankenschwester loszuwerden, und fand langsam zu seiner Fröhlichkeit von vorhin zurück. Er zwinkerte mir auf groteske Weise zu und sagte: "Zebi! Zebi! Wie schlau du bist. Du hast nicht umsonst studiert. Gar nicht so dumm, die Philosophie." Er schmeichelte mir, und fand von neuem etwas von seiner Selbstsicherheit wieder. Bestimmt sagte er sich sogar in seinem Innersten oder auch in seinen Bart, daß er diesmal mit einem blauen Auge davongekommen sei und daß er mir diese kleine Engstirnigkeit, ja sogar diesen Verrat früher oder später heimzahlen werde. Ich hatte überhaupt keine Lust, der Sohn von Siomar zu sein, diesem pausbäckigen, dickbäuchigen Geldsack, der ständig auf eine neuerliche Bereicherung lauert, völlig umgeschult und bereit, in die staatliche Industrie zu investieren, vorausgesetzt, man ließe ihm seine Ländereien und seine Reisebusse und seine Import-Export-Lizenz, bereit, sich umzuschulen und eine demagogische Sprache zu sprechen, vorausgesetzt, man ließe ihn weiterhin Gewinne machen; nein, er würde nicht zögern, in die (Nahrungsmittel-) Industrie zu investieren, Moscheen zu bauen, den Wohltätigkeitsvereinen Schenkungen zu machen, sich auf die Parteilisten wählen zu lassen, vorausgesetzt... Warum mußte der Fischhändler das einzige Band zerreißen, das mich mit dem wirklichen Land verknüpfen konnte, dem Land mit seinem Geruch nach Zwiebeln und bitter riechendem und sauer schmeckendem Roggenbrot. Er war so verrückt zu glauben, ich würde mitmachen und diese nebulöse Sohnschaft akzeptieren, die er mir anbieten wollte. Bestimmt war er der Komplize meiner Tante (deren vertrauliche Mitteilungen - im Halbdunkel eines auf die Dämmerung geöffneten Zimmers geflüstert, während die Feuchtigkeit des letzten Regengusses mir durch die Knochen drang, denn man hatte ein Fenster hinter meinem Rücken offen gelassen, über dem nassen und vom Moos zerfressenen Garten - mich bestürzt hatten), die voller Qualen mitansehen mußte, daß ihre Schwester das eheliche Bett teilte. Hier erwischte ich ihn und rüffelte ihn ein wenig. Später würde er sich zu der Behauptung versteigen, ich hätte ihm hart zugesetzt, ihn in seinen letzten friedlichen Befestigungen vergewaltigt und er hätte mich auf ihn losgehen sehen, kriechend, sabbernd und schuppig wie ein bizarres Tier, halb Wasserdrache und halb Sandeidechse, die Augen vor Haß verengt, die Hände wie zwei klebrige und schlaffe Blutegel... Mit Vergnügen entdeckte ich seine Verlegenheit eines Hampelmanns, der zu allen möglichen Pirouetten und allen möglichen Kehrtwendungen fähig ist, vorausgesetzt, man stört nicht seine geruhsamen Träume, die der großen Menge im Morgengrauen, gleich nach dem Aufstehen, eingeatmeten Grases entstammten... Vollgepumpt mit Kif und Wein war er gekommen, mich daran zu erinnern, daß ich keinen Vater mehr hatte. Daher mußte ich mich an diesem Scharlatan rächen, den ich wirklich abgöttisch verehrt hatte und der nun versuchte, mir den letzten affektiven Halt zu rauben, den ich für mein Gleichgewicht brauchte, die Nabelschnur zu durchschneiden, bloß um den Hanswurst zu spielen und dieses offene Geheimnis loszuwerden, das ihn dennoch umtreibt, denn er ist unfähig zu schweigen, ein Geheimnis für sich zu behalten, ein Vater für mich zu sein, der ich ein kranker Mann bin und solche Kopfschmerzen habe, bei diesem verdammten Sonnenstich, den ich mir auf einem Strand zugezogen habe, als ich Samia suchte, die plötzlich verschwunden war, keine Spur ihrer Schritte zurücklassend, weder auf dem Sand noch im weißen und rauhen Salzkraut, das sie hätte zertreten, zertrampeln können in einem Augenblick der Wut. Er macht es wie die andern, er glaubt nicht an meine Geschichte von dem Sonnenstich, den ich auf den kochenden Schädel bekommen habe, aber er wagt nicht, das Gegenteil zu behaupten; nur ärgert es mich, daß er stupide auf meine Handgelenke schielt, die beide verbunden sind, seufzt, mich anfleht, mich ins Unabänderliche zu fügen; und dieser bittere Bruch mit dem Vater, nicht dem biologischen (den radiere ich aus und verleugne ihn), sondern dem affektiven, den ich im Alter von zehn Jahren entdeckt hatte, als ich in Siomars Haus erstickte, dem Gezänk der Frauen und den obligatorischen Siesten ausgelieferten Haus. Sofort hatte ich eine außergewöhnliche Verehrung empfunden angesichts der Tollheiten dieses verstockten Sünders und geschickten Agitators, der das zur Sublimierung so notwendige Körnchen Verrücktheit in mich gelegt hatte, das er, wie er sagte, einer alten Zauberin abgekauft hatte, eingeschlossen in einer Phiole, die er in ein Amulett verwandelt hatte und auf der Brust trug. Jetzt aber, da er darauf bestand, das letzte Band zu zerreißen, das mich an ihn fesselte, durfte er meine Geheimnisse nicht mehr teilen. Er konnte nicht wissen, was mir durch den Kopf ging, und verkrampfte sich bei der Idee, die ich ihm andeutete. Er fiel immer mehr aus allen Wolken und allen köstlichen Räuschen. Säufer! Scharlatan! Grasfresser! Zauberer! Ich nahm sie ihm nicht einmal übel, alle diese Eigenschaften, die originell waren in dem Land, wo die heuchlerische Frömmelei der Bourgeois wütete und der Handel mit Rosenkränzen noch nie so große Umsätze hatte; aber es fiel mir schwer, ihm diesen letzten Verrat zu verzeihen oder vielmehr diesen Verstoß gegen die Spielregel, die zwischen uns bestand, seit ich ein Kind war und auf seine jährlichen kurzen Besuche wartete, als wäre er ein Meteor, dessen Regelmäßigkeit mich beunruhigte. Im Augenblick des großen Sprungs hatte er sich so mittelmäßig verhalten, daß ich nicht wagte, ihn in mein Geheimnis einzuweihen, aus Angst, er würde die hinter ihren Scheiben versteckte aufgeblasene Schindmähre alarmieren, die bereitstand, mich den GMC auszuliefern, um eine hypothetische Beförderung oder einen Verdienstorden zu erwirken, den kein dieses Namens würdiger Bartträger auf ihre widerliche Brust heften würde, weil die Zeit noch nicht gekommen war, Frauen auszuzeichnen.

Er hatte sich schließlich aus dem Saal werfen lassen und war zwischen den Armen zweier schwachsinniger Hünen weggegangen, die weiße Kittel und gestärkte Mützen trugen. Würde er sich später an diese Szene erinnern? Er hatte sich gewehrt wie ein Löwe, wenn auch noch nicht ganz nüchtern und noch nicht ganz aus seinen dichten Nebeln emporgetaucht. Jetzt war er nicht mehr da, und ich schwitzte vor Angst. Nur seine Gegenwart hätte es vermocht, mich von meinem Plan abzubringen. Ich hatte nicht mehr die Wahl und stand mit dem Rücken zur Wand. Ich mußte Wort halten und bei meinem Entschluß bleiben, nicht weil ich den Helden spielen wollte, sondern weil ich Angst hatte, entsetzliche Angst vor dem, was mich erwartete, wenn die GMC ihre Maske fallen ließen und ich, von der Menschenfresserin aus schierer Verzweiflung ihnen ausgeliefert, auf dem Grund der Demütigung und der Einsamkeit angelangt wäre. Wozu also? Sie würden nicht ruhen, bis ich zugegeben hätte, daß ich Samia ermordet habe, indem ich sie erwürgte oder ihren Kopf solange unter Wasser hielt, bis sie endgültig steif wurde. Ich hatte keine Chance, davonzukommen. Die Zeitungen ereiferten sich heftig und trieften vor Mitleid mit diesem jungen-Mädchen-aus-guter-Familie-Opfer-eines-Lustmolchs-oder-eines-schrulligen-Philosophen! Es würde nicht einmal eine Menschenjagd geben, da Nadia auf der Hut war. Es würde auch keine Hinrichtung geben, weil sie zu spät kämen. Plötzlich wurde die Stille im Saal durch die Stimme des aus Frankreich heimgekehrten Arbeiters zerrissen, der nicht mehr arabisch sprechen konnte. Er hatte begonnen, Koranverse in seiner Muttersprache zu psalmodieren. Er würde also weggehen können. Er hatte seine Sprache wiedergefunden, aber er merkte es nicht einmal. Entkräftet auf seinem Bett sitzend, mit baumelnden Beinen, die Hände zwischen den Schenkeln und die Augen hartnäckig auf den Boden geheftet, fuhr er fort, mit melodiöser Stimme den Koran aufzusagen. Nach dieser kurzen Aufwallung des Kranken, der sein Gedächtnis und damit auch seine Muttersprache wiedergefunden hatte, war sehr schnell wieder Stille eingekehrt. Niemand rührte sich mehr und niemand versuchte, über das Wunder zu staunen, das er soeben miterlebt hatte. Es war sehr heiß. Es war die Zeit der Siesta, und der Saal hatte den Geruch der während der Mahlzeit eingenommenen Speisen bewahrt. Eine süßliche Atmosphäre versuchte sich zu verteilen, aber es gelang ihr nicht, trotz den offenen Fenstern und den Ventilatoren, die eine ständig heiße und feuchte Luft aufwirbelten und nicht einmal die Insekten davon abhielten, zu dröhnen. In solchen Augenblicken stürzt das Gedächtnis ab und sucht in weiter Ferne nach einem Mittel, der Angst zu entrinnen. Unmöglich, das Pochen meines Herzens zu ertragen, oder das Ticken meiner Uhr, die sich leerte und abspulte wie eine an meinem Handgelenk befestigte Höllenmaschine, so daß ich sie nicht einmal anzusehen wagte, aus Angst, sie könnte zerspringen oder sich mit einem Schlag entleeren und den Abend herbeirufen, dann die Nacht... Ich wollte nicht, daß die Zeit verging. Nur diese Stille auskosten, die Benommenheit der anderen Kranken im Saal, diesen Dämmerschlaf, in dem trotz allem die Lebendigkeit der Vergangenheit hervorbrach und in phosphoreszierende Bilder zersprang: Dschoha, der mich oft neugierig gemacht hatte, wenn er in meiner Gegenwart sagte: "Die Furunkel meines Großvaters wachsen dicht zwischen ihren Beinen..." Ich hatte die Bedeutung eines solchen Satzes nie verstehen können, bis zu dem Tag, an dem er, von meiner Rachsucht und meinen Sarkasmen bestürmt, zugab, daß es sich um eine Losung handelte, um zu sagen, daß die Mohnblumen, die man zwischen den Schenkeln der liederlichen Frauen vor der Polizei versteckt, eine gute Ernte gebracht hatten... Aber er interessierte mich nicht mehr. Er hatte mich verraten. Ich mußte ihn vergessen, doch unternahm ich zu viele Anstrengungen bei dem Versuch, aus meinem Geist das Bild dieses schrecklich hellsichtigen und schrecklich aufrührerischen Clowns zu vertreiben, der einzig dazu fähig war, den Haß des Volks auf alle Großbürger zu schüren, die es ausbeuten, und auf alle Muftis, die ihm demagogisch einen Bären aufbinden, während die Zeit drängt... Nein, ich durfte mich nicht mehr mit ihm befassen. Morgen wird er gezwungen lachen, wenn er erfahren haben wird, wie ich mir seine politisch-poetische Rhetorik zunutze gemacht habe. Er wird sogar den Mut haben, die anderen zum Lachen zu bringen... Ich brauchte nur noch dahinzudämmern, an Samias Körper zu denken, der von der Sonne verzehrt wurde (wie der Körper von Jacqueline, der kleinen Frau des Hauptmanns Le Coq, von den Küssen des Vetters verzehrt wurde, dessen Mätresse sie war, sein Fleisch für ihn entblößend, in unserer Gegenwart, während wir Angst hatten, daß der Ehemann aus dem Krieg zurückkehrte, in den er gezogen war, dort unten, in Indochina. Er war sogar mit einem Orden mehr zurückgekehrt, der berühmte Hauptmann, und mit einem Bein weniger, ersetzt durch ein anderes aus Plastik, das er nachzog, wenn er die Treppe hochstieg, keuchend und seinen sauren Atem verströmend. Wir hatten nicht mehr den Mut, ihn zu verspotten, den armen Hauptmann, der dem Einarmigen vom Tag der Beschneidung ähnelte, jenem, der in der lokalen Musikkapelle die Trommel schlug. Was hatten sie eigentlich in den Reisfeldern zu suchen gehabt, die beiden? Vor allem der Einarmige, der seinen Duar verlassen hatte und aufgebrochen war, eine ungerechte und von vornherein verlorene Sache zu verteidigen. Es kam mir sogar so vor, als ob sie sich gut kannten, er und Hauptmann Le Coq. Ich erinnerte mich, daß ich gesehen hatte, wie sie sich nach der Niederlage auf dem Dorfplatz verbrüderten, Boule spielten, schallend lachten; den einen, der seinen Ärmel aufkrempelte, um seinen schauderhaften Stumpf zu zeigen, mit dem Wulst der Narbe, die dunkler war als die Haut, und sanft, beinah glatt; und den anderen, der sein Hosenbein aufkrempelte, um das künstliche Bein aus (rosa? gelbem?) Wachs zu zeigen und ein Loblied auf Mutter Heimat anzustimmen... Kannten sie sich wirklich? Es gelang mir indes nicht, sie in meinem Kopf voneinander zu trennen, und ich sah, wie sie gemeinsam in die europäische Bar des Dorfs gingen, den großen Schäferhund streichelten, der sich auf der Schwelle fläzte und eine große rote Zunge herausstreckte, in der Hitze hechelnd; während im Innern der in Halbdunkel getauchten Bar die fette französische Wirtin unter ihrer schäbigen, in dicken und bereits rissigen Schichten aufgetragenen Schminke schwitzte und unter den Armen, bis zur Hüfte, zwei weiße Schweißflecken sehen ließ, die den Stoff ihrer Bluse durchsichtig machten. Nachdem die beiden Männer zur Theke vorgedrungen waren, begannen sie, mit der fetten Barmaid, die sie nett fand, dämliche Scherze zu treiben: "Na, na, meine Herren! Helden wie Sie..." Wobei sie dem Hauptmann die Hand gab, dem algerischen Trommler jedoch nicht... (Man weiß ja nie, bei all den Krankheiten, die sie mit sich herumschleppen...) Und wir in der Hitze, noch immer auf der Lauer, die Chancen des Vetters ausrechnend (wie viele Nummern zu schieben?), wir fuhren mit Jacqueline in ihrem roten Auto spazieren... In ihrem roten Auto überquerte sie den Platz mit furchterregender Geschwindigkeit, damit ihr Liebhaber sie bewundere, der seine Zeit damit verbrachte, beim Friseur des Orts die politischen Zeitschriften zu lesen und mit seinem Wissen als Primaner des franco-muslimischen Gymnasiums von Constantine zu prahlen, ein paar Jahre vor Beginn des Aufstands, dem er sich anschloß. Auch wenn er nicht zurückgekommen war. Wahrscheinlich schon am Anfang des Kriegs gefallen. Sie bezahlte uns auch das Karussell, vorausgesetzt, wir waren wachsam. Wenn alles gut ging, war sie so glücklich, daß sie uns in ihrer Begeisterung kleine Küsse auf die Wange drückte. Zarte, weiche Küsse, die nach Lavendel rochen! Und wir kleinen Spitzbuben betatschten ihren Hintern, mit Unschuldsmienen.

Ja, Madame! Man muß wachsam sein... sonst wird der böse Hauptmann...).

Jetzt, da die Nacht hereingebrochen war, das Abendessen beendet war, wußte ich, daß sie bald kommen würden. Es ging das Gerücht, daß sie es endlich geschafft hätten, Samias Körper zu finden, nach dem ich in Begleitung des Negers vergeblich am Strand gesucht hatte. Mir blieb nicht mehr viel Zeit. Ich hoffte auf einen letzten Besuch von Dschoha. Wenn er käme, dann wäre ich vielleicht imstande, meinen Entschluß aufzuschieben. Käme er nicht, dann wären die Würfel gefallen. Keine Ausflucht mehr! Nichts. Mit dem Rücken zur Wand. Nicht einmal Zeit, mich zu bemitleiden. Die Nacht wurde immer blauer. Aus Erfahrung wußte ich, daß sie nie vor zwei Uhr morgens arbeiten. Sie waren Routiniers, außerstande, die geringste Veränderung an ihren Stundenplänen oder ihren Arbeitsmethoden vorzunehmen. Um zwei Uhr würden sie über mich herfallen, mir ihre Anklage auf den Rücken kleben. Der Neger wäre sogar imstande, als Zeuge aufzutreten und zu sagen, ich hätte mich seltsam verhalten. Ich mußte mich beeilen. Ich hätte gern gesehen, was für ein Gesicht Dschoha machen würde, wenn er mich unter ihren Händen explodieren sähe: pfft! Er wäre imstande, sie zu trösten, ihnen zu sagen, sie bekämen noch andere wie mich, vielleicht sogar subversivere, seriösere, weniger rasende und weniger feige... Ja, er wäre imstande, sie zu trösten. Sie, dick und fett, grantig, könnten es sogar Nadia verübeln (Na-diesem-Sonnenstich-gehts-also-besser-der-Puls-ist-in-Ordnung-die-Temperatur...), daß sie mich nicht genügend beaufsichtigt hat. Der Sonnenstich! Meine Mutter hätte mir einen Umschlag aus in Essig gelegten und mit Knoblauch eingeriebenen Feigenblättern gemacht. Denn Sonnenstiche hatte ich schon einige gehabt! Fußball auf den Straßen. Eskapaden während der Siesten... Erinnerungen... Flüge von Millionen Staren... Sonnenstich? Verhagelte Sommer, trockene Sommer... Spaziergang im Garten. Mich in acht nehmen vor der Kühle und der Freundschaft meiner Gefährten. Saurer Geruch des Ligusters, dem Frohlocken des Abends geöffnet... Belegte Stimme, in der ein Rest Schlaflosigkeit schlurft... Bougainvilleen im Überfluß, deren violette Blüten im Dunkeln schimmern. Dort, hinter dem Gehölz, habe ich meinen Dschoha vermachten Schatz versteckt: die drei Lieblingsbücher, von denen ich mich nie trenne. Mehr nicht! Seit langem hatte ich an alles gedacht, sogar an die Stelle und die Topographie der Örtlichkeiten und andere Einzelheiten, die, letztlich, unbedeutend erscheinen mögen. Jetzt blieb mir nur noch, so diskret wie möglich zu verschwinden, trotz der törichten Angst vor dem Blut und Samias Schweigen, die noch immer meine Briefe nicht beantwortet; es sei denn.

RACHID BOUDJEDRA

wurde 1941 in Aïn-Beida (Ostalgerien) geboren. Nach Schulabschluß 1959 nimmt er aktiv am Befreiungskrieg teil. Danach folgt das Studium der Mathematik und Philosophie in Algier und später Paris. Es folgen Lehraufträge an verschiedenen Universitäten Nordafrikas, des Nahen Ostens und Europas. Heute lebt Rachid Boudjedra als freier Schriftsteller in Algier. Seit Anfang der Achtziger Jahre schreibt und publiziert er in arabischer Sprache (einzige Ausnahme: *FIS de la haine* - Denoël 1992, deutsch: *Prinzip Hass*, Kinzelbach 1993 -, das als politisches Pamphlet für den Westen auf Französisch erscheinen mußte).

Rachid Boudjedra gehört ohne Zweifel zu den bedeutendsten Autoren des modernen Maghreb.

VOM GLEICHEN AUTOR
IM GLEICHEN VERLAG

DAS PALÄSTINA-TAGEBUCH
aus dem Französischen
von Barbara Rösner-Brauch
*ISBN 3-927069-03-5 * 196 S. * DM 28.-*

BEFRUCHTUNG
aus dem Arabischen
von Issam Beydoun
herausgegeben von Donata Kinzelbach
*ISBN 3-927069-12-4 * 95 S. * DM 24.-*

DER REGEN
aus dem Französischen
von Eva Moldenhauer
*ISBN 3-927069-17-5 * 180 S. * DM 28.-*

DIE HARTNÄCKIGE SCHNECKE
aus dem Französischen
von Eva Moldenhauer
*ISBN 3-927069-18-3 * 180 S. * DM 28.-*

TOPOGRAPHIE
aus dem Französischen, neu überarbeitet
von Thomas Dobberkau
*ISBN 3-927069-22-1 * 245 S. * DM 28.-*

PRINZIP HASS
aus dem Französischen
von U. Bennert und Th. Bleicher
*ISBN 3-927069-21-3 * 180 S. * DM 28.-*

DIE EROBERUNG VON GIBRALTAR
aus dem Französischen
von Eva Moldenhauer
*ISBN 3-927069-25-6 * 220 S. * DM 28.-*

Prospekt senden wir Ihnen auf Anforderung gerne zu.

VERLAG DONATA KINZELBACH
Stolze-Schrey-Str. 3 * 55124 Mainz
tel. 06131-45662 * fax 06131-41088

LITERATUR AUS DEM MAGHREB
IM VERLAG DONATA KINZELBACH

ALBERT MEMMI
DIE FREMDE
aus dem Französischen von B. Rösner-Brauch
ISBN 3-927069-08-6 184 S. * DM 28.-

MOHAMMED DIB
WÜSTEN
aus dem Französischen von Stephan Egghart
ISBN 3-927069-19-1

MOHAMMED DIB
HABEL
aus dem Französischen von Helga Walter
ISBN 3-927069-13-2 190 S. * DM 28.-

FADHMA AÏTH MANSOUR AMROUCHE
GESCHICHTE MEINES LEBENS
aus dem Französischen von Th. & A. Bleicher
ISBN 3-927069-05-1 206 S. * DM 28.-

MALEK HADDAD
UND EWIG SCHWEIGT DER QUAI AUX FLEURS
aus dem Französischen von Thomas Bleicher
ISBN 3-927069-09-4 150 S. * DM 28.-

JEAN AMROUCHE
LIEDER VON DER VERLORENEN HEIMAT
aus dem Französischen von Thomas Bleicher
ISBN 3-927069-06-X 126 S. * DM 24.-

MOHAMMED KHAÏR-EDDINE
AGADIR
aus dem Französischen von Steffen Heieck
ISBN 3-927069-16-7 160 S. * DM 28.-

MYRIAM BEN
SABRINA
aus dem Französischen von Elke Dahmani
ISBN 3-927069-14-0 200 S. * DM 28.-

KATEB YACINE
STERNENVIELECK
aus dem Französischen von Th. Bleicher u. M. N. Vitry
ISBN 3-927069- 23-X 200 S. * DM 28.-

DRISS CHRAÏBI
DIE SÜNDENBÖCKE
aus dem Französischen von Stephan Egghart
ISBN 3-927069- 24-8 250 S. * DM 28.-